Nunca Confie EM UMA Geminiana

FREJA NICOLE WOOLF

Nunca Confie EM UMA Geminiana

Tradução
Paula Di Carvalho

1ª edição

Galera

RIO DE JANEIRO

2024

PREPARAÇÃO DE TEXTO
Angélica Andrade

REVISÃO
Thaís Entriel

ARTE DE CAPA
Jenifer Prince

TÍTULO ORIGINAL
Never Trust a Gemini

CIP-BRASIL. CATALOGAÇÃO NA PUBLICAÇÃO
SINDICATO NACIONAL DOS EDITORES DE LIVROS, RJ

W852n Woolf, Freja Nicole
    Nunca confie em uma geminiana / Freja Nicole Woolf ; tradução Paula Di Carvalho. - 1. ed. - Rio de Janeiro : Galera Record, 2024.

    Tradução de: Never trust a gemini
    ISBN 978-65-5981-274-5

    1. Romance inglês. I. Di Carvalho, Paula. II. Título.

23-87088
    CDD: 823
    CDU: 82-31(410.1)

Meri Gleice Rodrigues de Souza - Bibliotecária - CRB-7/6439

Copyright © 2023 by Freja Nicole Woolf
Publicado mediante acordo com Walker Books Limited, London SE11, 5HJ.

Todos os direitos reservados.
Proibida a reprodução, no todo ou em parte, através de quaisquer meios.
Os direitos morais da autora foram assegurados.

Texto revisado segundo o Acordo Ortográfico da Língua Portuguesa de 1990.

Direitos exclusivos de publicação em língua portuguesa somente
para o Brasil adquiridos pela
EDITORA GALERA RECORD LTDA.
Rua Argentina, 120 — Rio de Janeiro, RJ - 20921-380 - Tel.: (21) 2585-2000,
que se reserva a propriedade literária desta tradução.

Impresso no Brasil

ISBN 978-65-5981-274-5

Seja um leitor preferencial Record.
Cadastre-se e receba informações sobre nossos
lançamentos e nossas promoções.

Atendimento e venda direta ao leitor:
sac@record.com.br

TEMPORADA DE

Conversas com Taylor Swift

Não consigo parar de sonhar com Alison Bridgewater. Acho que é porque estamos na temporada de Libra... De acordo com minha *Bíblia das estrelas* — ou *Livro para perfeitos idiotas*, como meu pai chama —, todo mundo só pensa em amor e relacionamentos durante esse período. Mas isso também poderia indicar que minha Obsessão por Alison Bridgewater está chegando a alturas perigosas e desnorteantes, o que não é uma boa notícia, levando em consideração que já estou a um centímetro de cair.

Meus sonhos com ela são muito inocentes: Alison e eu andando de mãos dadas pela Tower Bridge de Londres; Alison e eu brincando em uma praia de areia branca; Alison e eu deitadas em uma cama king e de repente, quem sabe, nos aproximando apenas um pouquinho, a ponto dos nossos lábios se tocarem e as pontas dos dedos se encostarem e eu sussurraria um "Eu te amo", e então o rosto perfeito de Alison se iluminaria, o sorriso como a luz do sol e o arco-íris...

Ela abriria a boca para responder "Eu também te amo"...

... Mas pelo jeito eu sempre acordo antes de isso acontecer.

É uma manhã de terça-feira em Lambley Common, Kent, e daqui a pouco eu preciso ir para a escola, onde vou ter que encarar Alison e manter a pose, o que não é nada fácil quando se é uma palhaça nata como eu. Fico enrolando por uma década na cama, preocupada — especificamente sobre o fato de que acabei de sonhar que beijava Alison (de novo!) —, até que ouço a voz cantarolante da minha mãe.

— Cat, desce pro café! Fiz mingau!

Nesse caso, é melhor eu ficar na cama para sempre. Minha mãe está longe de ser uma cozinheira competente. O mingau dela parece ração de gato. Quando toquei no assunto, ela respondeu apenas como um "Que bom que seu nome é Cat, então, não é?!" e caiu na gargalhada com meu pai.

Mas, ai de mim, preciso mesmo me arrumar (um processo lento quando sua gangue tem padrões über-altos como a minha), então cambaleio até o espelho e avalio meus cachos loiros: estão parecendo um ninho de pássaro. Então penteio tudo com os dedos depressa e passo um rímel. Nos cílios, não no cabelo, obviamente, por mais que uma mecha fique enroscada ao aplicador.

Por fim solto um suspiro trágico. É tipo um ritual.

Minha rotina matinal é simples: levantar, me vestir, rezar para a Toda Poderosa Afrodite (ela é a Deusa do Amor, e nada é mais importante do que isso) e ficar o mais bonita possível para minha amiga e obsessão amorosa, Alison Bridgewater.

Mas hoje, antes mesmo de passar meu desodorante de lavanda da sorte, meu celular vibra e meus olhos quase saem das órbitas. O que seria bem nojento e traumático, para ser sincera. Mas é uma mensagem da Alison!

Oi, mô. Podemos conversar depois da aula, a sós? Bjs   [08:09]

— Groselhas! — exclamo (meu xingamento preferido). Alison Bridgewater quer falar comigo A SÓS? Depois da aula? NUMA TERÇA-FEIRA? Sobre o quê?! De repente, a porta do meu quarto é escancarada, e eu jogo o celular para longe como um frisbee e grito: — EU NÃO TÔ NO CELULAR, MÃE. JURO. JÁ TÔ DESCENDO!

O celular derruba os esmaltes em cima da cômoda e acerta em cheio a lâmpada de lava roxa e rosa, que oscila perigosamente. Dou um pulo para pegá-la e acabo caindo de cara numa pilha de calcinhas sujas: um verdadeiro momento cueca virada.

Então olho para trás e vejo que não é minha mãe, e sim minha terrível irmã abraçadora de árvores, Luna, quem está interrompendo o fluxo da minha energia celestial. Ela é PÉSSIMA! A mensagem da Alison poderia ser a conversa mais importante da minha vida! E isso inclui minha conversa com a Taylor Swift (Luna diz que "não foi uma conversa" se ela não respondeu nada, mas eu discordo).

Sem ligar para minhas desgraças, ela balança o celular e diz:

— Cat, você já leu seu horóscopo de hoje? Pelo visto, os aquarianos vão ser abençoados. Talvez aquela micose na sua perna melhore!

— É só um machucado, Luna — retruco, pegando o celular da mão dela. — Já disse mil vezes.

Em geral, eu ficaria profundamente insatisfeita com o fato de a Luna estar começando a tagarelar sobre astrologia. Sou *eu* que tenho a *Bíblia das estrelas*. Ela já reivindicou o pacifismo, o anticonsumismo, o feminismo interseccional e o veganismo radical. Será que não pode deixar nada para mim?

Mas, ao ler o texto na tela, percebo que talvez tenha que dar uma de Elsa e fingir frieza. Porque minha irmã, um ser tão bizarro que cultiva cogumelos numa caixa de sapato só por diversão, talvez esteja certa. De acordo com o horóscopo, minha vida está prestes a mudar para sempre, o que soa ultrajante para uma manhã de terça-feira.

Meu celular vibra de novo no meio das calcinhas. Eu o pego e arquejo.

Preciso mesmo de vc!!! bjs   [08:10]

Minha cabeça gira com mil músicas da Taylor Swift. Sinto os astros se alinharem... Bem, talvez seja meu estômago roncando. Mas será que hoje realmente poderia ser o dia em que Alison Bridgewater se apaixona por mim? É muito para processar. Principalmente levando em consideração que, como eu talvez já tenha mencionado, hoje é terça-feira.

Ingiro todo o café da manhã horroroso da minha mãe e passo o caminho todo até a escola num coma induzido por Alison, que é uma distração maravilhosa do sermão revoltado de Luna sobre a lista de compras "antianimal" da mamãe. Os sonhos da última noite cobrem minha pele feito pólen... Não dá para ver, mas consigo senti-los.

Nossa, que poético! Talvez eu devesse escrever um dos meus poemas incríveis para Alison... É fato que ela vai se apaixonar por mim quando ler. Tento pensar poeticamente, mas Luna não cala a boca. Não é de se espantar que eu nunca consiga terminar um.

— ... só porque está escrito "direto da fazenda" na embalagem. "Direto da fazenda"?! Todo mundo sabe que isso é código pra abatedouro!

Luna faz uma cara emburrada. Ela quase sempre está brava com nossos pais; ou "símbolos de uma distopia capitalista", como ela os chama. Só tenho catorze anos, mas ela faz com que até EU me sinta como se fizesse parte da geração X. Se bem que já tenho quase quinze, então não estou tão longe assim.

— A mamãe parece achar que a foto na embalagem serve de justificativa — tagarela Luna, irritada —, como se aquela galinha realmente já tivesse visto um campo na vida. Aí fica comprando isso pro jantar... toda vez!

Minha irmã (escorpiana, que Afrodite me salve) é muito passional. No último Natal, com doze anos, ela anunciou que queria trocar seu nome de Lauren Anna Phillips para "Luna Anaïs Celeste Phillips". E já estava com os formulários oficiais e tudo em mãos! Pelo visto, queria isso ou nada de presente de Natal.

— Pelo menos ela vai manter o sobrenome — resmungou papai, sem nem tirar os olhos do jornal.

Minha mãe disse para ela "experimentar" o nome antes de formalizá-lo, e então, quando Luna saiu do cômodo, ela se virou para mim em completo choque e disse:

— Não preocupe, meu amor. É normal brincar com a identidade nessa idade. Vamos dar um tempo para sua irmã. Ela vai lidar com isso e então vai voltar a ser a Lauren rapidinho.

Nove meses depois, Luna é mais Luna do que nunca. Ninguém mais a chama de Lauren, então acho que preciso começar a levar a sério... Mas considerando que ela está usando um broche enorme e constrangedor que diz SEJA A OVELHA VERDE DA FAMÍLIA no blazer, talvez eu não a chame nem de Lauren nem de Luna, só de "ridícula" mesmo.

Mas sabe quem não é ridícula?

Alison Bridgewater. Ela é perfeita. Metade ganense e com um cabelo maravilhosamente escuro e cacheado. A pele marrom com viço incrível até no inverno mais rigoroso... Nossa. É quase insuportável como ela é poética e deslumbrante.

— Perfeição... — digo, em voz alta, então arregalo os olhos. *Ops.*

Luna para de falar sobre os crimes da indústria da carne.

— Com licença? Você acabou de dizer "perfeição" enquanto eu estava falando de genocídio animal?!

— Não. — Faço uma pausa. — Eu estou cansada. Estava pensando em outra coisa.

Luna revira os olhos.

— Quer saber, se você me escutasse, talvez até aprendesse alguma coisa. Tá cansada de quê? Ficou escrevendo fanfic de *Frozen* até as quatro da manhã de novo?

— Fiquei — respondo, na lata, depois penso direito. — Quer dizer, NÃO! Eu nunca fiz isso!

Groselhas... como Luna sabe disso??

— Que seja. — Luna assume sua expressão zen. — A temporada de Libra está deixando todo mundo estranho. Todo mundo está com medo de ficar sozinho mais um ano. Maisy McGregor literalmente desmaiou por causa disso ontem...

Fico interessada, então paro de tentar compor meu soneto mentalmente.

— Calma aí, mais um ANO? Como assim?

Ela me lança um sorriso presunçoso. Que também é muito irritante, mas essa parte é só porque é o rosto dela mesmo.

— Você não tem lido sua *Bíblia das estrelas*? Algumas pessoas acreditam que, se você não encontrar sua cara-metade na temporada de Libra, vai precisar esperar até o ano que vem para ter outra chance. E isso é muito, muito tempo. Mais oito milhões de toneladas de plástico vão ter ido parar nos oceanos até lá, o que são muitas toneladas, Cat...

E o sermão continua. Mas eu estou indo para a camada de ozônio de novo.

Um ano inteiro?! Já vou ter quase dezesseis anos e ainda nada do meu primeiro beijo? De repente, a conversa com Alison Bridgewater se torna ainda mais importante. Sério, eu merecia algum tipo de prêmio só por manter a calma. Sou tipo a Florence Nightingale, se ela fosse uma loira de catorze anos a fim da melhor amiga. O que ela não é, então acho que eu não tenho nada a ver com a Florence Nightingale, mas continuo sendo muito virtuosa. Hoje o dia pode ser mais retumbante do que o silêncio da Disney sobre o verdadeiro interesse romântico da Elsa.

Porque nem pela Taylor eu vou esperar mais um ano para encontrar o amor verdadeiro.

Pelo amor de Alison

A primeira coisa que vejo ao entrar na sala de chamada é Alison Bridgewater prensando flores dentro de seu caderno de colagens, como uma espécie de semideusa criativa. Ela é mesmo a Princesa Pisciana mais Perfeita que já pisou nesse planeta cruel (grande suspiro poético).

No oitavo ano, eu e Alison sentávamos juntas na aula de ciências. Como essa matéria é um verdadeiro trem-bala para a Terra do Bocejo, comecei a desenhar uma flor na agenda.

Alison notou.

— Ai, que lindo! Você desenha sempre?

— Hm… às vezes — respondi, pensando no meu portifólio inteiro de desenhos de princesas se beijando. Achei que era melhor Alison não ver aquilo. — E você?

— Faço colagens!

Ela enfiou a mão na bolsa e tirou o caderno para me mostrar. Era uma mistura de recortes de jornal, fotos de revistas, cartões postais, retalhos de tecidos, tudo disposto de um jeito que acabava ficando bonito, como todo o caos do mundo organizado.

— Que… maneiro — murmurei.

Alison abriu um sorriso radiante, e seus dentes eram tão perfeitos, e seu cabelo era, ah, tão cacheado e maravilhoso, que meu estômago se contraiu feito uma uva-passa. Como era possível que eu nunca tivesse notado aquela garota antes? Ela é tão linda que chega a ser hipnotizante!

Mas a uva-passa se tornou um verdadeiro LIMÃO quando, numa festa do pijama, Siobhan (A Abelha-Rainha da Queen's) me falou para levar a *Bíblia das estrelas* e minha muito admirada, grandiosa e impressionante sabedoria astrológica para que a gente estudasse nossos mapas astrais a fim de encontrar nosso par perfeito. Ela vem se rastejando atrás de um capricorniano desde aquela época. Mas usamos os dados da Alison, e o site simplesmente abriu MEU mapa de novo. No começo, achei que fosse um erro, tipo se apaixonar por um geminiano, mas não... Tudo se alinhava. Todos os planetas. NÓS éramos o par perfeito.

— Nossa, que coincidência gigante — disse Siobhan, parecendo surpresa.

Eu mal conseguia respirar. Mas Alison só mexeu as sobrancelhas (perfeitas).

— Sei lá, Cat... Vai que está escrito nas estrelas? Sempre amei esse seu narizinho arrebitado...

Todo mundo caiu na gargalhada, e eu fiz o *HAHAHA* mais convincente possível, mas, por dentro, Afrodite estava estrangulando meu coração com uma graciosa guirlanda de rosas, e desde então, estou patética e intergalacticamente apaixonada por Alison Bridgewater.

Ninguém sabe disso além da minha suposta melhor amiga, Zanna, que neste exato momento está me observando com uma cara de puro e completo julgamento. Volto ao presente num estalo. É como ser jogada numa piscina... e eu conheço bem a sensação; é como o papai me acorda durante as férias de verão na França. Estou atrasada, Zanna sabe que eu estou encarando Alison, e eu ainda não faço ideia do que Alison quer falar mais tarde.

Resumindo, estou estressada até o último fio de cabelo. Daqui a pouco vou ficar grisalha.

Respiro fundo, então sigo em linha reta até meu assento do modo mais discreto possível. Mas então ouço:

— Cathleen Phillips, ora, ora, ora.

Groselhas! Paro com uma trepidação, grunhindo em silêncio. Eu me viro com o sorriso mais meigo e falso que consigo.

— Bom dia, sra. Warren!

— Bom dia, Cathleen. — Todo mundo diz que sotaques irlandeses são divinos como o folclore, mas acho que nunca vou confiar em um graças à sra. Warren. Ela batuca com a caneta na mesa. — Por que não vem aqui — chama ela, com uma voz cantarolante de revirar o estômago — e me explica por que está cinco minutos atrasada para a chamada?

Eu me aproximo devagar da mesa da professora.

— Desculpe pelo atraso, sra. Warren. Minha irmã acordou tarde.

Não é cem por cento verdade, mas até parece que eu vou dizer que a culpa foi minha. Eu e a sra. Warren temos um acordo de ódio mútuo desde SEMPRE. Ou, pelo menos, desde que ela me pegou desenhando orelhas de Shrek na foto dela no corredor.

Depois que concordei com Warren, a Perversa, que não, não sou minha irmã, e portanto sim, merecia uma anotação de atraso, me jogo ao lado de Zanna e faço de tudo para não olhar com desejo para Alison Bridgewater. Infelizmente, meu "de tudo" é tipo a capacidade de um capricorniano de amar (ou seja: não muita), e acabo olhando com desejo para ela mesmo assim.

Ela abre aquele sorriso contagiante de sempre para mim, que me faz pensar em dias de verão e arco-íris, e eu quase caio da cadeira. Pelo amor da temporada de Libra, como é difícil! Sobre o que ela quer conversar? Afrodite do céu, por favor, me dê um sinal...

Zanna pigarreia.

— Bom dia, minha amiga loira nada sutil.

Fecho a cara.

— Pelo que você tá me julgando agora?

— Talvez pelo fato de você ter encarado a Alison por cinco dolorosos segundos antes de entrar? — Zanna solta um muxoxo, dando batidinhas nos óculos de coruja, como costuma fazer quando não aprova algo, o que acontece quase sempre. — Existe um negócio chamado *sutileza*, Cat.

Zanna Szczechowska é uma amiga péssima que zomba de mim todos os dias por tudo. Mas eu a conheço desde o primário, e ela sabe segredos constrangedores demais sobre mim para eu correr o risco de irritá-la. Além disso, ao contrário de mim, Zanna sabe minha grade horária de cor, então eu não posso mesmo me dar ao luxo de perdê-la. Mas ainda posso olhar feio para ela.

— Uma amiga de verdade é sincera — diz Zanna, dando de ombros. — Você precisa superar aquela garota.

— É uma opinião válida — concordo, enquanto a sra. Warren faz os anúncios com a voz arrastada. — Mas eis uma ideia melhor: e se Alison se apaixonar por mim de volta?

Zanna faz uma careta.

— Se apaixonar por você de costas? Mas e a sua micose?

— É UM ROXO, ZANNA! — grito, a voz esganiçada. Eu não deveria ter postado sobre isso no Instagram. Então lembro que estamos no meio da aula. *Ops.* Todo mundo e Alison Bridgewater me encaram com olhos arregalados. Depois de a sra. Warren registrar minha segunda advertência do dia, sussurro para Zanna: — E é na perna. Enfim, eu nem disse isso... Quero que ela também se apaixone pelas minhas costas, óbvio, mas antes ela precisa se apaixonar pela minha frente, pelos meus lados e pelo resto de mim! E é aí que a poesia vai ajudar.

Zanna arregala os olhos, horrorizada.

— Calma. *A poesia?*

— Eu decidi que é agora ou nunca. Fui seguramente informada pelo meu horóscopo que hoje é o dia em que eu deveria me declarar para Alison, então vou escrever um poema e entregar depois das aulas. É um novo capítulo... perdão, estância... da minha vida, e Alison certamente vai se apaixonar por mim, porque a poesia é a linguagem da alma.

— É a pior ideia que eu já ouvi. *Por favor*, não faz isso. Você vai arruinar nosso grupo e deixar tudo constrangedor pra sempre.

— Tarde demais, Zanna — retruco. — Não é nem mais uma ideia. É um conceito.

— Cruz credo — murmura ela. — Isso parece pior mesmo.

Talvez ela seja mais irritante do que a minha micose. Groselhas graúdas.

Na hora do almoço, ainda não tenho nem um haikai para dar a Alison Bridgewater. Ainda por cima, assim que encontro um canto tranquilo para escrever algo espetacular, Jamie Owusu aparece com sua lancheira das Tartarugas Ninja, tagarelando sobre como sua vida é muito difícil.

Eu realmente não tenho a opção de não ser amiga do Jamie. Nossas mães são melhores amigas e organizam um festival-da-depressão chamado "grupo de costura" que acontece na minha casa todo fim de semana. Jamie sempre vai porque tem medo de ficar sozinho em casa, e a gente passa o tempo todo no meu quarto enquanto ele reclama sem parar. Em geral, eu não ligo, porque estou acostumada a não escutar, mas hoje é demais. Como vou conseguir escrever um poema espetacular se tipos trágicos e nada poéticos não param de me incomodar?

O problema de hoje é que nenhuma garota da Lambley Common quer sair com Jamie.

— Por que os caras legais sempre ficam sobrando? — resmunga ele, a boca cheia de biscoitos de chocolate.

Ouço apenas em parte o que ele diz, porque estou focada em um desenho fofíssimo da Elsa, de *Frozen*, se casando com a Merida, de *Valente*. E escrevendo minha poesia... óbvio.

— As garotas só querem os caras brancos, né? Tipo o Chris Hemsworth ou o Tom Holland.

— Mas os banheiros estão cheios de pichações sobre o Chidi Unigwe — brinco, desenhando o cabelo cacheado de Merida e suspirando melancolicamente ao perceber que é parecido com o da Alison. — Todo mundo curte ele.

— Chidi é famoso no TikTok! — reclama Jamie. — O próprio Stormzy disse que ele é uma lenda!

— Entendi. Talvez você devesse começar a fazer música — sugiro.

— Aí vai ser tão maneiro quanto o Chidi e com certeza vai achar uma namorada.

Jamie empurra meu cotovelo, e eu quase estrago o buquê da Elsa! Faço uma careta para ele, que aponta para o outro lado do playground, onde

Siobhan conversa com sua última obsessão masculina, Kieran Wakely-Brown. Ela solta uma risada irritante de gibão a cada cinco segundos e assente feito um pato de borracha enquanto Kieran se gaba da coleção de bolas de tênis autografadas dele.

— Esse é o tipo de cara que todas vocês querem — afirma Jamie, com toda a convicção.

Não sei o que quer dizer ao usar "todas vocês" desse jeito, mas por algum motivo o tom dele me irrita, então fecho o caderno com força e digo:

— Talvez se você parasse de resmungar o tempo todo, Jamie, alguma garota notasse como você é secretamente bonito, ou sei lá, e saísse com você!

Jamie me encara parecendo meio chocado. *Ops*. Será que fui ríspida demais?

Então ele diz:

— Então você me acha bonito?

Arregalo os olhos. Sério?! Essa foi a parte em que ele prestou atenção?! Abro e fecho a boca que nem um salmão, tentando articular que não quis dizer *aquilo*, porque não quero que Jamie pense que estou a fim dele quando, com toda certeza, não estou. Nem em um milhão de bilhões de anos estaria!

Infelizmente, eu gaguejo um:

— Eu não quiz dizer... ahn... bonito, mas... quer dizer, é, bonito! — Decido não mencionar que, para sua má sorte, ele não chega aos pés de Alison Bridgewater. Mas é, ele é ok, para quem curte essas coisas. — Você é ok!

Mas ele continua sorrindo como se eu tivesse feito o dia, a semana ou o ano do zodíaco inteiro dele.

— Que especial — continua ele, meio bobão. — Um verdadeiro elogio de uma garota como você.

Fico com medo de ele estar superestimando a coisa toda. Engulo o carrossel de pânico que gira dentro de mim e observo Jamie dar outra mordida no biscoito de chocolate, mantendo contato visual o tempo todo. E agora?! Mas então alguém espalma as mãos nos meus ombros, e eu dou um pulo de susto.

— AI, MEU DEUZINHO! Você viu AQUILO, Cat?! — Siobhan Collingdale pula no tampo da mesa, derrubando a lancheira de Jamie. — Momento über-especial com o Kieran; você estava olhando?!

Ela joga o cabelo para trás e acerta Jamie bem no olho.

O cabelo de Siobhan é famoso: ela usa cinco condicionadores diferentes misturados e, por mais que eu secretamente tenha certeza de que é só castanho, a garota insiste que a cor natural é "umber queimado". Deve ter acabado de danificar a visão de Jamie, mas está em êxtase com as novidades sobre Kieran e nem sequer olha para ele. Apesar de eu ter notado que surrupia um biscoito enquanto ele está ocupado gemendo de dor.

É a gota d'água. Nunca vou conseguir criar uma obra-prima poética desse jeito! Além disso, Siobhan passou o dia inteiro falando de Kieran Wakely-Brown, e eu estou de saco cheio. Todo mundo tem crushes, mas, pelo amor de Alison, Siobhan leva os dela a sério demais!

— Ele não é como os outros garotos — prossegue ela, animada. — Ele é CAPRICORNIANO, e sabe o que é rímel, porque a mãe dele é maquiadora profissional e já até conheceu a Cara Delevingne! O que é ótimo, porque todo mundo diz que minhas sobrancelhas são iguais às dela. Já superei o Chidi totalmente! — Jamie se engasga com o biscoito ao ouvir isso. — Arrumar um namorado novo é a melhor desintoxicação natural, Cat. Nem penso mais no Chidi! É por isso que minha pele anda tão bonita esses dias...

Jamie não para de me encarar enquanto Siobhan apresenta seu Especial de Novidades sobre Kieran, mas finjo não notar. Já tenho o bastante no meu prato: entramos oficialmente na temporada de Libra e dá para notar! Siobhan está prestes a começar um relacionamento novinho em folha e, nesse meio-tempo, eu ainda não tenho nada para dar a Alison Bridgewater. Mate-me, Safo!

O QUE RIMA COM ALISON?

13h45 – Madison? Atkinson?

Smalison...? Que tal... ALISON! Ah.

Badminton? Se bem que... No sétimo ano, eu *talvez* tenha quebrado os dentes frontais perfeitos da Habiba Esportiva quando aquela raquete de badminton escapou da minha mão no meio do movimento... Acho que é melhor não lembrar Alison disso.

Enfeitiçada? Apesar de que não sei se feiticeiras sabem o que é amor verdadeiro. Eu precisaria perguntar à sra. Warren para ter certeza...

Sallyson? Para minha frustração, o único Sallyson que conheço é Nigel, o Mastigador, da creche. Ele mordeu tanto minha segunda caneta gel favorita que ela virou praticamente um palito... e isso não é muito romântico.

13h55 – "Salishan"! Valeu, internet!

Significado: "uma família de línguas nativo-americanas do noroeste dos EUA e Canadá..." Hora da inspiração!!!

14h35 – Agora eu sei me apresentar em Halq'eméylem, mas ainda não tenho um poema.

Mate-me, Safo

Infelizmente, Safo (que os mais poéticos dentre nós, como eu, saberão se tratar de uma antiga poeta lésbica extremamente famosa que tem A PRÓPRIA ILHA) não me mata, e ao fim do dia tenho o que só pode ser descrito como uma "boa tentativa" em mãos. Eu a releio enquanto espero em frente aos portões da escola, na garoa, o que provavelmente significa que Safo está chorando.

Como é que vou entregar isso a Alison? Deveria ter feito uma ilustração, aí ela ficaria distraída demais com minhas habilidades artísticas para de fato notar as palavras. Mas agora é tarde demais. Guardo o poema no bolso do blazer, meu coração já fazendo boomshakalaka.

— Tá tudo bem? — pergunta alguém. Ao erguer os olhos, me deparo com uma garota de aparência ousada e óculos verdes, que me encara com um sorrisinho presunçoso. — Você parece estressada — comenta ela, em um sotaque bem elegante que eu queria ter.

— Hum... — Tento responder, sem jeito. — Bom, eu definitivamente não...

Ela assente devagar.

— Eu costumo contar até cem em coreano. Quando vai chegando no final, quase sempre já esqueci por que estava nervosa. Se ajudar.

Então ela abre um sorriso tranquilo e sai andando. Encaro suas costas, incrédula. Coreano? Como é que *isso* vai me ajudar? Não sou a coruja do Duolingo. Algumas pessoas têm uma vida tão suave-na-nave, que não fariam ideia do que é estar estressado nem se o estresse passasse por cima delas como um ônibus escolar.

Para me distrair do tsunami de ansiedade, pego o celular e abro o Instagram. Siobhan postou uma selfie que já tem mais de duzentas curtidas da sua fraternidade aterrorizada de seguidores. (Ela diz que tem "quase três mil" seguidores, mas eu, pessoalmente, diria que 2.400 é "pouco mais de dois mil".) Dou um toque duplo... então escuto uma risada familiar.

Ergo o olhar e levo um susto. Alison está de papo com um garoto do outro lado da rua. Devia estar me esperando; como eu não percebi que ela estava ali? Entre os ônibus e os pais dirigindo como se estivessem num bate-bate, ela não me viu, então me afasto do corrimão e levanto a mão para acenar. Não reconheço o garoto, mas, para falar a verdade, todos os garotos parecem iguais para mim. O blazer dele é de um roxo pretensioso, no entanto, e se destaca em meio aos uniformes de um azul sem graça da Queen's. Roxo significa que ele é da escola particular, o Instituto Lambley Common. A gente chama os alunos de lá de "Brigadistas Beterraba".

Mas isso não é hora de me distrair com blazers pretensiosos! Respiro fundo e me concentro. Chegou a hora da conversa mais importante da minha vida. (Foi mal, Taylor Swift.) Engolindo meu nervosismo-nervoso, desço o meio-fio e abro a boca para chamá-la... então o Cara da Escola Particular se inclina e beija Alison Bridgewater. MINHA Alison Bridgewater. Bem na bochecha marrom perfeita dela.

O QUÊ?! Chocada, paro bem onde estou, no meio da rua.

Minha mente gira. Ele beijou Alison na bochecha! Quer dizer, não é uma pegação-forte com beijos-na-boca de verdade. Mas um beijo é um beijo! Eu deveria ficar feliz porque Alison é minha amiga? Estou feliz da vida? Definitivamente não. Quero dar um soco na cara dele. Ou talvez eu só queira chorar?! Sério, não sei o que pensar, mas me sinto sem chão.

Então noto que estou realmente sem chão. Algo me acertou na lateral, e estou voando pelos ares em câmera lenta da vida real. É aí que me dou conta de que, GROSELHAS GRAÚDAS, FUI ATROPELADA POR UM ÔNIBUS!

Caio no asfalto e rolo. Quando me dou conta, estou deitada de barriga para cima, olhando para o grande céu poético — que assume depressa um tom soberbo de sépia. Eu me sentiria muito Shakespeareana caso não fosse a vida real. Ou é a morte real?! A sombra do micro-ônibus do time de netball assoma sobre mim; arquejos e exclamações enchem o ar enquanto curiosos se reúnem ao redor.

Então vejo o belo e horrorizado rosto de Alison acima de mim, como Afrodite me recebendo no ensolarado e glorioso além.

— Cat?! Ai, meu Deus! Você está bem? — pergunta ela, assustada.

Mesmo nesse momento de grande tragédia, está deslumbrante. Torço apenas para não fazer xixi nas calças se morrer na frente dela, porque o gato de Siobhan fez xixi quando morreu, e eu literalmente não sobreviveria se isso acontecesse comigo. De repente, é tarde demais porque tudo fica preto. Talvez eu esteja tendo meu final poético romântico no fim das contas.

— Licença. — Ouço alguém falar. — Afastem-se todos!

É Afrodite? Luna diz que é não tem sentido acreditar em astrologia nem em deusas gregas. Mas quem é ela para saber?! Gosto de considerar todas as hipóteses. Ainda assim, não acho que seja Afrodite. Estou vagamente consciente do ar frio, de uma multidão ao redor e dos vários murmúrios e arquejos. Continuo deitada na rua, que está úmida e gelada sob minhas palmas.

Imagino que o fato de eu estar ciente disso tudo signifique que não estou morta. Apesar de que ainda dá tempo de morrer, não é? E se eu estiver sangrando até a morte, perdendo e recuperando a consciência? Continuo visualizando o rosto de Alison. Abro a boca e, antes que seja tarde demais, tento me declarar...

— Se eu morrer... quero que saiba que você é verdadeiramente deslumbrante...

Então abro os olhos. Estou encarando o sr. Derry, meu professor de história. Ele parece surpreso por trás dos óculos estilo Tetris... aí percebo, com um baque, que acabei de me declarar. PARA ELE.

— Ah — balbucio. Percebo que está todo mundo murmurando e dando risadinhas. Será que disse ao sr. Derry que ele é verdadeiramente deslumbrante em voz alta? O que faço agora? — Hum...

— Não se preocupe, Cat — diz ele, por mais que suas bochechas pareçam estar meio coradas. — Você deve estar um pouco confusa. Tem um médico a caminho. Você sofreu um acidente.

Um acidente?! Eu espero de verdade que ele só esteja se referindo a esse absurdo de ser-atropelada-por-um-ônibus. Se eu tiver sujado as calças também, talvez peça para o ônibus passar logo por cima de mim...

Então Alison de fato aparece, e tenho vontade de dar uma cabeçada nela pela dor e tortura às quais ela me sujeita todo santo dia sem nem saber! Certo, eu provavelmente não daria mesmo uma cabeçada. Mas lançaria um olhar severo, o que também é bastante brutal.

— Cat! — arqueja ela. — Você está bem?

— Afaste-se, Alison — ordena o sr. Derry, para minha irritação. — Deixa comigo.

Mas estendo a mão e Alison se ajoelha ao meu lado na rua, apertando-a entre as dela. Sua pele está gelada devido ao ar de outubro, mas ela passa o polegar pela minha palma e, de repente, eu não me sinto mais tão zonza. Ou talvez eu me sinta *mais* zonza? Seja como for: PONTO PARA MIM.

Alison se debruça sobre mim com um sorriso cheio de dentes, e é como se as nuvens tivessem se afastado e o sol tivesse aparecido. Obrigada, Afrodite!

— Sua tonta — diz ela, balançando a cabeça.

Não é o melhor elogio do mundo, mas eu aceito.

— Desculpa — respondo, rouca. — Eu apaguei?

Alison faz uma careta.

— Não por muito tempo...

— Não temos certeza — intervém o sr. Derry.

Queria que ele me deixasse desmaiar nos braços de Alison em paz. Não é como se esse tipo de coisa acontecesse todo dia. Pode ser minha única chance.

Mas então um homem com uma bolsa de primeiros-socorros me arranca de vez a oportunidade ao intrometer a cabeça careca e forçar Alison a se afastar. Imagino que seja o médico, mas visto que acaba de interromper meu momento com Alison, já não sou muito fã dele, quer ele salve a minha vida ou não.

Entro em uma longa fila de espera na emergência, principalmente depois que eles percebem que não estou morrendo e, na real, nem machucada de verdade. Mas passo por um exame cerebral estranho.

— Alguma coisa lá dentro? — pergunta meu pai à enfermeira, e minha mãe dá risadinhas.

Meus pais gostam de pensar que são comediantes profissionais, mas, no mundo real, são bancários, ou seja, são pagos para serem chatos. Mas tente dizer isso à coleção de gravatas com tema de baguete do papai... Ele vai usar como argumento para andar por aí dizendo que é o "ganha-pão" da família. Cenas críticas de fato.

Fazendo uma careta para a gravata croissant-caótica do meu pai, a enfermeira explica aos meus pais palhaços que sofri uma concussão leve e (como se eu não tivesse sido punida o bastante) vou ter que ficar alguns dias em casa, mas que não há motivo para preocupação. Fácil para ela dizer! Minha mãe vai ficar buzinando no meu ouvido sobre segurança no trânsito pra sempre agora, então há motivo para PREOCUPAÇÃO, sim.

— Seu pai teve que sair do trabalho mais cedo por causa disso! — tagarela mamãe na volta para casa.

No lugar dele, eu teria achado um alívio. Papai deveria estar me agradecendo. Mas antes que eu possa expor esse argumento extremamente válido, minha mãe começa a falar da Luna. Pelo visto, ela convidou Niamh para ir lá em casa. A garota é melhor amiga da Luna, com quem minha irmã compartilha a cacofonia arcaica de crenças bizarras, e irmã mais nova da Siobhan. Parece que, mesmo ciente do fato de eu ter sido atropelada por um ônibus, Niamh foi mesmo assim, e Luna ainda quer que ela fique para o jantar. Inacreditável.

— Dá pra ver que ela está muito preocupada — resmungo.

— Ah, não seja tão dramática, Kit-Kat — diz meu pai, com uma risadinha. — Você está bem.

— Eu quase morri! — reclamo. — Fui atropelada por um ônibus!

— Talvez seja para o bem — responde ele.

Minha mãe ri alto, e ele dá tapinhas no seu joelho por cima do câmbio da marcha. Então mamãe troca a estação do rádio e está tocando "Walking on Sunshine". Ela aumenta o volume e começa a cantar com meu pai, batendo palmas de alegria.

Suspiro, sem esperança. Se nem ser atropelada por um ônibus me concede alguma compaixão, só Afrodite sabe o que concederia! Talvez eu deva ser atropelada por um avião da próxima vez? Então lembro da Alison. E do poema, ainda à espera no meu bolso. Eu o leio de novo e agora parece um pouco menos Shelley e um pouco mais xexelento. Groselhas. O que eu estava pensando?

Acho que tinha que acontecer em algum momento. A temporada de Libra chegaria, Alison encontraria um namorado, e eu teria que assistir a tudo acontecer. É muito sofrimento estar apaixonada por uma amiga. Acho que não acontece com a maioria das pessoas. Eu deveria estar a fim de algum garoto que não conheço direito, tipo Kieran Wakely-Brown. Mas eu simplesmente... não consigo.

Groselhas, agora meus olhos estão ardendo! E não é só porque espirrei gel desinfetante neles no hospital. Estou chorando lágrimas de verdade. Zanna tem razão em me chamar de "palhaça caótica". E ela tinha razão sobre outra coisa também:

Eu preciso mesmo, DE VERDADE, superar Alison Bridgewater.

É que tudo poderia ser tão perfeito. Eu conheço Alison! Muito melhor do que o Cara da Escola Particular, aliás. Sei que ela gosta de suco de abacaxi e comédias românticas e é canhota. Que quer ter um dálmata desde os sete anos. Nunca ligo luzes de teto quando a gente está junto, porque ela me disse uma vez que luz de abajur é mais suave. Temos a mesmo cor preferida: laranja. E, de acordo com as ESTRELAS DO CÉU DE VERDADE, somos almas gêmeas.

Mas nada disso importa porque ela apenas não me vê desse jeito.

Talvez eu esteja agindo como uma enguia egoísta. Deveria ser grata só por ter uma amiga maravilhosa como Alison Bridgewater, mesmo que eu vá passar outro ano do zodíaco oficialmente sozinha. No entanto, quando se é atropelada por um ônibus no mesmo dia em que vê a garota que ama ser beijada tão dolorosa e poeticamente por um garoto aleatório e idiota de blazer pretensioso, acho que é justo se sentir um pouco triste e trágica.

Eu me pergunto se é tarde demais para voltar ao hospital e oferecer meu coração para os serviços de doação de órgãos. Não vou mais precisar dele, afinal.

O POEMA DA PRINCESA PISCIANA

por Cat Phillips

Alison é tão solar!
Como uma abelha voando!
Será que ela nota
que me deixa flutuando?

O sol é feito de fogo,
e Alison não.
Mas os dois têm algo em comum:
o calor que eles me dão.

Emocionalmente falando.
Objetificar é errado,
mas Alison é tão linda
quanto um verso bem rimado!

Ela é como um raio de sol:
muito, muito brilhante,
em matérias criativas, né?
Não diante de um quadrante.

Então agora que o poema acabou,
enfim preciso dizer.
Eu secretamente gosto muito de você,
como mais do que amigas... pode ser?

Concussão e traumas

Assim que a notícia de que fui atropelada por um ônibus se espalha, Siobhan entra em modo Abelha Rainha total e força todo mundo a assinar um cartão de "Melhoras" tamanho A2, além de escrever uma "Carta de Reclamação Séria" à empresa de ônibus e até abrir uma arrecadação de fundos no meu nome.

A escola interrompe de imediato a arrecadação de fundos; principalmente quando preciso admitir que: (a) não estou tão machucada assim; e (b) o acidente foi basicamente minha culpa mesmo, porque eu estava "dançando no meio da rua que nem uma maldita idiota" (palavras do meu pai).

Para compensar, Siobhan insistiu em organizar uma Festa de Recuperação na minha casa na sexta-feira. Desconfio de que ela só queria organizar um evento, mas ainda assim é um gesto legal, especialmente considerando que meus pais não estão levando minha experiência traumática nem um pouco a sério.

A gangue toda vem: Siobhan, Alison, Kenna, Habiba e Zanna. Até Lizzie Brilho Labial faz uma aparição especial. Lizzie Leeson-Westbrooke às vezes está com a gangue e às vezes não. Ela tem lábios superbrilhosos e popularidade, então faz parte de vários grupos. Ouvi dizer que ela até enumera os chats dos grupos no celular.

— Uau! — diz Kenna, que nunca havia me visitado antes. — Sua casa é incrível!

— Pelo amor de Deus, Kenna! — repreende Siobhan. — Você se impressiona tão fácil. Não é como se ela tivesse um mordomo nem nada assim! Enfim, presta atenção: Cat sofreu um acidente TERRÍVEL. Ela não precisa que você entre aqui fazendo uma cena.

Siobhan continua a dar ordens em Kenna e Habiba e as obriga a estender uma toalha de piquenique no meio do chão, onde espalham centenas de bolos, biscoitos, pastinhas e petiscos. Lizzie Brilho Labial posta uma foto minha no Instagram para "mostrar a todo mundo que Cat não morreu no fim das contas", e eu recebo o lugar de honra na poltrona de couro do papai.

Siobhan me instrui a não erguer um dedo para ajudar.

— Vou cuidar de tudo, Cat — assegura ela. — Não precisa se preocupar com nada. KENNA! NÃO MISTURE OS HUMMUS! VOCÊ É *TÃO* BURRA ASSIM?!

Abro um sorriso solidário para Kenna enquanto ela coloca com cuidado uma colher de chá em cada pastinha. Mas ela está ocupada demais encarando a "lareira digital" com admiração para notar.

Minha casa é tão moderna que eu praticamente moro no futuro. Eu e Luna a apelidamos cerimoniosamente de "Caixa de iPhone" quando nos mudamos no ano passado, porque o lugar é todo cheio de paredes de janelas e pensado a partir do conceito aberto, um pesadelo para privacidade. Mas papai disse que a gente não poderia escrever "Caixa de iPhone" numa placa, então ficou apenas número 11 da Beech View Lane.

Pessoalmente, eu preferiria algo extravagante, estilo Tudor, com colunas e paredes assimétricas. Qualquer parede seria bom, na verdade. Minha casa dos sonhos é o chalé que sempre visitávamos na Cornualha, que *de fato* tinha vista para a praia, ao contrário do que o nome da nossa rua dá a entender. Em um verão, até sugeri que comprássemos o chalé, mas meu pai só riu e disse: "Não seria nada mal!".

Não mesmo, óbvio. Por que mais ele achava que eu tinha feito a sugestão?

O tema da nossa cozinha na Caixa de iPhone é "Coisas Que Se Fecham Automaticamente Para Você Nunca Poder Deixar Nada Aberto" e "Isso É Um Painel Ou Um Armário? Ambos São Iguais". Habiba leva uns vinte minutos para encontrar copos. Depois de um tempo, tudo está arrumado e nós nos sentamos em círculo. Todo mundo escuta minha história em detalhes...

— Eu fui atropelada por um ônibus — conto.

— Você é tão forte — diz Lizzie Brilho Labial, apertando a mão de Kenna.

— Você é inacreditável — afirma Zanna.

— Estamos tão felizes que você está bem! — exclama Alison, com a mão no coração, e eu derreto como chocolate.

Ela está especialmente reluzente e bonita hoje, de esmalte rosa-claro e um suéter amarelo como o sol. Seus olhos estão apertadinhos numa expressão lacrimosa de preocupação e o rímel cobre os longos cílios. Eu olho para ela e... percebo de repente que não estou dizendo nada e que todo mundo está olhando para mim, esperando. Groselhas!

— Você está *bem*, certo? — pergunta Alison, e sinto o rosto corar.

Zanna dá um sorrisinho presunçoso, sabendo o que eu estava pensando.

— Ah, ela está ótima — diz ela, com a voz arrastada.

Lanço um olhar feio para fazê-la calar a boca de imediato, caso contrário talvez eu convença Siobhan a expulsá-la.

— Ela ainda deve estar com uma concussão — explica Siobhan, toda sabida, e estala os dedos. — Kenna, pega suco de maçã para Cat! Aliás, traz um para mim também.

Kenna e Siobhan são amigas desde a pré-escola. Kenna é basicamente o Braço Direito e Assistente Pessoal da Siobhan. Tipo o minion que dirige a carruagem da Feiticeira Branca para ela em Nárnia. Todas nós achamos que Kenna tem deficiência auditiva devido à dificuldade de ela ouvir um "OI, KENNA" no playground (o que Siobhan faz com frequência). Seus avós, sua irmã mais velha, Marta, e quase todos os seus amigos, além de nós, são surdos, portanto Kenna conhece a linguagem britânica de sinais e, como Siobhan odeia não saber de tudo, ela também aprendeu um pouco. Mais ou menos. Ela fez um intercâmbio com alguém da escola de surdos que Marta frequenta e foi muito elogiada pelos professores por seu estilo "único e inventivo" de sinais... então ela deve estar fazendo algo certo!

Kenna corre para lá e para cá servindo suco de maçã, então do nada, Siobhan diz:

— Habiba, você gostaria de compartilhar alguma coisa, já que estamos todas reunidas aqui?

Kenna congela enquanto serve o suco, e até Zanna ergue o olhar do celular.

Habiba é bastante destemida: é capitã dos times de netball *e* trampolim, além de líder das animadoras de torcida e campeã do condado em tênis: uma verdadeira realeza fitness do Instagram. Chegou a trazer um dos seus troféus de torneio hoje só para beber um suco nele. (Acho que quer se certificar de que não nos esqueçamos de como ela é poderosa.) Mas agora está até suada de tão nervosa.

— Alguma coisa... pra compartilhar? — repete Habiba.

— Não finja que é mais burra do que é! — retruca Siobhan, ríspida. As narinas dilatam. — Percebi suas tentativas trágicas e insípidas de flertar com o Nico Benneston depois do netball na quarta-feira! Achou mesmo que a gente não ia descobrir?! Desembucha. Agora.

— Descansa em paz — sussurra Zanna, se arrastando para perto de mim.

Habiba balbucia alguma história trêmula sobre como ela e Nico andavam "praticando técnicas de bola" (Zanna cospe a bebida nessa parte), e eu me pego encarando Alison de novo. Noto o ombro nu dela de repente, exposto porque seu suéter amarelo maravilhoso deslizou.

Afro-VIXE, acho que talvez eu tenha uma nova Adoração pela Alison! Já vi ombros antes, mas os ombros da *Alison* são tipo uma criação divina mesmo! A pele parece tão macia... Seu rosto se ilumina num perfeito e glorioso sorriso. Meu coração expande como um balão de água. Alison ajeita o suéter, tocando o ombro, e eu suspiro. Se fosse a minha mão naquele ombro...

— Cat, quem *você* curte? — pergunta Lizzie Brilho Labial, me arrancando do meu momento videoclipe.

Habiba parou de falar e todo mundo está olhando para mim de novo.

— Quem e-eu o-o quê? — gaguejo.

— Que insensível, Lizzie! — exclama Siobhan, empurrando Zanna para o lado e agarrando minha mão com suas garras muito bem-feitas. — Cat está ocupada demais passando por traumas transformadores para pensar em garotos! — Ela afrouxa o aperto. — Apesar de que alguns garotos são arrebatadores. Tipo o Kieran...

Reviro os olhos para Zanna, que checa seu Tumblr secreto e toma cuidado para não participar da conversa. A última coisa que quero na *minha* Festa de Recuperação é que Siobhan fique tagarelando sobre Kieran Wakely-Brown de novo. Mas a gangue parece ter outras ideias.

— Para falar a verdade, Kieran é um sonho — concorda Habiba, enquanto Kenna sinaliza "lindo" por cima do ombro dela. — Ele é tão alto e loiro, e já viu os antebraços dele?! Kieran faz o tipo de todo mundo. Você é tão hashtag-abençoada, Siobhan.

— Olha, sem ofensas — retruco, sem pensar. — Mas o Kieran não faz nem um pouco o *meu* tipo.

Todas ficam em silêncio, chocadas. Zanna articula um "U-ou" silencioso. Então Siobhan exclama:

— NÃO FAZ SEU TIPO?! Aquele ônibus liquefez seu cérebro?! — Siobhan explode, pisoteando a toalha de piquenique e balançando os braços como se estivesse em chamas. — Kieran é uma combinação espetacular do DNA humano! Como é que ARTE AMBULANTE não faz seu tipo?! Se Kieran Wakely-Brown não é bom o bastante pra você, Cat, então tenho quase certeza de que você vai mesmo MORRER SOZINHA!

— É porque Cat gosta de outra pessoa — diz Zanna, ainda colada ao celular. Então fica paralisada, arregalando os olhos. Olho para ela de boca aberta que nem um baiacu. MAS QUE CASQUINHA DE SIRI?! Os olhos de Zanna disparam de mim para Siobhan. — Quer dizer, provavelmente — continua Zanna bem baixinho. — É *provavelmente* porque Cat gosta de outra pessoa.

Eu seria capaz de estrangular minha amiga sagitarINÚTIL! Agora todo mundo está olhando para mim. Siobhan me encara que nem uma gaivota. Kenna agarra o suco num suspense trêmulo. Lizzie Brilho Labial até parou de passar o brilho. Habiba parece apenas aliviada pela atenção ter passado para outra pessoa e começa a perguntar "Quem? Quem é, Cat?".

É como se eu estivesse rodeada de um bando de patos, fazendo "quem, quem, quem". Encaro Alison, que parece olhar no fundo da minha alma, e rezo para Afrodite para que aquilo não esteja acontecendo de verdade, ou vai ser meu fim. Então abro a boca, tentando pensar em um nome, um rosto, qualquer coisa, exceto Alison Bridgewater, que ainda me encara, e...

— JAMIE! — falo de repente, então coloco a mão sobre a boca.

Tarde demais. Há um rebuliço de gritos e guinchos. Minha mãe aparece no topo da escada, parecendo assustada e maternal com seu cardigã.

— Está tudo bem, meninas?

— Não, nem um pouco! — gesticula Siobhan.

Acho que minha mãe fica com medo de Siobhan, porque responde com "Está bem, então!" e volta para o escritório.

— Você curte Jamie Owusu?! Não acredito que não tinha me contado antes! — vocifera Siobhan.

— Que surpresa — diz Alison.

— Por quê?! — pergunto com a voz esganiçada, já na defensiva.

Ela ergue os ombros maravilhosos.

— Ele é bem calado, e você é meio... espalhafatosa, sabe? — Ela sorri, então estende a mão e aperta a minha. Groselhas, estou prestes a pegar fogo! — De um jeito *bom*, óbvio — adiciona ela.

ESPALHAFATOSA?! Engulo em seco, sem saber como interpretar o comentário. Alison me acha ESPALHAFATOSA?

— Eu sento do lado do Jamie na aula de ciências! — guincha Kenna, e sinto a alma deixar o corpo durante o festival-do-constrangimento. — Ele perguntou se você estava bem três vezes hoje.

— Três vezes não é tanto assim! — protesto, mas Siobhan não quer nem saber.

— Isso confirma tudo! — exclama ela. — É óbvio que ele tá totalmente apaixonado por você. Não se preocupa, Cat! Vamos fazer acontecer.

Acho que nunca ouvi nada tão agourento. Olho para Zanna, desesperada, mas ela está sendo tão prestativa quanto, bem, Zanna; que é a pessoa menos prestativa do mundo. Também acho que meu pânico está evidente, porque Alison aperta minha mão e diz:

—Bem, ninguém me perguntou de quem eu gosto.

Siobhan tem o terceiro ataque cardíaco dos últimos cinco minutos.

Alison, imagino que pensando salvar minha pele, conta para todo mundo sobre o Cara da Escola Particular. Acho que eu preferiria estar num palco do West End fazendo uma apresentação de salsa pelada com a sra. Warren do que aqui e agora, escutando isso.

— Por isso que eu queria falar com você, Cat, pra você olhar o mapa astral dele na sua *Bíblia das estrelas*... Mas aí você foi atropelada! Enfim, o nome dele é Oscar e ele é geminiano.

Alison sorri enquanto sinto o vômito subir à garganta. ALISON GOSTA DE UM GEMINIANO?! É demais para mim. Minha prima, Lilac, também conhecida como Rainha da Perversidade Perpétua, é geminiana, e ela já literalmente cortou meu cabelo enquanto eu dormia. NUNCA confie em geminianos!

Mas antes que eu possa protestar, Alison continua:

— A gente vai ao parque neste fim de semana! Esse é o meu segredinho.

Alison pisca para mim. Sorrio de orelha a orelha para esconder o tornado de horror que se forma em meu estômago.

Alison Bridgewater tem um encontro. De uma hora para a outra, meu coração está partido e eu estou destinada à eterna solidão.

Uma aquariana sozinha. Acho que esse vai ser o título da minha biografia.

Zanna Szczechowska

Ei, hm, não era minha intenção dizer aquilo em voz alta. Foi mal, rs. Vc tá bem? **22:11**

TÔ ÓTIMA!!! PERFEITAMENTE ESPLÊNDIDA HAHAHAAA!!! **22:13**

Vc tá rindo histericamente por mensagem de texto? Sabe que tem mais peixes no mar, né? **22:13**

Que metáfora pisciana infeliz que vc escolheu :(**22:14**

Mas, Zanna, e se eu for uma péssima pescadora? **22:14**

Deve ser, mesmo. Você é péssima em tudo, pra ser sincera **22:17**

??? Vc não deveria estar me consolando??? **22:17**

Ah é, rs. Tem mais peixes no mar! **22:17**

VOCÊ JÁ DISSE ISSO!!! **22:18**

Tampa para sua panela

Chove no fim de semana, então Alison e Oscar vão ao shopping, e não ao parque. Shopping. Pelo jeito, foi ideia dele, o que é a ideia mais detestável de geminiano possível. Mas mesmo assim respondo à mensagem de Alison dizendo que estou feliz pelos planos não terem sido cancelados.

Mas não estou feliz. Estou com o coração partido e chateada. Passo a manhã inteira na cama, comendo cereal direto da caixa e chafurdando (a melhor palavra para tais atividades). A temporada de Libra acaba em dois dias e eu ainda não estou nem perto de encontrar o amor verdadeiro.

Infelizmente, hoje é sábado, o dia em que a minha mãe e a mãe do Jamie, Fran, têm seu "grupo de costura", então não vou ter muito tempo para encontrar um interesse romântico. Não é bem um grupo: inclui apenas Fran e minha mãe, e parece consistir muito mais em biscoitos e xícaras de chá do que em costura.

— É escapismo — alega mamãe sempre, o que é válido. Se eu fosse banqueira, também ia querer dissociar. — Meu trabalho é frenético às vezes, mas é o único para o qual sou *paga*.

Então ela começa a rir de um jeito irritante, como se eu fosse jovem e idiota demais para entender que ela também está falando sobre a maternidade.

Depois de chafurdar mais um pouco, me levanto e vou até o espelho coberto de adesivos de princesas da Disney, mas com um pequeno espaço livre para que eu consiga ver meu rosto. Talvez eu precise de mais adesivos afinal, porque estou pavorosa hoje. Tipo aquele quadro O Grito.

Ironicamente, gritar não vai ajudar. Alison vai a um encontro com Oscar, e, querendo ou não, eu vou passar a manhã com Jamie.

DICA: eu não quero.

Quando a campainha toca, já estou na cozinha tentando devolver o cereal escondida antes que alguém perceba que eu o levei para o quarto, então eu mesma atendo. Até grito "Estou indo!", para cimentar meu humor alegre falso ao abrir a porta.

Mamãe aparece atrás de mim, dando risadinhas animadas (animadas até demais) para Fran, enquanto Jamie salta do carro vermelho da mãe como um coelho de uma cartola.

— Você está bastante disposta a dar uma de mordomo hoje, hein? Que mudança agradável. Você deveria ver essa menina aos domingos, Fran. Nunca se levanta antes das duas da tarde! Não sei por que está tão empolgada hoje...

Elas continuam tagarelando. Jamie sorri de orelha a orelha, e eu logo me pergunto *por que* está tão feliz. Deve ser por causa de algo terrível, imagino. Minha mãe e Fran seguem para a sala de estar, e ouço Fran dizer, sem muita discrição:

— Ela seria boa pra ele, Heather.

Oi?! Boa para ele?! Por acaso estou sendo oferecida em casamento como uma princesa na Era Tudor?

— E aí, Cat? — cumprimenta Jamie, se aproximando com um andar estranhamente sossegado e um sorriso sossegado e estranho. — Vamos lá pra cima ou algo assim?

Não entendo direito o que "ou algo assim" significa, já que as opções são literalmente apenas o andar de cima ou o de baixo, então dou meia-

-volta e sigo para meu quarto, que, de modo bastante luxuoso para a Caixa de iPhone, tem quatro paredes inteiras. Normalmente, eu me deito na cama e Jamie se senta no chão para reclamar. Ele tem muitos pesares (o que não é nada atípico para um canceriano), tais como o fato de seu amigo fracassado, Lucas, nunca o deixar ganhar em jogos de computador, ou sua mãe se esquecer de lavar suas meias de dormir e ele ter que ficar com os pés gelados à noite.

Por sorte, hoje Jamie parece querer falar sobre minhas amigas, e não sobre as minhas meias de dormir.

— Siobhan... ela é sua amiga, né? Ela não tá saindo com o Kieran Wakely-Brown?

— Ela só gosta dele — murmuro, prestes a revirar os olhos. — Pelo visto, todo mundo gosta.

— Você também? — pergunta Jamie, e eu bufo, ofendida.

— Não! Eu não sairia com Kieran nem se você me ameaçasse com crocodilos!

— Ah, maneiro — diz Jamie, sorrindo de um jeito estranho. — Então, quanto a Alison...

Congelo.

— O que tem ela?

— A mãe dela frequenta nossa igreja. Ela conhece a minha mãe. — Ele diz isso como se fosse uma conquista, estalando os dedos, depois se encolhe e os massageia, pesaroso. — As duas são de Kumasi, a cidade jardim de Gana — adiciona ele, orgulhoso. — Então elas são amigas.

Gana parece um lugar maravilhoso quando Alison fala sobre ele. O nome do meio dela significa "terça-feira", o dia da semana em que ela nasceu, o que é uma tradição ganense. Ou o certo é ganesa? Penso nisso por um momento, mas então percebo que só estou pensando no sorriso da Alison (suspiro grande e poético).

— Alison disse que você falou de mim na sua festa de recuperação. Na igreja. Ela disse que você falou para as suas amigas que sairia comigo.

Gana desaparece. Eu me sento bruscamente.

— Ela disse O QUÊ?!

Jamie tem um brilho nos olhos que me dá arrepios.

— Ela disse que você sairia comigo.

Talvez eu esteja prestes a vomitar minhas tripas. Droga, Alison!

— Quer dizer, eu falei de você — balbucio. — Você é, tipo, meu amigo, né?! Não achei que você se importaria, e todo mundo queria que eu dissesse o nome de alguém, aí...

— Não me importei nem um pouco — responde Jamie, então pula do chão para a cama com uma velocidade impressionante. — Eu achei... ah, você sabe. — Ele dá uma sorrisinho presunçoso. — Fofo.

Engulo em seco.

— Ah, que bom! Estou TÃO aliviada, Jamie, obrigada por entender! Espero que saiba que se você algum dia precisar dizer para alguém que já beijou uma garota, por exemplo, eu disponibilizaria meu nome com TODO PRAZER como recompensa... Não que a gente TENHA que se beijar, tá? É só que...

Fico zonza. Como faço para sair dessa? Talvez eu deva dizer a Jamie que fui prometida em casamento arranjado para um príncipe alemão? Mas aí ele poderia perguntar o nome do cara, e eu não sei nenhum nome alemão. Minha cabeça está a mil. Strübert Humbervink. Rudolph Strudolph. Assim que começo a me perguntar se um príncipe italiano seria mais factível, Jamie diz:

— O prazer é meu de aceitar sua oferta, anjo.

Então ele se inclina para a frente e me BEIJA.

PELO AMOR DE Rudolph Strudolph!

É meu primeiro beijo da vida. Não sei o que fazer! E se eu babar na boca dele? Nem me lembro de fechar os olhos. Apoiada com os cotovelos na cama, estou quase me desequilibrando, e o peso dele em mim faz com que meu pescoço se contraia para segurar a cabeça.

— Mmfmmphmhrmph! — falo, e Jamie se afasta. — Hm, eu tô caindo.

Jamie dá uma piscadela. Ah, groselhas.

— De amores por mim, espero.

Tusso.

— Hm... uau. Que sedutor, hein? Escuta, na verdade, eu...

— Segui seu conselho e comecei a compor músicas que nem o Chidi Unigwe — diz Jamie, erguendo as sobrancelhas. — Escrevi uma sobre você outro dia.

Presumo que ele esteja brincando, então rio na cara dele, mas Jamie não ri, aí eu paro.

— Calma, é mesmo? Tá falando sério? Que... hm... fofo!

Taylor Swift do céu, eu não falei para Jamie compor músicas... falei? Ah, talvez eu tenha falado. Mas não era sério! E talvez eu seja uma péssima atriz, assim como sou péssima beijando e dando conselhos, porque Jamie fica todo tímido.

— Você acha constrangedor, né?

Ele parece prestes a chorar. Olho para a porta, torcendo pela primeira vez para Luna invadir meu quarto dando sermões sobre veganismo, mas não tenho tanta sorte. Jamie funga. Groselhas! O que eu faço? Depressa, com os lábios totalmente contraídos, eu dou um beijo super-rápido na bochecha dele.

— Não é constrangedor. Não fica chateado — digo, rápido.

Jamie me encara, os olhos brilhando de esperança.

— Posso cantar pra você, se quiser — oferece ele, ávido como um cachorrinho. — Sei a letra de cor.

Olho para ele, boquiaberta.

— Cantar pra mim? Tipo, aqui? Agora?

Não tenho nem tempo de entender o que está acontecendo. Jamie me olha fixamente e, primeiro, começa a bater palmas. Depois, começa a cantar! Identifico a melodia na hora. É "Jolene", da Dolly Parton.

Ela tem um sorriso de Marilyn Monroe
Sua pele macia bobo me deixou
E o nariz belo como flor, Cathleen...

É horrível. Não segue nem a métrica! Se Dolly Parton ouvisse, tenho certeza de que ficaria morta de vergonha. Mas vou fazer o quê? Ele está no meu quarto. Mantenho o sorriso grudado no rosto como se minha vida dependesse disso, e Jamie continua sua canção de amor.

Cathleen, Cathleen, Cathleen, Cathleen...
Estou implorando, deixe-me ser dela...
Cathleen, Cathleen, Cathleen, Cathleen!
Deixe-me ser a tampa da sua panela...

Parece ter muitos mais versos do que eu me lembro em "Jolene", mas enfim ele para de bater nos joelhos e faz uma pausa dramática, fechando os olhos com intensidade emocional, então abre um sorriso.

— O que achou?

Bato palmas devagar.

— Foi... *muito* bom, Jamie. *Muito* obrigada.

Ele se inclina para me beijar de novo. Eu deixo, porque pelo menos ele não consegue cantar se estiver com os lábios ocupados. Meu celular acende com uma notificação. Distingo o nome da Alison na tela e me afasto do Jamie para ler a mensagem.

CAT! O encontro tá sendo um ARRASO. Ele é tão fofo!!

Detalhes em breve!!! bjssss   [12:29]

Nisso ela tem razão: suas notícias constantes estão definitivamente me deixando ARRASADA. Abro o teclado para responder como uma amiga decente e bombardeá-la de apoio, mas, ai de mim, não consigo encontrar as palavras. Alison Bridgewater está num encontro com um garoto, e o garoto é fofo. Fico em silêncio, encarando a tela. Jamie espera, sem jeito.

Finalmente, ele pigarreia.

— Quem é?

Bloqueio a tela depressa.

— Ninguém!

— Não é nenhum cara, né?

Não faço contato visual com ele porque estou com vontade de chorar. Forço um sorriso, mas seria mais fácil arrancar meu rosto fora (o que ainda seria menos doloroso do que isso).

— Por quê? Tá com ciúme?

Ele dá de ombros, indiferente, mas sua boca se curva para baixo. Fica óbvio que está cheio de ciúme. Seu rosto está quase tão arrasado quanto meus sentimentos. Será que as estrelas planejaram isso? Primeiro o ônibus e agora o beijo do Jamie, do nada, no meio da temporada de Libra. Será que o universo está tentando me dizer alguma coisa? Talvez eu não possa salvar Alison de um geminiano, mas posso me salvar de ser obrigada a escrever *Uma aquariana solitária*. Siobhan surge perigosamente na minha mente... *Um namorado novo é a melhor desintoxicação natural, Cat... Eu nem penso mais em Chidi!*

Cutuco Jamie com o pé.

— Era só uma amiga. Não se preocupa.

Meu celular vibra de novo, mas desta vez eu o ignoro. Umedecendo os lábios, decidida, seguro a gola do Jamie e o puxo para nos beijarmos um pouco mais. Não sei direito o que pensar sobre os beijos: são mais *trabalhosos* do que gostosos. Mas talvez eu ande assistindo a desenhos da Disney demais? Beijo Jamie e me esforço muito para não pensar em Alison Bridgewater. Só há um problema.

Eu estou *sempre* pensando em Alison Bridgewater.

O QUE EU GOSTO EM JAMIE OWUSU

* Ele é... disponível. Isso. Bom começo!

* Ele sempre tem biscoitos à mão.

* Quero dizer à mão mesmo, não nas mãos... por mais que isso também seja verdade.

* Ele é muito, MUITO bem... intencionado?

* Ele é ruim com mensagens, então não precisamos nos falar muito.

* Ele é canceriano, o signo mais fácil em que dar ordens.

* Ele já me visita todo sábado, então não precisamos marcar encontros.

* Ele não é Alison Bridgewater!

* Mas eu meio que queria que ele fosse.

As nove regras da pegação

Na segunda-feira, Alison fala toda entusiasmada sobre o encontro dela, mas eu ainda não estou convencida. Tipo, ir ao shopping? Ainda não acredito que o Oscar Escola Particular levou Alison Bridgewater a um shopping. Garotos fazem o mínimo e tudo bem, né? Lanço um olhar feio para o outro lado do playground.

Está chegando a temporada de Escorpião montado-na-cobra, um clima sempre megafrio, mas Siobhan diz que "a biblioteca é pra nerds e fracassados", por isso estamos do lado de fora, enterradas em blazers como pinguins. Sempre ficamos na mesma mesa de piquenique perto dos estúdios de arte, que Siobhan reivindicou como o espaço do nosso grupo no sétimo ano. As iniciais dela estão literalmente entalhadas no tampo da mesa, então ninguém mais ousa se sentar aqui agora. Nem os professores.

— ... aí ele me emprestou uma nota de cinco! — relembra Alison — Para comprar um sorvete no café.

— Calma aí — intervém Zanna. — Ele te *emprestou* uma nota de cinco?

O sorriso de Alison não se abala.

— O pai dele trabalha com finanças — explica ela. — Então Oscar é muito cuidadoso com dinheiro. Vou pagar de volta na semana que vem.

— Vocês se pegaram? — pergunta Siobhan, direta.

O sorriso de Alison fica tenso.

— Não no nosso primeiro encontro, Siobhan!

Siobhan a encara com os olhos arregalados.

— A gente não tá na Inglaterra medieval, Alison. Você é burra? Como que isso pode ser considerado um encontro se vocês nem se pegaram? É a única utilidade dos garotos...

— Conversar também é bom — interfiro.

Siobhan não parece aceitar o argumento.

— Se um garoto me chamasse pra sair e não tentasse me beijar, eu acharia que ele é um esquisitão frígido. Que tipo de assunto a gente pode conversar com um menino, aliás? Não acho normal, pra ser sincera.

Podemos até concordar nesse ponto. No entanto, Alison abre um sorriso cúmplice para mim, o que faz tudo valer a pena, mesmo que agora eu esteja na incumbência infeliz de defender o Oscar Escola Particular.

— Obrigada, Cat — sussurra ela, enquanto Siobhan continua o sermão. — Você é minha preferida.

Corando como uma palhaça, desvio depressa o olhar de Alison e, sem querer, faço contato visual com precisão laser com uma garota do outro lado do gramado. Calma aí. Eu sei quem é! É a menina de óculos verdes que conta em coreano. Ela está recostada numa árvore, com Marcus e Maja, dois góticos esquisitos com cabelo platinado da galera do teatro.

Ela tem cabelo escuro com mechas loiras e usa um lápis de olho forte, o que por si só já é ultrajante, já que fósseis inimigos da moda, como a sra. Warren, geralmente farejam maquiagem como cães de caça. Mas talvez ela seja uma rebelde estilo Avril Lavigne demais para se importar. A camisa dela está para fora e as meias estão puxadas até os joelhos.

Basicamente, ela é a über-maneira máxima. A mais über de todas.

A garota olha para mim e eu olho para ela, depois franzo a testa, porque quase parece que ela já estava me observando. A über-maneira inclina a cabeça, em uma expressão de curiosidade, então volta a atenção para

Marcus e Maja, como se nosso momento de contato visual intergalacticamente intenso nunca tivesse acontecido.

Cutuco Zanna.

— Zanna. Zanna. Zanna. Quem é aquela garota?

Zanna olha por cima do ombro de Siobhan, que ocupa o tampo da mesa de pernas cruzadas, como uma espécie de divindade, e recita suas Nove Regras da Pegação para Kenna e Alison. Habiba teve a sorte de escapar hoje; está ensinando taekwondo para alunos do sétimo ano que têm problemas de controle de raiva.

— Que garota? — pergunta Zanna.

— Aquela ali. — Tento apontar sem usar o dedo. — Embaixo da árvore.

— Por que você tá se contorcendo desse jeito? — Zanna franze a testa. — Levou um choque?

Pelo amor de Coraline Jones, Zanna é mesmo inútil.

— Tem uma garota embaixo daquela árvore, Zanna. Ela estava olhando pra mim! Tem mechas loiras e meias enormes e...

— Ah, *aquela* garota — diz Zanna, finalmente. Talvez ela precise de óculos novos. — É a Morgan.

Eu a encaro, à espera de mais explicações.

— E...? Quem é Morgan?

— *Ela* é a Morgan — repete Zanna, indicando a árvore com a cabeça. Cascavéis graúdas. Estou prestes a pular no pescoço dela!

— É, eu entendi que *ela é a Morgan* — respondo. — Mas quem ela é? Eu conheço?

— Óbvio que não, né? Você tá me perguntando — responde Zanna. Preciso fechar os olhos e respiro fundo. Um verdadeiro exemplo de paciência. Então Zanna continua: — Ela entrou na escola esse ano. Julia, da Sociedade Eslava, tá na turma dela e disse que ela tocava em uma banda, o que é maneiro. — Zanna dá um sorrisinho presunçoso. — Dito isso, na real, Cat, não faz sentido nenhum que ela estivesse olhando pra alguém tão sem graça como você.

Antes que eu tenha tempo de dar uma cotovelada nela, Siobhan se vira no tampo da mesa ao ouvir nossa conversa.

— Morgan Delaney? URGH! Você tá errada, Zanna. Morgan não *toca* numa banda, ela só foi banida. Banida do Starbucks. Acho que foi a Habiba que me contou.

— Banida de qual Starbucks? — pergunta Kenna, olhando apreensiva para Morgan.

— De *todos* — afirma Siobhan, com convicção. — Deve ter feito alguma coisa muito ruim. Samantha Sacana, minha prima inútil, trabalhou por um tempo no Starbucks e me disse que dá pra se safar de qualquer coisa! Ouvi dizer que ela é irlandesa ou algo depravado assim.

Arregalo os olhos.

— Siobhan! Você não pode dizer isso! *Você* não é irlandesa?

Ela me encara como se eu fosse burra como uma porta.

— Por que você acha que eu sou irlandesa?! Tanto meu pai quanto minha mãe são de Sevenoaks! Enfim, ela não quis formar um grupo comigo e com a Lizzie na aula de psicologia. E olha que eu convidei, afinal ela é nova na escola e tem um nariz aceitável. Ela disse que já tinha prometido que ia ficar com o Marcus, que é um show de horrores ambulante, né? Ele literalmente joga xadrez por diversão, que nem um velho moribundo... então não vamos ser amigas dela.

— Pensando bem, a cor do cabelo dela é meio falhada mesmo — diz Kenna, franzindo o nariz.

Siobhan abre um sorriso desdenhoso.

— Parece que ela o mergulhou num pote de mostarda.

As duas trocam olhares e começam a gargalhar, cacarejando como galinhas. Fico me perguntando o que Morgan Delaney pode ter feito para ser banida de todos os Starbucks do país, quando Alison põe a mão em cima da minha. Fico paralisada, e Alison sorri como se tudo estivesse normal. E é mesmo, não é? Óbvio. Estou no total controle da situação.

— Cat — começa Alison, com os olhos brilhando daquele jeito cintilante e cativante que acaba com a minha vida. — Quer ser minha dupla na aula de educação física? Sou péssima em tênis, e da última vez Siobhan ficou furiosa comigo depois que a gente perdeu. Ela tá muito acostumada a treinar com Habiba! Mas você tá acostumada a perder, certo? O que acha?

— Vamos! — exclamo. — Posso ser sua dupla!

— Que ótimo. — Alison abre um sorriso tão-deslumbrante-quanto--uma-ilha-grega. Zanna revira os olhos por cima do ombro dela. — Fica de olho enquanto eu vejo meu celular?

Viro de costas para esconder Alison dos professores de passagem, tentando ignorar o fato de que minhas bochechas estão esquentando como se eu estivesse mesmo numa ilha grega. Qual é o meu problema? É apenas tênis! Por que, quando se trata da Alison, qualquer coisinha parece o evento mais importante desde a descoberta de Júpiter?

— Nossa, Cat! — Alison se sobressalta, dando um giro.

O que será agora?

Alison vira a tela, mostrando a todo mundo antes de me mostrar. Siobhan arregala os olhos, depois Kenna, então Zanna solta um "Eita", e, finalmente, a tela chega a mim. Meus pulmões quase saem pelas minhas narinas! Jamie postou uma foto minha do sábado no Instagram dele (@owusuperman) com a legenda: "Sábado é dia de Cat! Minha NAMORADA não é um pedaço do paraíso?". Marcada: @catpalhaçadaastrologia

Estamos no vestiário de educação física, sem jeito e caladas. Pelo jeito, todo mundo aqui virou a Zanna. Estranhamente, ninguém sabe o que dizer (ou sinalizar, no caso da Kenna). Não contei para ninguém que beijei Jamie no sábado, e, pela reação delas, imagino que se sintam bastante traídas. E eu? Eu estou profundamente abaladoscopiada! Ou seria abaladignorada?

Seja lá qual for, eu estou, porque nunca disse a Jamie que éramos um casal! O que ele acha que está fazendo?! E o fato de a própria Alison ter visto a postagem... Vir para a escola com uma fantasia de palhaça seria menos constrangedor.

— Não acredito que você não disse nada! — sibila Siobhan.

— Eu não... — começo, mas não termino.

Não é como se eu pudesse dizer a todo mundo que ele está errado. Não quero transformar Jamie na piada da escola. No fim das contas, eu ainda tenho que vê-lo todo sábado, então essa situação é uma grande bagunça.

— Você não o quê? Não achou que eu fosse importante o suficiente pra saber?

Siobhan desabotoa a camisa. Sempre tira a roupa toda antes de se trocar, só para fazer todo mundo se sentir mal ao ver sua silhueta tonificada e perfeita. Ela sai para correr com Habiba duas vezes por semana, que nem uma espécie de masoquista, e sempre usa calcinha e sutiã combinando: hoje o conjunto é verde pele de cobra.

— Desculpa — murmuro.

Alison me dá um empurrãozinho.

— Tá tudo bem, chuchu. Tenho certeza de que você teria contado para a gente no almoço. Passei o recreio inteiro falando do *meu* encontro, e você não conseguiu falar nada.

Mas Siobhan não parece convencida.

— Que seja! — exclama ela, vestindo a blusa de educação física e puxando o short para cima. — Zanna? Você é minha dupla hoje.

— Hm, beleza? — Zanna ainda está amarrando os cadarços.

Como sempre, a mais lenta para se vestir é Millie Butcher. Ela é pálida, frágil e mais baixa do que todas as meninas do nosso ano, o que explica por que Siobhan a chama de "Millie Micronauta". Ela ainda não tirou o uniforme, e Siobhan a encara como uma jiboia-constritora.

— Por que está demorando tanto, Mills? — grita ela para o outro lado do vestiário.

Millie fica vermelha.

— Por nada, obrigada.

Siobhan finge não ouvir, levando uma mão ao ouvido.

— Quê?

— Nada — repete Millie mais alto. — Eu estou ótima.

— Tá bom. Não precisa gritar! — Siobhan cambaleia para trás, fingindo arquejar, e as outras meninas riem, olhando maliciosamente para Millie na esperança de uma resposta sarcástica. Mas Millie é tipo uma ninja deprimida: nunca revida. Ela tira a blusa, e Siobhan solta uma risada de desdém. — Ainda de sutiã sem bojo! Que fofa. Enfim, tô pronta. Zanna?

Ela estala os dedos e sai a passos largos do vestiário. Zanna resmunga, depois a segue, curvada. Fico observando Millie e me sentindo estranhamente desconfortável. Deveria dizer algo positivo. Falar que Siobhan só está brincando, mesmo que, hm... não seja sempre um MEGAfestival-de-risadas. Então Alison toca meu braço de leve. Minha pele formiga perigosamente.

— Você tá bem? — pergunta ela. — Não liga pra Siobhan.

— Ah, eu não ligo. — É óbvio que eu ligo. — Mas valeu.

Alison sorri.

— De nada! Agora vem perder no tênis comigo.

Talvez, se eu tiver muita sorte, seja nocauteada por uma bola de tênis em alta velocidade e tenha outra concussão, aí não vou precisar lidar com nada disso mais tarde.

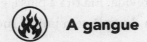 **A gangue**

Habiba
Cat, minha tia disse que tá muito feliz por vc ter arrumado um #NAMORADO!!! bjs 16:35

Cat
Sua tia não mora no Marrocos? Como ela descobriu??? 16:37

Siobhan
É ÓBVIO que ela descobriu, sua TAPADA! Vc tá num RELACIONAMENTO, as pessoas têm que saber, ou então qual é o sentido??? Aí eu contei pra Jasmine McGregor e problema RESOLVIDO 16:39

Cat
VOCÊ CONTOU PRA *JASMINE ESCANDALOSA MCGREGOR*??? SIOBHAN!!! 16:40

Zanna
Acho que a Cat tem que mudar logo o @ dela pra @cat.owusu... Você não quer que Jamie se sinta um segredo obscuro, né? Compartilhe seu orgulho com o mundo! :) 16:41

Cat
NÃO ENCHE, ZANNA!!! NA VERDADE, eu e Jamie tivemos uma discussão muito madura e ele concordou em manter nosso relacionamento DISCRETO na internet para que ele possa florescer sem interferência do mundo externo... É bem romântico e eu estou muito MUITO feliz com isso!!! 16:42

Alison
Awwwn... Que fofo! Estou muito feliz por vc estar feliz, chuchu! bjs 16:42

Zanna
Eu também, amiga :) MUUUITO feliz! 16:42

TEMPORADA DE

Brancas de Neve beijoqueiras

Certo. Pelo menos eu não estou entrando na temporada de Escorpião solteira. Ter um namorado muda tudo. Assim que "capturei Jamie" (palavras de Siobhan), a abelha rainha anunciou que ela e Kieran iriam "fechar o relacionamento" também. Não sei direito o que ela quer dizer com "fechar o relacionamento". Não é como ela se estivesse saindo com mais ninguém. Talvez só pareça mais adulto desse jeito? Siobhan leva os relacionamentos dela muito a sério...

Mas, como ela explica em detalhes pelo telefone ao longo do recesso em novembro, ter um namorado significa que você precisa organizar seu tempo. Basicamente, se passo o recreio com minhas amigas, tenho que passar o almoço com Jamie, ou vice-versa. É tudo muito complicado e desnecessário. Pelo menos não preciso vê-lo durante as férias: ele foi para um retiro de spa com a mãe.

Sei disso porque Jamie me manda selfies com pepinos nos olhos. Credo.

De volta à escola, percebo que poderia sugerir que Jamie simplesmente viesse se sentar com a gente, mas, ao mesmo tempo, quero mantê-lo o mais longe possível da Alison. Não quero que ela me veja com ele! Ele não para de passar o braço pelos meus ombros e me beijar na bochecha sem avisar... É um pesadelo!

— Não sei por que a surpresa — diz Zanna para mim na cantina. — Ele é seu namorado. É isso o que garotos fazem. Eles beijam a gente o tempo todo e são muito irritantes.

Solto um suspiro de frustração.

— Mas é normal que eles beijem nossa orelha?

Zanna me olha de cima a baixo, então abre um sorriso presunçoso.

— Minha pobre amiga loira, você tem muito a aprender. Falando nisso...

Jamie aparece, pulando no assento ao meu lado com sua lancheira das Tartarugas Ninja. Sorri para mim, depois para Zanna.

— Zan-Zan! — cumprimenta ele, erguendo a mão, e eu quase me engasgo com o chocolate quente. — Bate aqui!

Olho para ele, boquiaberta. Será que está brincando?! Zanna Szczechowska *não* faz high-five.

Ela estreita os olhos.

—Bem. Na verdade, estou indo pra biblioteca. Vejo você na sala de chamada, Cat.

Imploro com os olhos para ela *por favor, por favor, ficar*, mas Zanna, inútil como sempre, me abandona. Eu me viro devagar para Jamie, *meu namorado*, com o melhor sorriso que consigo fingir.

— Qual é a dela? — pergunta Jamie.

— *Zan-Zan?* — repito. Tipo, dã!

— Só estou sendo amigável! — Ele abre os braços. — Suas amigas são minhas amigas, certo, muchacho?

Nem pensar, quero dizer. Além disso, acho que o certo é "muchacha", mas tudo o que consigo fazer é sorrir sem jeito e reconhecer que ele está mesmo dando seu melhor. Mesmo que seu melhor seja uma grande montanha de lixo.

Siobhan tinha razão quando disse que namorados são uma distração: fugir dos avanços de Jamie ocupa um tempo enorme. Mas a temporada de Escorpião tem tudo a ver com fervor, e sou muito fervorosa em relação a não morrer sozinha. Dito isso, eu e Jamie vamos ter que investir na nossa conexão emocional este novembro, ou então vamos ser tigres tristes pelo resto do ano do zodíaco.

Numa tarde ensolarada, vamos juntos à margem do rio que corre ao longo dos campos esportivos. Pego meu caderno enquanto Jamie fica ali, sendo um incômodo e segurando minha mão. Desenhar com uma mão só não é fácil, então, em certo momento, preciso afastá-lo. Meu desenho de hoje é a Elsa de *Frozen* dando seu primeiro beijo com a Moana. Estou me decidindo entre desenhá-las nos trópicos ou na neve quando Jamie pigarreia

Paro de desenhar o cabelo da Moana e ergo o olhar.

— Que foi?

Jamie funga.

— Nada.

Largo o lápis e fecho a cara. Jamie já está cansando minha beleza. Se ele não se animar logo, talvez eu precise assassiná-lo antes do nosso aniversário de três semanas.

— É óbvio que tem alguma coisa — retruco. — E talvez seja melhor você me dizer logo.

— Por que você tá sempre desenhando garotas se beijando? — pergunta Jamie.

Em um sobressalto e abraço o caderno contra o peito.

— Eu não estou *sempre* desenhando garotas se beijando. Às vezes eu desenho garotas... se casando.

— Mas por quê? — Jamie cutuca a grama. — Você nunca desenha nada diferente?

— Óbvio que desenho. — Começo a passar as folhas do caderno para trás. — Olha, tem... Com certeza tem um aqui. — Passo mais folhas para trás. E mais... E mais... — Em algum lugar.

Engulo em seco. Tudo bem, Jamie não está totalmente errado. Há muitas princesas se beijando no meu caderno. Mas não é minha culpa que princesas sejam tão esteticamente agradáveis! Elas são tão bonitas e floridas e... bonitas.

— Posso desenhar o que eu quiser — balbucio, evitando o olhar de Jamie.

Ele estende a mão para o caderno, mas eu o afasto, constrangida.

— Qual é o problema? Deixa eu ver! — pede ele, mas balanço a cabeça.

— Não — respondo. — É particular!

— Amantes não guardam segredos um do outro, Cat — fala Jamie, e fico tão boba de choque por Jamie ter acabado de nos chamar de "amantes" que o caderno escapa da minha mão.

Ele começa a folheá-lo.

— Jamie! — grito, em pânico, e avanço para cima dele. — Devolve!

Pulo para tentar recuperá-lo, e Jamie, com os olhos arregalados de choque, joga o caderno que nem um frisbee. O caderno gira no ar e cai.

Bem. Dentro. Do. Rio.

Arregalamos os olhos para a água. Meu caderno flutua para longe.

— Ah. Desculpa — murmura Jamie.

— Você fez de propósito! — exclamo, com lágrimas em meus olhos aquarianos.

Todos os meus desenhos! Minhas horas e horas de princesas, minhas estâncias de poesia romântica trágica, tudo perdido de repente, boiando no rio, prestes a se tornar as cortinas da sala de algum pato.

Então ouço um som de água espirrando.

Espantada, vejo, com meus olhos totalmente-incrédulos-e-quase-chorosos, Morgan Delaney. Ela entra no rio sem nem tirar os sapatos. A água bate nos joelhos dela. Todo mundo na margem observa. Morgan deve ser tão imprudente quanto dizem: é de conhecimento geral que quem entra no rio leva detenção.

Morgan escorrega nas pedras lodosas. Solto um arquejo. E se ela for levada pela correnteza? E se ela se afogar por causa de algumas Brancas de Neve beijoqueiras? Mas Morgan é destemida. Joga o cabelo para trás e avança pela água em direção ao meu caderno náutico. Ela o tira do perigo e o ergue no ar como a espada do Rei Artur para toda a multidão ver.

— ELA CONSEGUIU! — berra Jasmine Escandalosa McGregor.

Todo mundo comemora e aplaude. Parece até que Morgan Delaney acabou de andar sobre a água. Mas, pensando bem, se ela conseguisse andar sobre a água, pular num rio não seria tão heroico assim. Observo, admirada, enquanto Morgan volta para a margem. Está encharcada até a cintura, e seus sapatos estão cobertos de gosma verde.

— Você salvou meu caderno! — exclamo, cambaleando na direção dela.

Morgan ainda está recuperando o fôlego. Ela me lança um olhar engraçadíssimo, como se não conseguisse acreditar que eu estou falando com ela.

— É, acho que sim — diz ela, sacudindo a cabeça como se para acordar, depois ergue o caderno, que está ensopado e amassado de forma trágica. — Mas talvez seja tarde demais. Você pode tentar secá-lo num radiador ou algo assim.

Siobhan tinha razão: Morgan é irlandesa. Pelo menos o bastante para ter sotaque. Mas a voz dela é suave e meio rouca, e ela com toda certeza não parece má como a sra. Warren, então talvez sotaques irlandeses não sejam tão ruins assim. Ela também tem olhos azuis claríssimos, que contrastam muito com o cabelo e as sobrancelhas pretas. Seus óculos de armação verde estão salpicados de gotículas de água.

De repente, percebo que estou a encarando, atônita como uma tônica. Desvio o olhar dos olhos azuis aquaticamente maravilhosos e encaro seus sapatos verdes cheios de gosma.

— Você tá encharcada. — arquejo. — Você tá bem?

— Ah, tô ótima — responde Morgan. — Só um pouco de água, né? Valeu super a pena para salvar... — Não tenho tempo de impedi-la. Ela abre o caderno bem na página da Elsa e da Moana. Morgan o encara, parecendo mais do que um pouco surpresa. — Seu desenhos de duas princesas se beijando.

Acho que estou sem palavras. Não é todo dia que uma irlandesa heroica pula num rio e salva seu caderno secreto de princesas lésbicas. Enquanto conjuro uma desculpa muito esperta e plausível para eu ter um caderno desses a amiga da Morgan, Maja, se aproxima.

— Isso foi insano — diz ela. — Você tá legal?

HM, SIM?! Morgan deve ser a pessoa mais descolada do mundo, na verdade. De repente, Jamie limpa a garganta de um jeito irritante, o que me lembra de que ele ainda está vivo.

— Eu estava prestes a pular no rio também. Mas, hã, você foi bem rápida, então eu só, hã... esperei aqui.

Olho feio para ele, pronta para dizer exatamente onde ele pode pular agora, mas Morgan intervém.

— Jamie, certo? A gente se conheceu no passeio da escola... Eu dei um curativo pra ele quando ele cortou o mindinho num cardo — explica ela, com um sorrisinho.

Olho para Jamie, que olha para mim.

— Não. Esse... Não, não era eu — responde ele.

— Meu nome é Morgan, aliás — diz Morgan Delaney, me entregando o caderno. — Sou nova esse ano, mas já vi você por aí. Você é a Cat, né?

Sou pega de surpresa. Ela me conhece?!

— É, isso. Sou a Cat! Miau! — Minhas bochechas esquentam como termômetros. Miau? O quê?! — Quer dizer, *ni hao*. — Tusso, apressada. — Que é "olá" em japonês. Ou talvez seja chinês? Não sei direito, não sou chinesa. Nem japonesa. Hm...

Paro de falar. Talvez seja necessário que eu me execute.

— Legal — fala Morgan depois de um tempo.

Ela parece um pouco confusa, e com razão. As bochechas dela estão até rosadas. Mas talvez eu esteja enganada... É mais provável que Morgan esteja com hipotermia.

Quero dizer algo culto e inteligente, algo que faça com que Morgan não vá embora pensando que eu sou a epítome da palhaçada, mas minha cabeça está mais vazia do que a alma de um escorpiano. Então Maja solta um "iiih", e uma sombra recai sobre nós, obsidiana e agourenta, cobrindo o sol. Viro o corpo, assustada e dou de cara com a sra. Warren.

— Ora, ora, ora — diz ela, com os olhos enfeitiçados brilhando na direção de Morgan Delaney. — Diga-me, mocinha, na sua escola antiga, eles ensinaram você a ler?

A sra. Warren ergue um dedo e aponta. Todos nos viramos em silêncio para a placa na margem do rio. Infelizmente para Morgan, a mensagem é bastante direta: NÃO ENTRE NA ÁGUA.

Tremendo como violinos titubeantes, todos ficamos encarando Morgan Delaney, que cruza os braços e responde:

— Desculpa, senhora. Devo ter perdido meus óculos no mesmo lugar onde você perdeu sua educação. Eu sei ler muito bem, obrigada.

Acho a resposta muito engraçada. Mas fica óbvio que a sra. Warren não compartilha da minha opinião. Ela dá duas detenções a Morgan: uma por grosseria e outra por pular no rio para salvar meu caderno.

— Vou ter que escrever um poema para agradecer a Morgan — falo para Zanna, na sala de chamada, mais tarde.

— Ela vai desejar ter se afogado — retruca ela, o que é bastante grosseiro.

Respondo que queria que *ela* se afogasse, mas a sra. Warren entreouve e me dá uma advertência por fazer ameaças de morte.

Explico que ameaças de morte são previsíveis sob a influência do fervor ardente da temporada de escorpião, o que ela também não acha muito engraçado.

Mas é.

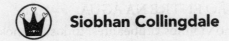

Siobhan Collingdale

> CAT, sua duende verde inútil. Me fala mais sobre a temporada de Escorpião! O que eu tenho que evitar? Ponto extra se me livrar do FESTIVAL-DE-CHATICE do dever de casa 17:30

> Hmmmm, sim, Siobhan, ctz! Hmm...

> A temporada de Escorpião tem tudo a ver com FERVOR e CONVICÇÃO. Então evite escrever ou ler qualquer coisa em itálicos discretos e duvidosos. Só fracassados usam itálico mesmo. MAIÚSCULAS EM NEGRITO são as mais seguras! Mande mensagens em horários que você encontraria na tabuada de cinco (5h, 5h15, 5h45... sabe?) e não use estampas indecisas... CORES PRIMÁRIAS E FORTES apenas!

> Ah, e NÃO ande com nenhum geminiano... ELES SÃO TODOS DUAS CARAS! 17:43

> VALEU, IDIOTA. AGORA PRECISO QUEIMAR MEU CACHECOL FAVORITO URGH 17:55

A melhor puxa-saco do mundo

Passo o fim de semana todo sem conseguir parar de pensar em Morgan Delaney. Toda vez que fecho os olhos, lá está ela, como uma visão mitológica, disparando para dentro d'água, quase sempre em câmera lenta, e jogando o cabelo escuro para trás... Por mais que eu deva estar deixando a cena um pouquinho mais dramática do que foi de verdade. Ou pelo menos é isso o que Zanna me diz por telefone.

— Você tinha que estar lá, Zanna — falo, entusiasmada, esparramada no chão do quarto.

Zanna suspira, impaciente.

— Eu sinto como se *estivesse* lá. Você já me contou o que aconteceu umas quinhentas vezes. Não tem nada melhor pra fazer?

— Na verdade — respondo em tom arrogante —, tenho duas dissertações inteiras pra escrever.

— Duas? Cat, você mal consegue escrever *uma*. Do que você tá falando?

— Eu preciso escrever a minha... — Hesito. — E talvez tenha concordado de leve em escrever a da Alison. — Há um longo silêncio na linha. — Zanna? Você ainda tá aí?

— Infelizmente sim. — Zanna suspira. — Tá falando sério? Agora você faz o dever de casa da Alison? E pensar que dizemos que Siobhan que é a burra do grupo.

Franzo a testa.

— Dizemos?

— Ah, eu digo. — Zanna faz uma pausa. — Cat, eu acho que talvez você seja a maior puxa-saco que já conheci nos meus catorze anos de vida. Alison não consegue escrever uma simples dissertação por conta própria?

— É óbvio que consegue! — respondo de imediato. — Ela só... não é muito acadêmica.

— Ah, e você é? Só porque sabe quem é Mary Oliver?

— Ahn... — Eu me atrapalho um pouco. — Olha, não é culpa dela não ter lido o livro.

— Cat, minha patética amiga loira, não me leve a mal, mas se Alison Bridgewater escrevesse o próprio nome errado, você culparia a caneta em vez dela.

— Alison não escreveria o próprio nome errado — retruco.

— Ela sempre escreve o meu nome errado — resmunga Zanna. — Ela escreveu "Shakiraska" uma vez. Tipo, quê? Isso é literalmente "Shakira" com um som meio polonês no final.

— Zanna — digo, calma como um caracol numa convenção de caracóis. — Ninguém sabe escrever seu nome. Fico surpresa com o fato de os poloneses conseguirem, para ser sincera. Talvez você deva mudar para "Shakiraska" mesmo.

— Vou precisar pedir para a Luna conversar com você sobre xenofobia casual? — pergunta Zanna.

Quando desligamos, mando uma mensagem para ela que só diz "ZAN-NA SZCZECHOWSKA" para provar que não sou de fato uma amiga horrível e óbvio que sei escrever o nome dela letra por letra. Zanna responde com um emoji revirando os olhos.

Então começo a dissertação de literatura de Alison Bridgewater, me esforçando muito para não me distrair pensando em Morgan Delaney.

Splish, splash, splosh.

É possível pensar, considerando que escrevi a dissertação inteira de Alison Bridgewater, que ela fosse ficar contente como um crisântemo ao me ver. Mas, quando a encontro no recreio, ela está cabisbaixa nos fundos da biblioteca, como uma folha de grama molhada pela chuva.

Ela encontrou numa mesa protegida do olhar da bibliotecária, a srta. Bull (é, *Touro*), que me odeia desde que derramei água em um exemplar de *Coletânea de poemas novos e selecionados*, de Mary Oliver, que tinha acabado de chegar na biblioteca, no sétimo ano. Eu disse à srta. Bull que tinha amado tanto o livro que quase tinha morrido de chorar e ali estava a prova, mas ela não achou muito engraçado.

Enquanto me aproximo, Alison nem ergue o olhar.

— *Tcharam*! — anuncio, largando a dissertação cuidadosamente impressa sobre a mesa.

Alison me olha, a expressão melancólica. Na verdade, seus olhos estão úmidos e piscianos, como se ela estivesse prestes a chorar.

— Oi, Cat. Ah, essa é a minha dissertação?

Ela me dá um sorriso lacrimoso, então desvia o olhar.

— Você tá bem? Olha, se é porque a Zanna insinuou que você é burra...

Alison suspira.

— Não, na verdade é sobre o Oscar. Estava tudo tão perfeito, mas agora deu tudo errado, e... — Então ela se interrompe e franze a testa. — Calma aí, Zanna fez o quê?

— Vamos falar de você. — Eu me sento apressada. Alison suspira, parecendo tão triste que até eu tenho vontade de chorar. Faço o que Alison faria e ponho a mão sobre a dela. De imediato, me pergunto se deveria ter secado a palma na saia primeiro, mas é tarde demais. Deixo a mão suada sobre a dela. — O que aconteceu?

Talvez seja meu dia de sorte, e Oscar Escola Particular tenha sido atropelado por um caminhão em alta velocidade!

— Oscar acabou se revelando um babaca. Só isso. — Alison olha para mim e força seu sorriso mais vibrante. — Desculpa. Você não quer saber.

Eu deveria estar te agradecendo! Você escreveu minha dissertação inteira e nem me pediu para pagar pela impressão...

— É óbvio que quero saber! — asseguro, descartando mentalmente meu plano de pedir a ela para pagar pela impressão. — O que o Oscar fez? Quer que eu planeje o assassinato dele?

Alison solta uma risada catarrenta. O que poderia ser nojento, mas o catarro de Alison deve ter gosto de mel (suspiro).

— Ele não fez nada, na verdade. Foi algo que ele disse. — Ela hesita e olha de relance por cima da estante de livros para a mesa da srta. Bull, depois pega o celular. — Por que você mesma não olha? Talvez eu esteja sendo sensível demais...

Tento manter uma expressão de cuidado e preocupação genuína, afinal Alison é minha amiga. Seria muito, muito triste se Oscar fosse cruel com ela. Mas também...

NÃO! Eu me repreendo mentalmente. De jeito nenhum vou ficar feliz com isso. Eu me debruço para espiar o celular de Alison. Ela rola por uma quantidade preocupante de mensagens, e eu engulo a dor.

— Aqui — diz ela, e lê em voz alta: — *Você é muito gata e, pra falar a verdade, já fazia um tempo que eu tinha botado uma garota negra no menu.* Eu perguntei o que ele queria dizer, e ele só respondeu: *delícia.* — A voz dela falha, e uma lágrima, uma lágrima de verdade da vida real, escorre pela sua bochecha perfeita.

Pego o celular e leio a mensagem. É chocante, mas eu não ouvi errado. Oscar realmente falou isso para Alison Bridgewater. Minha mente se debate como um pelicano desastrado, enquanto tento processar esse horror horroroso.

— Mas, Alison, isso é... Cara, isso é bem racista!

— Obrigada! — diz Alison, e coloca a mão no meu joelho.

Ah, Afrodite...

Ela continua falando em meio aos soluços, enquanto tento ignorar sua mão no meu joelho trêmulo. Eu tenho que ser a melhor amiga solidária — o que não é fácil quando o próprio coração não para de fazer palhaçada como uma banda marcial de circo!

— Sei que não é grande coisa. Algumas pessoas até acham que é um elogio dizer que meu cabelo parece algodão-doce ou que minha pele parece caramelo. Mas é sempre comida, como se eu estivesse ali para ser devorada, sabe? — Ela pisca seus cílios úmidos, enquanto me pergunto se sonhar-sonhante sobre o catarro dela ter sabor de mel é tão problemático quanto. — Foi mal. Faz sentido?

— Com certeza. Amor verdadeiro e canibalismo violento normalmente não andam de mãos dadas... — Pauso para pensar. — Mas, Alison, sinto muito que as pessoas falem coisas desse tipo.

É isso, geminianos são seres intrinsicamente maus. Fico com vontade de dar a Alison minha avaliação astrológica bastante sábia da situação, mas infelizmente só consigo pensar no seu catarro. Isso está me fazendo suar de nervoso! Puxo a gola da camisa, enjoada, e rezo a Afrodite para que meu rosto não tenha ficado "Escarlate" Johansson.

Alison faz uma cara estranha.

— Você tá bem? Seu rosto tá vermelho!

Groselhas!

— Tô ótima! Só, hã, tá meio quente aqui dentro, né? Hm... — Rápido, você precisa distraí-la! — VOCÊ DEVERIA SÓ SER GAY! — Eu e Alison nos encaramos. Eu disse mesmo isso EM VOZ ALTA?! Continuo balbuciando: — Tipo, se os garotos são tão terríveis, talvez sair com meninas fosse melhor, sabe? Quer dizer, *você* não teria como saber, e eu também não, mas...

— Ugh, bem que eu queria! — lamenta Alison, e meu peito quase explode. — Quer dizer, nunca diga nunca, certo? Se pelo menos atração funcionasse desse jeito. Gostar de meninas deve ser tão mais fácil...

Arregalo os olhos.

— É...

Então, como se Afrodite mandasse um sinal de que eu realmente precisava calar a boca, o ar se enche de um som divino. Acabo de me perguntar se o estresse dessa conversa me matou e me enviou para o vasto além, quando a música se transforma em um rap e Nicki Minaj começa a xingar alto, o que destrói o clima pra valer.

— Meu celular! — sibila Alison, e vejo o celular dela vibrando alto em cima da mesa.

Nós duas pulamos para pegá-lo ao mesmo tempo. Infelizmente, eu empurro a mão de Alison e o celular cai no chão. O rap continua tocando. Pulo para debaixo da mesa, pego o celular e desligo a música, depois me levanto num salto vitorioso.

No entanto, o tampo da mesa está em cima de mim, então acabo batendo a cabeça, virando a mesa e exclamando "Carambolas!", que é (de um jeito bizarro) a primeira palavra que me vem à mente. Meu crânio lateja de dor. Quando o mundo volta ao foco, vejo a srta. Bull — usando-muito--bege-para-uma-bibliotecária-de-35-anos-de-forma-preocupante — me olhando feio, ela e metade dos alunos da biblioteca.

— Hm… — Pigarreio. — Desculpa…?

— De quem é esse celular? — pergunta a srta. Bull, exigente.

Eu encaro o telefone na minha mão.

Os olhos de Alison se arregalam como rodelas de queijo e, por falar em queijo, por que muçarelas ela não está dizendo nada? Eu olho, boquiaberta, do celular para Alison, depois para a srta. Bull, então digo:

— Hm, é meu! Mas veja bem, senhorita, na verdade eu estava só…

A srta. Bull ergue um dedo trêmulo.

— … só quebrando as regras, como acho que vai descobrir. Cathleen, você sabe qual é a punição por usar o celular na escola?

— Hm, algum acordo do tipo perdoar-e-esquecer? — sugiro, esperançosa.

— É uma detenção, Cathleen. Seu celular será confiscado até o fim do dia.

Entrego o celular, ainda massageando meu crânio latejante. Talvez Zanna tivesse razão, afinal… Sou a maior puxa-saco do mundo! Mas, pensando bem, do jeito que bati naquela mesa, talvez eu seja mais uma empurra-mesa do que uma puxa-saco.

Decido que *não* é uma boa ideia pedir a opinião da Zanna sobre esse assunto mais tarde.

Zanna Szczechowska

> Preciso buscar o celular confiscado da Alison. Vem comigo? **15:31**

Por que vc precisa ir se o celular é dela **15:32**

> Hm, é que... na verdade, eles acham que o celular é meu??? **15:32**

Por que eles acham isso **15:33**

> Provavelmente porque eu disse que era

> Além disso... eu recebi uma detenção hoje! **15:33**

Essas duas coisas estão relacionadas? **15:35**

> Hmmmmmmmmmmmmmm **15:35**

Aimeudeus...

A faculdade de palhaços ligou...

Eles querem o nariz deles de volta **15:35**

> Muito engraçado, Zanna, hahaha **15:36**

:o) **15:36**

Kate Bush na cozinha

Minha mãe não ficou nada feliz quando soube que recebi uma detenção. Na verdade, quando conto, ela balança os braços por toda a área da cozinha-sala-de-estar-e-jantar da Caixa de iPhone como se fosse a Kate Bush (o que, como qualquer um que já tenha visto o clipe de "Wuthering Heights" sabe, é muito intenso).

— Não precisa desse alvoroço todo — digo, enquanto ela sai batendo nas coisas como um *poltergeist*. — Não é nada demais! Eu já levei, tipo, vinte detenções esse ano.

Isso faz mamãe parar. Por um momento, acho que ela se acalmou, mas aí ela se vira devagar para me encarar e seus olhos estão saltando, o que significa que talvez ela não tenha se acalmado.

— Você já levou vinte detenções só esse ANO?! Cat Phillips! Não estamos nem perto das férias de natal!

Então ela grita um monte sobre como, se eu não mudar minha atitude, vou acabar caindo num poço sem fundo, e eu grito que não posso fazer nada se meus professores ardilosos não param de criar poços para eu cair dentro. Depois da discussão, subo furiosa com a intenção de bater a porta o mais alto que consigo.

Mas, infelizmente, meu pai acabou de encerar o chão, e eu escorrego no patamar da escada e machuco o cotovelo.

Ameaça velada em belas palavras

Desperdiçar uma tarde na detenção já é deprimente-nível-jantar-na-escola. Mas, quando descubro que a sra. Warren é a professora responsável, fico tão desesperada que, se pudesse, devoraria as meias de dormir de Buda. A sra. Warren deve ter rezado pelo meu sofrimento derradeiro em sua cátedra de vampira. Seu rosto se ilumina de satisfação quando ela me avista arrastando os pés para a cantina.

O cenário triste é composto por algumas cadeiras espalhadas e mais ou menos dez alunos sentados, abatidos como abacates. Reconheço Brooke "a Burladora" Mackenzie, a ruiva mais notória da Queen's, passando uma moeda por entre os dedos. Normalmente, eu não olharia duas vezes para ninguém porque sou bonita e popular e elas não, mas, de repente, avisto Morgan Delaney nos fundos, curvada de um jeito muito curvado über-maneiro.

Ela ergue o olhar assim que eu a noto e, apesar da nossa situação trágica e decadente, sorri. Sorrio de volta, hesitante e acenando de leve. É a primeira vez que a vejo desde que ela mergulhou heroicamente no rio e, do nada, sinto um frio enorme na barriga.

Sinceramente! Se eu não estivesse tão apaixonada por Alison Bridgewater, diria que estou a fim da Morgan ou algo assim. Ela é *muito* bonita e marcante, com os olhos azul-claros, maneirice naturalmente maneira... e os óculos verdes. Além daquelas sardinhas no nariz. Seria incrivelmente fácil se apaixonar por ela. Mas, comparada a Alison Bridgewater, a Princesa Pisciana mais linda e adorável de toda Lambley Common...

— Ora, ora, ora, Cathleen Phillips — diz a sra. Warren, a voz pingando ameaças veladas em belas palavras, me tirando abruptamente do meu transe. — Que gentil da sua parte se juntar a nós. Como você está dois minutos e meio atrasada, eu ainda não comecei a marcar o tempo, então vamos todos ficar aqui por uma hora completa a partir de *agora*. — Ela se vira para os outros. — Podem culpar o atraso de Cathleen se esperavam sair mais cedo.

Todo mundo resmunga, e eu encaro os sapatos, meu rosto vermelho de vergonha. Ela realmente me odeia. Até Morgan vai ficar brava comigo agora. Eu me enfio numa cadeira e cruzo uma perna por cima da outra. Eles não dão nem uma mesa para a gente ficar na detenção, só uma cadeira, para todo mundo se sentar e morrer aos poucos. Balanço a perna enquanto a sra. Warren ocupa seu assento de frente para a sala. Óbvio que *ela* tem uma mesa. Ela abre uma pasta com um rangido.

— Pare de balançar a perna, Cathleen — ordena a sra. Warren, sem erguer o olhar.

Eu paro e suspiro, olhando ao redor. Uma faxineira limpa o chão com barulhos de pano molhado e o relógio atrás da sra. Warren tiquetaqueia alto.

Cinco minutos depois, minha vontade de viver já está indo pelo ralo. Um garoto parece ter cochilado, mas talvez tenha só morrido? Se a sra. Warren nota, não o acorda, o que é injusto. Se fosse eu, ela provavelmente tocaria um gongo na minha cabeça. Fechando a cara, cruzo os braços e... ai! Sinto um cutucão. Enfio a mão no bolso do blazer. É uma caneta.

Neste momento de desespero desastroso, achar uma caneta é a melhor notícia do mundo! Devagar e com cuidado, tiro a tampa e arregaço a manga. A faixa branca acima do meu pulso é particularmente tentadora, então escrevo meu nome numa caligrafia elegante...

CATHLEEN

Sorrio. Ficou sofisticado. Como se uma escritora tivesse autografado! Então, só para experimentar esteticamente e de forma cem por cento hipotética (óbvio), adiciono um sobrenome na mesma letra rebuscada...

CATHLEEN BRIDGEWATER

Vai que um dia eu me caso com Alison, né? Mas, pensando melhor... Mordo o lábio inferior. Com duas garotas, como decidir que sobrenome usar? Nunca tinha pensado nisso. Adiciono meu sobrenome também. Só pelo prazer de imaginar.

CATHLEEN BRIDGEWATER-PHILLIPS

Ou Phillips-Bridgewater soa melhor? Reflito, batucando com a caneta no joelho.

Uma sombra recai sobre mim. Ergo o olhar com o coração na boca e me deparo com os olhos furiosos da sra. Warren por trás dos óculos, que deslizou silenciosamente pela cantina na minha direção feito um tubarão-martelo. Ela ajeita a jaqueta meio estilo tweed, que talvez seja a roupa mais trágica e vitoriana que eu já vi na vida.

— Cathleen, o que temos aqui?

Engulo em seco.

— Hm, só uma caneta, senhora.

— Ah, *só* uma caneta. — A sra. Warren solta uma risadinha irritante. — Afinal um lápis seria pior, certo?

— Hm, quem sou eu pra dizer, mas...

— Silêncio durante a detenção, srta. Phillips. — A sra. Warren estende a mão, e coloco a caneta na sua palma devagar. — A não ser que você queira que eu recomece o cronômetro.

A ameaça provoca mais remexidas preocupadas nas cadeiras vizinhas. Ela não pode estar falando sério, pode?! Nem mesmo Warren, a Usurpadora faria algo assim! Não é como se ela não tivesse que ficar aqui também. Mas, pensando bem, talvez ela fosse gostar. Talvez o sofrimento a nutra. Talvez ela seja Suma Sacerdotisa num culto vampírico, em que os vampiros estocam tristeza humana em potes de vidro...

— Mostre-me seu braço, srta. Phillips — exige a sra. Warren.

Minha fantasia hollywoodiana sobre a religião secreta da sra. Warren evapora na hora. Eu recuo na cadeira de plástico.

Sinto o rosto ficando vermelho-beterraba.

— Meu braço?

A sra. Warren me encara.

— Você estava escrevendo nele, não estava?

— B-bem, eu e-estava — gaguejo. — Mas, senhora...

— Então mostre o braço, srta. Phillips.

A sra. Warren espera como se tivesse todo o tempo do mundo e, considerando que ela é professora, acho que tem mesmo. Olho de relance para onde Morgan Delaney está sentada, assistindo ao desenrolar da minha humilhação, com uma expressão um pouco interessada. Mas nem a Morgan pode me ajudar agora.

Em silêncio, o mais devagar possível, arregaço a manga direita e mostro o pulso em branco. A sra. Warren indica o braço esquerdo com a cabeça. Sinto o chão abrindo sob meus pés. Ela vai saber. É coordenadora da turma de Alison desde o oitavo ano. Estou tremendo mais do que o herói trágico do papai, Shakin' Stevens. Não consigo nem olhar. Arregaço a manga e estendo o braço para a sra. Warren. Sinto o olhar dela esquadrinhando da esquerda para a direita, como uma antena de Dalek.

— Interessante — diz ela.

E então se afasta.

O QUÊ?! Fico rígida como um boneco de madeira, afobada e zonza, como se estivesse com enjoo de barco, carro e amor, tudo ao mesmo tempo. A sra. Warren volta à mesa e reabre a pasta sem dizer nada além de "Interessante". Pelo amor de um leão-marinho sem nadadeiras, o que *interessante* significa?

Ao longo da detenção, olho de relance com desconfiança para a sra. Warren várias vezes e tenho a sensação de que ela me observava também. É agoniante, mas talvez eu esteja sendo apenas paranoica.

A única certeza é que ela está planejando como arruinar ainda mais minha vida.

Quando a sra. Warren nos libera, eu praticamente dou estrelinhas em direção à saída. Até me esqueço de pedir minha caneta de volta. Agora posso adicionar "roubo" à extensa lista de formas como Warren, a Usurpadora já me injustiçou. Ela ter visto meus rabiscos de fantasias românticas no braço talvez tenha sido a experiência mais traumática da minha vida até agora. E olha que eu já fui atropelada por um ÔNIBUS.

Estou quase nos portões da escola, quando ouço alguém me chamar:

— Ei! Cat, espera!

Morgan corre para me alcançar, o que me deixa bastante lisonjeada. Acho que nem a própria Rainha Cate Blanchett seria capaz de me fazer correr para falar com ela.

— Eu não sabia que a gente ia ser amigas de detenção.

Ela me dá uma cotoveladinha, sorrindo, e meu estômago dá uma cambalhota por conta própria, independente do meu torso. Groselhas, preciso me controlar. Não é como se ela fosse Alison Bridgewater. Eu deveria ser capaz de ter uma conversa básica com Morgan sem querer transcender meu corpo.

— É... — respondo de um jeito bem normal. — Eu também não sabia.

— Por que você estava lá?

Hesito. Acho que deveria inventar uma história ousada e corajosa para impressionar Morgan. Como dizer que ataquei uma morsa que nem fazem nos jogos de rúgbi no último passeio do departamento de arte a Brighton, ou que fui pega vendendo produtos de papelaria roubados no mercado clandestino de Lambley Common...

Mas não sei se Morgan acreditaria em mim, então só digo:

— Celular.

— Ah, que azar. — Agora eu e Morgan estamos andando juntas pela rua da Queen's em direção à área gramada ao ar livre de Lambley Common, conhecida como Lambley Common Green. — Mas, ei, pelo menos você não precisa passar por isso de novo amanhã. Graças àquele seu caderno, eu estou com problemas em dobro.

— Ah. É mesmo. Foi mal. — Paro de andar. — Mas foi muito corajoso da sua parte, Morgan. Você foi minha heroína! Tipo, quer dizer, foi heroico... Eu sou... Eu não uso drogas.

Morgan franze a testa.

— Uau, sério? Mas você parece tão barra-pesada.

— HAHAHA! — rio como uma grande boba. — Obrigada, é meu rímel. É do tom mais escuro e... Hm, você estava brincando, não é?

— É — confirma Morgan, e eu fico toda vermelha.

Carambolas constrangedoras abundantes! Encaro os sapatos. Os meus são sem graça, pretos e com fivelas, mas os de Morgan têm estrelinhas discretas gravadas no couro, como se ela mesma as tivesse feito com um estilete. Estrelas! Mas, como sou uma palhaça declarada e não consigo pensar nadinha de nada sem balbuciar em voz alta, digo:

— Adorei seus sapatos!

Morgan inclina a cabeça.

— Valeu. Eu adoro seu cabelo. Me lembra a Madonna em *Procura-se Susan Desesperadamente*. Com uma jaqueta de couro você ficaria igualzinha a ela. — Ao perceber que eu não peguei a referência, ela ri. — Foi mal... é um filme dos anos 1980. Sou meio nerd de cinema.

Engulo em seco, tentando pensar em alguma coisa igualmente inteligente para dizer.

— Ah, sério? Que maneiro. Eu sou fã também. Quer dizer, não muito de cinema, mas de, hã, alguma coisa. Sabe?

Safo*não*... Isso está indo muito, muito mal!

Mas Morgan só assente com vigor, depois cai na gargalhada. A risada dela é despreocupada como um dente-de-leão; na verdade, é quase um cacarejo. Como se ela não tivesse vergonha nem medo do constrangimento. Nem consigo imaginar como seria não ter vergonha da minha risada. Sempre que rio, o som lembra um duende de nariz entupido.

— Você é engraçada — diz Morgan. — Fã de alguma coisa, é? Gostei. É muito... hm, muito inspirador. — Ela estreita os olhos e sorri. Talvez esteja zoando com a minha cara, mas antes que eu consiga ter certeza, ela para de andar de novo. — Enfim, eu fico por aqui.

— Eu também! — respondo, e Morgan franze a testa.

— Hm... — Ela aponta por cima do ombro em direção à rua sem saída aonde chegamos. — Eu quis dizer essa rua. Eu entro aqui. Moro na Marylebone Close. Aquela casa com a porta azul.

Acho que sou o ser humano mais burro que já pisou na face da Terra.

Mas antes que eu consiga me redimir, Morgan abre os braços e me dou conta de que estamos prestes a nos abraçar. Até eu consigo dar um abraço sem passar vergonha, por mais que afunde o rosto todo no cabelo de Morgan. Ela tem um cheiro sombrio, obscuro, profundo, nada a ver com o cheiro frutado efervescente de Alison. Quero muito perguntar qual é o signo dela... mas talvez seja estranho e intrometido. E eu não sou libriana.

— Vejo você por aí, Cat — diz Morgan, e avança pela Marylebone Close.

Então ela dá uma olhadinha para trás, e preciso sair correndo ou ela vai pensar que eu estava lá parada, encarando que nem uma palhaça, com olhos esbugalhados.

O que é verdade, mas é melhor ela nem imaginar.

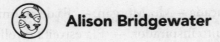 **Alison Bridgewater**

> Oi, mô... Eu adoraria um horóscopo! bjss

> Acabei de triturar minha lição de casa sem querer. Tô com medo de estar amaldiçoada :(**15:35**

> OI, ALISON! AIMEUDEUS, que azar, malditos trituradores!!! Por que não têm um botão de desfazer?? Se precisar de ajuda pra refazer o dever de casa, tô sempre aqui!!! bjss

> Para piscianas como você, a temporada de Escorpião tem tudo a ver com expandir os horizontes, desenvolver consciência e se tornar mais ampla. Então se certifique de comer MUITOS donuts. Muffins de mirtilo também devem funcionar! Abra as janelas do quarto ao máximo e suba muitas colinas; montanhas são ainda melhores se tiver alguma dando sopa! :)

> Espero que ajude!!! bjss **15:36**

> Aimeudeus, você é a melhor! Te amo!!! Bjss **15:45**

Energia feminina divina

É sábado, e Jamie está de volta à minha casa. Continuo esperando nossa união de almas de fervor escorpiano acontecer, mas depois da interpretação torturante de "O laboratório" ("Love Story", da Taylor Swift), começo a ficar seriamente preocupada. Como vamos nos unir assim? Nem minha poesia horrível é tão horrível a ponto de se conectar espiritualmente a ele.

Depois, Jamie chafurda pelo chão do meu quarto, resmungando sobre como sua mãe não quer pagar a matrícula da academia e como ele nunca vai ter um tanquinho, e a culpa é toda dela. Em seguida, conta uma longa e trágica história sobre como seu chinelo favorito não serve mais, e fico prestes a desistir.

— É por isso que tenho minha música — diz ele. — É uma válvula de escape depois de tantos traumas.

Faço que sim a cabeça, fingindo escutar, mas na verdade estou lendo as mensagens que perdi no grupo de conversa da Gangue. Siobhan mandou uma captura de tela do Instagram da Millie Butcher.

[imagem] Ela é especialista em estragar o feed, hein?   [13:33]

O que é bem cruel, para falar a verdade. Mas Habiba diz que está BER-RINDO, que significa *berrando-de-rir*; um novo termo que Siobhan e Lizzie Brilho Labial inventaram no mês passado. Agora toda postagem de Instagram tem um comentário dizendo "BERRI", e todo mundo que não mora em Lambley Common fica confuso. É muito engraçado. Engraçado nível-BERRI.

— Compositores como eu nunca sabem quando a inspiração vai bater — Jamie continua tagarelando. — Na verdade, agora que comentei, comecei a sentir uma vibe...

Largo o celular depressa.

— Vamos ver um filme! — sugiro rápido.

Qualquer coisa para impedir Jamie de compor outra música! Pego o laptop antes que ele possa discordar. Jamie não assiste a nada além de *Gilmore Girls*, então fico com a incumbência de encontrar algum entretenimento. Até que me lembro do que Morgan disse depois da detenção sobre Madonna e meu cabelo loiro. Busco *Procura-se Susan Desesperadamente*.

— O que é isso? — pergunta Jamie, quando eu encontro o filme na internet e aperto play.

Ele está todo brócolis-borocoxô por não ter a chance de compor mais uma música, então me arrasto para perto dele para animá-lo. Infelizmente, isso dá a chance de ele passar o braço ao meu redor, mas decido me sacrificar pelo grupo. Sendo o grupo eu, Afrodite e toda a esfera celestial do zodíaco.

— É só um filme que a Morgan recomendou.

Jamie fecha a cara.

— Eu não sabia que você falava com a *Morgan*...

Franzo a testa.

— Por que tá dizendo *Morgan* desse jeito? Só porque ela salvou meu caderno?

Jamie dá de ombros, ainda de bico.

— Sei lá, ela dá a impressão de quem gosta de heavy metal ou algo assim. É meio forçada. Não tem o mesmo refinamento musical que eu.

Resisto ao impulso de BERRIR.

— E daí se ela gostar de heavy metal?

— É só que não é sua praia. Só isso — diz ele, fungando.

Jamie tem razão. Heavy metal não é minha praia. Mas não sei direito se gosto que ele me diga isso.

— Talvez você não me conheça tão bem quanto pensa. Talvez esteja muito ocupado sendo o Mozart da nossa geração pra notar que eu gosto muito de heavy metal e de todo tipo de música alucinante.

O comentário deixa Jamie num humor genuinamente depressivo. Assistimos ao filme em silêncio. Madonna aparece com uma câmera Polaroid e uma jaqueta de couro, exatamente como Morgan tinha falado, e ela é tão deslumbrantemente maravilhosa e perfeita que chego a arquejar.

— Quem é essa? — murmura Jamie.

— *Shhh!* — sibilo.

Porque essa é a Madonna, óbvio. Essa sou *eu*.

No domingo, estou bem ansiosa para ter um pouco de tempo sozinha para me destraumatizar dessa semana horrível em paz. Penso em mandar uma mensagem para Morgan (levando em conta que ela me deu acesso ao seu Insta privado über-VIP) para contar que assisti a *Procura-se Susan Desesperadamente*, mas lembro que ela foi banida de todos os Starbucks do país e que Siobhan não gosta dela e penso que talvez a gente não deva ser amigas.

Se eu soubesse pelo menos o signo dela... aí daria para descobrir se ela é confiável ou não.

De repente, minha mãe invade o quarto como se fosse dona do lugar. E meio que é, né? Mas é muito irritante mesmo assim.

— Vamos fazer umas comprinhas em Maidstone! — cantarola ela. — Calce os sapatos, meu amor.

Estou deitada de barriga para cima no chão.

— Por que eu preciso ir?

— Você precisa de meias-calças novas. Quase todas as suas estão furadas.

— Não preciso ir com você pra comprar meia-calça.

Minha mãe suspira e baixa a voz para aquele volume que usa quando está fingindo me tratar como adulta.

— Luna precisa de um casaco novo, mas ela nunca vai confiar nas minhas opiniões. Semana passada mesmo ela estava revirando meu guarda-roupa para decidir o quanto eu já "contribuí financeiramente para o trabalho semiescravo". Eu preciso de você, Cat. Sua irmã é um pesadelo quando a gente sai para fazer compras.

Solto um grunhido. Isso é a cara da minha mãe. Fazer eu me sentir culpada para me convencer a concordar com o que ela quer. Apesar disso, eu me levanto e pego meu casaco de um jeito adulto e organizado. Sou uma verdadeira santa.

No carro, Luna tagarela sem parar em um sermão sobre a falta de representatividade de mulheres do Leste Asiático na TV.

— Tipo, cita uma atriz do Leste Asiático com um papel protagonista. Só uma!

— Que tal a Sandra Oh, de *Killing Eve*? — sugere mamãe.

Luna fecha a cara.

— Outra, então.

— Você não disse duas, Luna. Você disse uma!

— Um exemplo não vai acabar com o racismo sistêmico, mãe!

— Racismo o quê?

Luna e mamãe tagarelam durante todo o caminho até Maidstone. Acho que mereço um Prêmio de Resistência só por ter vindo junto. As doses diárias de caos-de-sapato-de-palhaço que preciso aturar tiraria do sério até a pessoa mais equilibrada do mundo.

— Por que não esquecemos o *Manifesto Comunista*, Luna — propõe mamãe, enquanto saímos do estacionamento e seguimos até a loja de departamento —, e falamos sobre que tipo de casaco você quer? Que tal um casaco de pelinhos bonito e quentinho? — Seus olhos se arregalam de pânico. — Pelos falsos, óbvio...

Mas é tarde demais. Luna já está à beira de um ataque (o que não é grande coisa, levando em conta que minha irmã já é bizarra nível vociferante-faiscante-estacionamento-de-carros-ambulante.)

— Pelo falso é tão ruim quanto pelo de verdade, mãe! — exclama ela. — Promove a ideia de que humanos podem usar o corpo dos animais em prol da moda. É basicamente apropriação!

— Quer dizer que é inapropriado? — pergunta mamãe, e Luna começa a hiperventilar.

Maidstone está vazia hoje, tipo uma cidadezinha no meio do inverno. Provavelmente porque *é* uma cidadezinha no meio do inverno. O complexo de lojas de departamento desalmado fica perto de um canal, e o ar cheira à alga mofada. A primeira loja pela qual mamãe nos arrasta é um "não" automático. Tudo é ou de pelo falso ou parece roupa de gala. Na quarta, Luna já rejeitou mais casacos do que eu rejeitei queijos veganos na vida, encontrando algum probleminha em todos. Até que acha "botas biodegradáveis".

— Mas a gente não veio comprar sapato, Luna — resmunga mamãe, e eu me esgueiro para outro corredor, porque acho que, se eu tiver que ouvir mais uma palhaçada, minha cabeça vai implodir.

É aí que avisto uma arara de jaquetas de couro. Morgan e *Procura-se Susan Desesperadamente* me vêm à mente, então abandono minhas parentes enfurecidas e vou conferir as peças. Tem algumas bordôs e marrons também, mas como eu não tenho 45 anos, vou direto para as pretas. Só tem uma, e deve ser grande demais. Ainda assim, eu a visto; no mínimo, vou poder mandar uma foto engraçada para o grupo... Mas assim que meus braços passam pelas mangas, eu me sinto... diferente.

Luna está desfilando com as botas enquanto minha mãe espera, com as mãos nos quadris, fazendo os comentários mais inúteis possíveis, tipo "Você consegue mesmo andar com isso?", então ando devagar até o espelho. A jaqueta tem uma rosa costurada no ombro: um detalhezinho em vermelho e verde. Arquejo de repente, porque, u-la-lá, Morgan não estava errada! Eu poderia ser a Madonna.

Jogo os cachos loiros para trás. Que poder! Decido na mesma hora que a jaqueta realmente me dá uma energia feminina divina, então disparo até onde mamãe e Luna estão batendo boca.

— Mãe, eu preciso dessa jaqueta! — anuncio. — Ela me dá uma energia feminina divina.

— Ah, você também não — resmunga minha mãe do seu jeito solidário de sempre. — Uma jaqueta? Você precisa de uma jaqueta? Já tem aquele casaco curto, não tem?

— Mas é de estampa de guepardo — digo, com um sorrisinho provocador. — Eu não quero ofender Luna.

Minha irmã vira para mim, furiosa.

— Cala a boca, Cat! E essa jaqueta é de couro?! Você é literalmente uma ASSASSINA...

— Tá bom, tá bom! — Minha mãe ergue as mãos. — Tá, você pode levar a jaqueta e, Luna, você pode levar as botas. Mas agora a gente pode, por favor, procurar o que de fato viemos comprar?!

— Que tal esse? — sugiro, tirando um casaco esmeralda lindo de um cabide.

Luna franze a testa, talvez se perguntando qual é a piada. Mas não é piada; eu achei bonito de verdade. Groselhas, por que todo mundo é tão desconfiado? Convenço meu pai a usar um top de ginástica UMA VEZ e ninguém nunca mais confia em mim para conselhos de moda!

Dez minutos depois, estamos no caixa com o casaco, as botas e minha jaqueta energia-feminina-divina, que mamãe me entrega com um aceno de cabeça agradecido. Eu definitivamente a mereci. No caminho para o carro, guardo meu casaco na sacola de compras e visto a jaqueta nova.

— Você está andando diferente — comenta Luna, perto do canal.

Dou de ombros, bem icônica de fato.

— É mesmo?

Luna assente e me olha de cima a baixo.

— Espero que não vá inventar uma personalidade completamente nova só por causa de uma jaqueta — diz ela. — Isso é a maior balela e insinua que as mulheres só são capazes de mostrar individualidade por meio de posses materiais, o que na verdade é um pensamento muito patriarcal.

Mas nem o falatório de Luna consegue me irritar. Estou muito diva. Olho para ela com o nariz empinado.

— Deve ser só minha energia feminina divina vinda da Madonna.

— Por que a Madonna desperdiçaria a energia feminina divina dela em você? — pergunta Luna.

Percebo que o falatório da minha irmã ainda consegue incomodar, sim, no fim das contas. Corro atrás dela por todo o caminho de volta até o estacionamento, caótica como uma freira num trator.

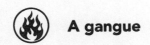 **A gangue**

> **Cat**
> Gente, a história da Morgan ser banida dos Starbucks... é verdade?? 17:09

> **Siobhan**
> VC TÁ INSINUANDO QUE EU ESTAVA ERRADA? MINHAS INFORMAÇÕES VÊM DE FONTES DE ALTÍSSIMA CONFIABILIDADE, INCLUSIVE ELIZABETH RICA GREENWOOD EM PESSOA!! 17:10

> **Zanna**
> Não foi ela que inventou um amigo por correspondência do Azerbaijão pra fingir que era bilíngue? 17:15

> **Siobhan**
> O AZERBAIJÃO DEVERIA SE SENTIR HONRADO PELA ELIZABETH SEQUER TER LEMBRADO DA EXISTÊNCIA DELE PRA SUA HISTÓRIA UM POUQUINHO EXAGERADA. MORGAN DELANEY FOI BANIDA DO STARBUCKS COM TODA CERTEZA. EU NÃO VOU DISCUTIR ISSO!!! 17:16

> **Zanna**
> Mandei uma mensagem pra Maja da Sociedade Eslava, e ela disse que não é verdade 17:17

> **Kenna**
> Aimeudeus, Maja não usa um piercing de nariz nos fins de semana? 17:17

> **Siobhan**
> EXATAMENTE. ZERO CONFIÁVEL!!! 17:18

Morte por macacão

Jaquetas maravilhosas como a minha merecem uma verdadeira estreia. Por sorte, o evento mais importante da temporada de Escorpião já está chegando: a festa de aniversário de Siobhan Collingdale. Eu estava até animada, mas aí me lembrei de que vou ter que ir com Jamie.

Ter um namorado está começando a me dar nos nervos. Já estamos na metade do caminho para a temporada de Sagitário, e ainda não há nenhuma união de almas à vista. Talvez a festa ajude?

Enfim, na segunda-feira não tenho muito tempo para passar raiva porque Siobhan aparece na escola de manhã usando uma coroa (de plástico, mas ainda assim bastante fabulosa) e desfila por aí como a Rainha Catarina, a Grande, da Rússia enquanto Kenna distribui convites no nome dela.

— Quem vai? — pergunta Lizzie Brilho Labial, quando nos reunimos ao redor da mesa de piquenique.

— Todo mundo — afirma Siobhan. — E o tema é REALEZA, por razões óbvias. Espero que todas vocês usem vestimentas deslumbrantes, o que significa NADA DE VELUDO COTELÊ! Não gosto de desperdiçar meu tempo vedando suas possíveis escolhas trágicas, Habiba!

Siobhan continua o sermão enquanto Kenna dá um tapinhas reconfortantes nas costas de Habiba. Alison está fazendo colagens, e eu fico apenas admirando. Ela é tão talentosa e maravilhosa, prensando flores em papel daquele jeito! Então noto que a Tríplice M (Morgan, Maja e Marcus) está reunida sob a mesma árvore.

Morgan ergue a mão devagar. Eu hesito, mas acabo acenando de volta. Não posso apenas ficar parada ali sem acenar de volta. Seria fazer papel de palhaça. É óbvio que, assim que eu aceno, os olhos da Siobhan estalam de mim para Morgan, como elásticos de borracha.

— Por que você tá ACENANDO pra Morgan Delaney?! — pergunta ela.

— Eu não estou — guincho, abaixando a mão depressa. — Ela estava acenando pra mim. Eu só, hã, acenei de volta.

— Que ABERRAÇÃO! — explode Siobhan. — Quem Morgan acha que é pra acenar pra você assim?! Se ela aparecer com aquela cara feia na minha festa, vou jogá-la no rio.

Antes que eu consiga dizer que ela está pegando um pouco (tá, MUI-TO) pesado, principalmente levando em conta que o rosto de Morgan não é nada feio, Habiba abaixa a raquete de tênis (que estava girando no dedo por nenhum motivo aparente) e diz:

— Talvez ela tenha um crush lésbico bizarro em você.

Quase engasgo com a minha própria língua.

— Não tem, não!

Mas Siobhan já está gesticulando de forma exagerada, e até Alison arregala os olhos. Todo mundo dá risadinhas, como se uma crush lésbica fosse um constrangimento, um bafão. Uma bolha de pânico do tamanho de uma abóbora se infla no meu peito. Tudo o que faço é rezar para Afrodite para que nenhuma das minhas amigas seja secretamente telepata. Graças a Safo, Zanna não está aqui.

— Aposto que ela tem fotos suas na parede do quarto dela — fala Siobhan, com uma risada de desdém.

— Fotos laminadas — diz Lizzie, e Siobhan dá um gritinho.

Até Kenna Brown, que costuma ser gentil, não consegue resistir e dá risadinhas maldosas.

— Ela deve querer colher morangos com você que nem duas fracassadas patéticas — continua Siobhan. — Kenna, qual é o sinal pra ÜBER--GAY? — Então ela nota que não estou rindo. Acho que estou com cara de apavorada. Ela revira os olhos. — Não precisa ficar toda borocoxô, Cat. Se alguma fanchona peluda tentar sequestrar você pra fazenda lésbica dela, a gente faz o resgate.

— Siobhan! — Com olhos de Bambi, Alison dá uma olhada na direção da Morgan. — Você não pode dizer isso! E se a Morgan ouvir?!

— E o que ela vai fazer? — Siobhan ri de desdém. — Me matar com o macacão dela?

Kenna, Lizzie e Habiba não conseguem se segurar depois dessa e gargalham como um bando de hienas histéricas. Encaro o tampo da mesa, perdida em pensamentos, com o coração acelerado. O que minhas amigas pensariam se soubessem? De repente, a ideia me dá vontade de vomitar.

Alison põe a mão no meu braço, que formiga como uma floresta tropical. Ela sorri, toda derretida, iluminada e linda.

— Não se preocupa, mô — diz ela baixinho, enquanto as outras continuam rindo. — A Morgan deve querer ser sua amiga só porque você é uma pessoa adorável.

— Isso! Com certeza! Nenhuma crush lésbica por aqui!

Tento rir, mas parece mais que inalei o Deserto do Saara: bastante asmática.

A caminhada para casa com Luna é desconfortável. Nós duas em silêncio como salamandras. Chego até a desejar que ela comece a tagarelar sobre medicina herbal ou a autobiografia de Malala como sempre faz, mas em vez disso está mandando mensagens para alguém. Suspeito.

— Tá mandando mensagem pra quem? — pergunto.

Luna afasta o celular bruscamente.

— Ninguém — responde ela. — Não tô mandando mensagem.

— Mas você estava...

— Eu estava trabalhando na minha carta de reclamação à cantina da escola — começa Luna, e eu resmungo. De novo não! — Você sabia que, na média, a gente come o dobro da quantidade de carne que seria boa pra nossa saúde? Eu e Niamh estamos fazendo campanha por uma opção cem por cento vegana. Dado que 1,2 bilhão de refeições são servidas em cantinas de escolas por ano, poderia fazer uma grande diferença!

Groselhas graúdas. Tenho certeza de que Luna está mentindo. Sei diferenciar quando alguém está mandando mensagem escondido ou escrevendo uma carta de reclamação. Mas isso só significa uma coisa: minha irmã de doze anos tem uma vida amorosa mais bem-sucedida do que a minha! Über-suspiro.

Se bem que, calma aí. Eu *tenho* um namorado... Vivo esquecendo disso.

— Luna, o que você faria se alguém muito importante para você, tipo, não sei, Niamh, só um exemplo, dissesse que é, hm, gay?

Luna faz uma careta.

— Ah. Hm, é óbvio que iria apoiar. Sou uma orgulhosa aliada da comunidade LGBTQ+, Cat. É por isso que tenho um broche de arco-íris na mochila.

Ela o exibe para mim, orgulhosa, depois passa o caminho todo para casa tagarelando sobre sue amigue não-binárie da internet, Moon, e eu volto ao antigo e reconfortante hábito de ignorar minha irmã.

Apenas quando estamos na entrada da Caixa de iPhone, Luna para de tagarelar e pergunta:

— Mas por que a pergunta? *Você* é gay?

— Não! — retruco, sentindo o pânico-abóbora voltar. — Tenho um namorado, lembra?

— Ah, é — diz Luna. — Ele. — Ela faz uma pausa. — Sem ofensas, Cat, mas eu não acho que Jamie seja tão bom assim. Na verdade, ele é meio que um bobão desesperado.

De modo trágico, não posso discordar.

É uma da manhã e não consigo pregar o olho. Queria dizer que é culpa dos meus pais. Eles foram muito irritantes à noite. No jantar, meu pai me acusou de estar calada e minha mãe disse que seria uma surpresa agradável. Pais se acham tão engraçados, não é?

Acho que o verdadeiro motivo para eu não conseguir dormir é que não amo, nem sequer curto minimamente, meu namorado. E acho que isso não vai mudar tão cedo, principalmente se Jamie tocar "Your Song" no próximo fim de semana, como prometeu. A "Prévia VIP" que recebi me fez desejar que viagens no tempo fossem reais, assim eu poderia voltar a 1969 e acertar o nariz do Elton John antes de ele compor "Your Song", só para a música nunca ter existido e evitado que Jamie a descobrisse.

Fico acordada com minha lâmpada de lava ilumina em tons de roxo e rosa que faz o quarto parecer as entranhas de uma água-viva. Tento ler um livro com a lanterna, mas ela apaga. A lâmpada de lava não ilumina o suficiente para que eu consiga ler, então sou forçada a me esgueirar escada abaixo como uma gatuna ("gata"... "cat", entendeu? hehe) em busca de pilhas.

Infelizmente, não sou uma gatuna muito boa, porque não encontro nenhuma.

Quando volto para o segundo andar, noto uma luz piscando acima da porta dos meus pais. O detector de fumaça! A tampa não está nem aparafusada, então tiro as pilhas e volto ao meu quarto. Se todos morrermos num incêndio, Afrodite pode pedir desculpas à minha família em meu nome.

Volto ao livro. Estou lendo *Para todos os garotos que já amei*, que deveria ser uma distração. Infelizmente, não consigo parar de pensar em como nunca amei NENHUM garoto, então largo o livro e suspiro pesarosa para meu teto de bolhas cor-de-rosa. Quando li na *Bíblia das estrelas* que a temporada de Escorpião tinha a ver com "se aprofundar", nunca esperei que significaria mergulhar ainda mais em desespero e desolação!

Arrumei um namorado na temporada de Libra. Isso deveria me deixar feliz! Mas seguir meu fluxo astral não me deixou nem um pouco mais feliz. Ainda estou apaixonada por Alison Bridgewater, e ter um namorado não me desintoxicou nem um pouquinho. Então é isso: estou mesmo condenada e destinada a ser infeliz para sempre. Acho que eu deveria arranjar uns gatos.

Então lembro que sou alérgica a gatos, o que significa que nem me tornar a Velha dos Gatos vai funcionar. Eu seria só uma Velha, o que não tem o mesmo apelo. Eu seria basicamente minha mãe! Mas, pensando bem, até a minha mãe tem meu pai.

Über, über-suspiro.

Kenna Brown

(Oiê... Me passa o horóscopo de Leão?)

(Estou nervosa pra festa da Siobhan)

(Tipo, eu vou ter que falar com as pessoas, né? :/   08:35)

(É o que acontece nas festas, Kenna)

(Mas ÓBVIO que eu tenho conselhos!!! Quando foi que as estrelas já me decepcionaram???)

(Não responda)

(Tá, então... A temporada de Escorpião é uma época INTENSA e EMPOLGANTE para os leoninos criarem CONEXÕES... Tente fazer coroas de margarida ou colares de macarrão! E tenha uma conversa profunda com alguém de quem você não ESPERARIA gostar... (sempre escolho minha mãe para isso). Reconecte-se às suas raízes leoninas emotivas (pintar suas unhas dos pés de amarelo pode funcionar) e, acima de tudo, NÃO fique em silêncio!!! USE SUAS MÃOS MARAVILINDAS E ARRASE!!!   08:45)

Lido 09:07

O cesto de roupa suja da sorte

Mamãe faz um alvoroço absurdo com minha ida à festa da Siobhan *com Jamie*. Ele aparece usando um colete, que é tão horroroso quanto esperado, e ela fica paparicando a gente sem parar, e até insiste para tirar fotos com o celular dela. Óbvio que o processo leva umas quatro mil décadas graças ao incrível talento adulto da minha mãe de quebrar um aparelho tecnológico só de olhar. Por fim, conseguimos escapar.

Jamie passa a maior parte do caminho reclamando que seus sapatos novos estão causando bolhas. Por mais que eu seja um poço de paciência, até eu tenho meus limites. Quando chegamos, já estou com dor de cabeça de tanto estresse. Parece até que percorri toda a distância plantando bananeira.

A casa de Siobhan é que nem a Caixa de iPhone, toda moderna, envidraçada e pretensiosa, sem nenhuma parede no andar de baixo. Tem uma fonte meio ondulada na entrada para carros (*uma* décor *de* jardin *personalizada*, nas palavras de Siobhan), e Jamie fica obcecado à la Bruno Mars (desejando ser um milionário) com o carro esportivo do pai dela.

— Um dia vou ter um carro igualzinho a esse — anuncia ele, e resisto ao impulso de responder que espero que esteja certo, assim vai poder dirigir rápida e furiosamente para bem longe de mim.

Quando entro, ajeito a postura, me sentindo *sehr iconique* com minha jaqueta. Com ou sem dor de cabeça, ainda exalo minha energia feminina divina. Tenho certeza de que Morgan perceberia, mas, infelizmente, ela não está aqui.

No entanto, todos os outros estão, todo mundo arrumado até o pescoço. Jasmine Escandalosa McGregor berra com sua discípula mais fervorosa, Cadence Cooke, e até Zariyah Al-Asiri, do segundo ano do ensino médio está aqui, com um *hijab* prateado brilhante. Zariyah é muito maneira: é representante de classe da Queen's e já abraçou a Lady Gaga uma vez, o que não a ajudou a concretizar sua promessa de tornar "Poker Face" o hino da escola, no entanto. Habiba joga ping-pong contra três garotos aos mesmo tempo e acaba com eles usando apenas uma das mãos.

Siobhan usa um vestido dourado ridiculamente brilhante e recebe os convidados um por um na base da escada, como se fosse a Cleópatra. Preciso semicerrar os olhos para olhar para ela. Ao seu lado, está Elizabeth Rica Greenwood, a garota mais abastada da Queen's. De acordo com Siobhan, Elizabeth Rica é tão rica que nunca lava as próprias calcinhas, apenas compra uma nova para cada dia. Talvez isso não seja cem por cento verdade, mas eu não teria como saber. Nunca vi a calcinha de Elizabeth Rica.

— Ei, Siobhan! — Eu me livro de Jamie com uma sacudida para abraçá-la. — Você tá maravilhosa!

— É óbvio que eu estou maravilhosa! — retruca ela, me afastando como se eu fosse contagiosa. — Eu nunca daria uma festa vestida que nem, sei lá, a Kenna.

Kenna está de roxo-beringela, mas não é tão ruim assim. Apesar disso, acho que Siobhan entende mais de moda que eu, afinal foi ela quem estagiou na Balenciaga. Espero que comente sobre a minha jaqueta fabulosa. Se eu fosse ela, ficaria muito honrada por eu estar usando a festa de aniversário dela como o evento de estreia da minha jaqueta!

Mas Siobhan só diz:

— Ah, se você vir Samanta Sacana, minha prima terrível, pode conversar com ela? Eu deveria estar lhe fazendo companhia, mas ela é muito chata e eu detesto a garota. Se ela pedir dinheiro, fala que você tá economizando pra fazer remoção de pelos a laser; ela vai acreditar. Valeu. Até mais!

Então ela vai embora, acertando Jamie no rosto de novo com o cabelo, sem nem uma palavra sobre minha jaqueta.

— Meu olho! — geme Jamie.

Ele é impossível mesmo, não importa a temporada do zodíaco... Olho ao redor em busca de outra pessoa que possa comentar sobre minha jaqueta e minha energia feminina divina.

A gangue toda está aqui (menos Zanna, aquela egoísta, que foi passar o fim da semana na Polônia para comparecer ao funeral da tia-avó Marcelina). Alison está magicamente maravilhosa, com uma blusa dourada esvoaçante, e eu encaro com uma dor no coração enquanto ela conversa com Josh Esnobe O'Conner no gigantesco sofá de canto da Siobhan (que Siobhan chama de *settee de la mode de canto*). Seus cílios cintilam com glitter dourado. Toda vez que ela ri, sinto outro sol sendo gerado dentro de mim...

Vai ser difícil pra burro não me distrair com Alison Bridgewater esta noite.

No meio-tempo, Kieran Wakely-Brown está contando alguma história para seus Amigos Parças que termina com "e é assim que você fisga o que quer", então imagino que esteja falando sobre pescaria? Lizzie Brilho Labial e sua brigada de garotas que usam muito brilho labial retocam seus muitos lábios no espelho e os semiamigos comedores de biscoito de Jamie, Lucas Lambão e Ryan Raso, encaram as meninas dançando, boquiabertos. Não ACREDITO que Siobhan os convidou! Se bem que...

— Olha, Jamie, seus muchachos estão ali! — Aceno com a cabeça na direção deles. — Você deveria ir curtir com eles... Eu juro que não me importo!

Jamie está se balançando em uma dança trágica, com seu colete trágico. É constrangedor nível BERRI.

— Prefiro ficar com você.

Solto uma risada estrangulada, já nervosa como uma nevasca, ao perceber que ele acabou de tirar um biscoito de chocolate do bolso.

— Esse biscoito estava solto no seu bolso? — pergunto, horrorizada.

Ele franze a testa, dando uma mordida.

— Estava, por quê? Quer um?

— Não — digo com firmeza, depois pego uma bebida da bancada lateral, onde Siobhan botou Kenna para servir os convidados como uma das funcionárias.

Não sei exatamente o que é a bebida. Kenna disse que é uma mistura misteriosa "de Chichester". Acho que pode ser Grapette.

Termino o primeiro copo e parto para o próximo, afinal, se eu estiver bebendo, Jamie não pode me beijar. Mesmo assim, ao longo da noite, ele não para de tentar, então eu bebo sem parar. Alison dança com um dos Amigos Parças de Kieran e, de repente, eu noto o cômodo balançando. Talvez seja o peso atordoante da minha decepção. Se bem que, pensando melhor...

— Estamos num barco? — murmuro, apertando a barriga.

De repente, estou enjoada feito um gnomo! Eu me apoio na mesa de petiscos e escuto Elizabeth Rica perguntando a Siobhan com a voz arrastada:

— O que tem nesse suco, amiga?

— Ah, o vermelho? — Siobhan abaixa tom de voz, que continua muito alto. O vestido dourado dela brilha tanto que dói, esmurrando minha dor de cabeça com minúsculos punhos de lantejoula. — É suco de cranberry, mas eu coloquei vodca. Isso é uma festa DE VERDADE. Nada a ver com aquele evento triste da Jasmine em setembro...

— Ei! — berra Jasmine McGregor, que infelizmente está por perto, e é quando tudo acontece. Jasmine e Siobhan começam a bater boca como pelicanos furiosos, e sinto meus pulmões trocarem de lugar com meu sistema digestivo. Siobhan acabou de dizer VODCA?!

— O que deu na Siobhan? — Alison aparece ao meu lado e meu estômago revira como uma panqueca em pânico. Alison franze a testa. — Cat? Você tá bem?

Gorgolejo grogue na direção dela, tentando lembrar quantos copos de suco vermelho já tomei. Conto até quatro, mas depois esqueço o que estou contando. Meus joelhos tremem, e eu agarro o braço de Jamie, o que parece deixá-lo bem feliz, porque ele abre um sorriso afetado.

— Você tá bem, meu anjo? — pergunta ele.

— Ela parece meio mal, Jamie — fala Alison, tímida, o que é a última coisa que quero ouvir Alison Bridgewater dizer. — Acho que você devia levar ela ao banheiro?

— Uuuuurgh — resmungo, e Jamie assente.

— Eu entendo. Às vezes eu também fico sem palavras quando estamos juntos — diz ele, depois me guia em direção à escada.

Groselhas, estou péssima. Queria que Alison viesse com a gente, mas ela está distraída demais com Siobhan desafiando Jasmine a um duelo usando garfos de servir no lugar de espadas.

Jamie me arrasta como um saco de batatas para o andar de cima. Encaro as fotos de infância de Siobhan e Niamh nas paredes quicando como se eu estivesse dentro de uma pintura surrealista. Tento perguntar "A gente pode subir aqui mesmo?", mas o que sai é:

— A-ente po-subi a-mesmo?

Afrodite nos céus. Talvez eu esteja mesmo bêbada feito um gambá.

Encontramos um banheiro, e eu gemo como a Lana Del Rey em cima da pia. Jogo água no rosto, mas isso só me faz espirrar... e meu catarro definitivamente *não* tem gosto de mel. Jamie solta um assobio impressionado, depois começa a cantarolar com a boca fechada.

— Uau! A acústica aqui...

O QUÊ?! Pelo amor dos diamantes da Marina! Depressa, eu me forço a levantar e agarro a mão de Jamie. Porque se tem uma coisa que me dá vontade de vomitar como um vulcão é ouvir Jamie cantando. Eu o arrasto para o quarto da Siobhan. A cama dela é tão grande que me pergunto como ela consegue encontrar o caminho até o chão toda manhã. Pelo menos os montes de travesseiros de "Plumas de Ganso dos Montes Urais" vão servir como bons protetores de ouvidos se Jamie ficar muito "inspirado".

— Melhor assim... — Desabo no edredom volumoso, fechando os olhos com força, e aperto a barriga, gemendo igual ao meu pai quando está com fome. Mas não sinto nenhuma vontade de comer agora. Na verdade, acho que se comer uma única batatinha, talvez vomite tudo. — Ughhh... — gemo. — Minha cabeça tá girando!

— A minha também — diz Jamie, o que não faz sentido, porque ele não tocou no suco vermelho. — É a energia, Cat. Essa tensão no ar entre a gente... Já faz um tempo que a sinto fervilhando e finalmente você trouxe a gente pra esse quarto, nesse momento. Isso quer dizer que você também sente.

Não entendo lhufas lufadas do que ele está dizendo, então abro os olhos para protestar. É aí que eu vejo, para meu absoluto espanto, que Jamie não está mais usando seu colete trágico nem sua camisa trágica. Na verdade, está sem camisa, todo magricela e de peito ossudo, com os braços de graveto abertos. Tenho flashbacks da nossa época de brincar na piscininha inflável, aos sete anos. O que definitivamente não é sexy.

— Jamie! — gorgolejo. — Acho que você...

Tento me sentar e explicar que ele definitivamente, DEFINITIVA-MENTE, interpretou tudo errado, mas minhas mãos escorregam, e acabo rolando para fora do edredom, caindo com um baque no tapete branco felpudo de Siobhan. Estou encarando o teto, tonta até a raiz dos cabelos, quando Jamie me observa de cima, sorrindo como um palhaço para a lua.

— Eu amo sua intensidade, Cat — sussurra ele. — O jeito que você se joga em tudo como... — Ele pausa, mordendo o lábio. — Como um... frisbee! Cat, você pode me fazer o homem mais feliz do mundo e se jogar em mim? O que vamos fazer agora? Me fala quais são os seus desejos.

Quase comento que, se eu me jogasse mesmo, ele provavelmente seria esmagado como uma folha seca, mas Jamie assente fervorosamente com a cabeça e acaricia minha mão com tanta avidez à espera da minha resposta. Em nome do meme do Barack Obama soltando o microfone, o que eu deveria dizer?!

— Hm, eu sempre quis viajar! Quero conhecer o Uzbequistão!

Jamie franze a testa.

— Quer? — pergunta ele.

Faço que sim com a cabeça várias vezes, revirando o cérebro em busca de todos os fatos que sei sobre o país. Por sorte, fiz um projeto da escola sobre o Uzbequistão no sétimo ano apenas porque achei o nome muito engraçado.

— Você sabia — tagarelo — que o Uzbequistão é um dos dois únicos países duplamente sem litoral do mundo?! Isso significa que é cercado só por outros países sem litoral, o que é legal, a não ser que você goste do mar, óbvio. Nesse caso provavelmente não seria tão legal...

Uzbequi-ferrada-que-eu-tô. Não sei mais nenhum fato sobre o Uzbequistão! Em nome de Tasquente, o que faço agora?! Sei alguma coisa sobre o país vizinho, Tajiquistão, pelo menos?! Então, como se Afrodite finalmente tivesse escutado minhas preces, a porta se abre e Siobhan entra cambaleando, apertando o rosto com uma das mãos e uivando profanidades.

— Jasmine McGregor tá morta! — grita ela, e meus olhos se arregalam de espanto..

MORTA?! Jasmine McGregor está MORTA?

— Ela vai estar morta quando eu botar as mãos nela! — ela continua, e eu solto um suspiro de alívio. Um assassinato por garfo de servir é a última coisa de que preciso! De repente, Siobhan nota Jamie e eu a encarando como galinhas assustadas. Ela tira a mão dos olhos. — O que vocês dois estão fazendo aqui? O andar de cima é território PROIBIDO!

Jamie começa a se remexer sem saber o que fazer, então abro a boca para explicar. Mas antes que eu consiga falar, meu estômago dá outra cambalhota-cambaleante e minha garganta borbulha como um vulcão ansioso. Ah, deusa-delirante: A VODCA!

Agarro a lixeira ao lado da escrivaninha e vomito lá dentro, sacudindo os ombros. Jamie pula para trás, em choque. Minha garganta está pegando fogo, mas pelo menos eu encontrei a lixeira. Eu consegui!

— PELO AMOR DE UMA BOLSA GUCCI! — grita Siobhan, a voz esganiçada. — ISSO AÍ É MEU CESTO DE ROUPA SUJA, SUA IDIOTA INCANDESCENTE!

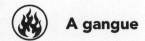 **A gangue**

Siobhan
[post de @jazzy.mcgreggs]
QUE RAIOS É ISSO?????

JASMINE MCGREGOR POSTOU UMA SELFIE COM UM GARFO DE SERVIR ***MEU*** GARFO DE SERVIR

HABIBA PQ VC CURTIU??   **16:55**

Habiba
Aimeudeus, foi mal, amore, que #cobra... Já descurti!! bjos   **16:57**

Siobhan
QUAL É A DIFERENÇA??? JÁ TEM 495 CURTIDAS!!!!!!

VOCÊ TÁ TÃO *MORTA* NA SEGUNDA JUROPORDEUS   **16:57**

Zanna
Kkkkkkkkkk   **17:01**

Cat
Não é culpa da Habiba, Siobhan. Todo mundo erra... Falando nisso... ainda sinto MUITO sobre o cesto de roupa suja :(**17:02**

[Siobhan removeu Cat do grupo]

Missão maléfica de rachar uma casca de ovo

No fim de semana, Zanna fica histérica quando ligo para contar o incidente com o cesto de roupa suja. Ela literalmente não consegue parar de rir.

— Que maravilhoso — diz ela, em meio às risadinhas, sem um pingo sequer de compaixão. — Essa história valeu a semana inteira, Cat. Obrigada. Tá muito deprimente aqui, com o funeral e tudo mais.

Eu queria estar num funeral. De preferência o meu.

Zanna continua chiando de tanto rir.

— Você vomitou — repete ela, como se tivesse alguma chance de eu ter esquecido — no cesto de roupa suja dela. Genial!

Solto um muxoxo desanimado. Óbvio que não fiquei por muito mais tempo na festa depois do incidente com o cesto de roupa suja. Siobhan não só gritou, ela se esgoelou. Principalmente porque acabou que o cesto era de PALHA, e meu vômito vazou para o tapete branco felpudo.

Jamie vestiu a camisa correndo (graças a Afrodite) e me acompanhou até minha casa em silêncio. Insira aqui um longo suspiro. Acho que nem um milhão de temporadas de Escorpião seriam capazes de fazer com que eu me apaixonasse perdidamente por Jamie Owusu. Ele não me inspira a escrever nem um dístico.

— Zanna — interrompo, antes que ela se empolgue recitando cânticos poloneses. — Acho que eu talvez precise terminar com o Jamie. Eu não curto ele nem um pouco, para falar a verdade.

— Era meio óbvio, eu poderia ter te falado — diz Zanna, e eu fecho a cara.

— Como isso foi acontecer?! — explodo, porque parece muito injusto. Eu só queria parar de gostar da Alison Bridgewater e não ficar tragicamente sozinha por mais um ano do zodíaco inteiro. É tão difícil assim? Sei que o nível dos oceanos está subindo, que tem um buraco na camada de ozônio e que estamos perdendo as florestas tropicais numa velocidade alarmante, mas acho mesmo que estar apaixonada por Alison Bridgewater deve ser o problema mais frustrante, insolúvel e complexo do mundo todo, porque…

— Cat? — interrompe Zanna.

— O quê?

— Você é uma idiota. Foi assim que aconteceu.

Eu desligo na cara dela. Zanna tem mesmo uma alma cruel.

Já foram catorze tentativas de cartas, três poemas de despedida e duas leituras muito compenetradas do capítulo de Câncer da *Bíblia das estrelas*, e ainda não faço ideia de como terminar com Jamie na segunda-feira. No fim das contas, decido que só há uma opção: vou ter que *falar* com ele. Marcho até a Queen's com convicção. Tanta convicção, na verdade, que dou de cara com uma velhinha na Lambley Common Green e preciso gastar dois preciosos minutos procurando a dentadura dela na grama. Sigo com um pouco menos de convicção depois disso.

— Então você vai mesmo dar um pé na bunda dele hoje? — pergunta Luna, me acompanhando com uma corridinha.

Ela é a única pessoa além de Zanna para quem contei meu grande-mas--ainda-inexistente plano.

— Vou — respondo, atravessando os portões da escola a passos largos. — E não vou amarelar.

— Maneiro. Posso assistir?

— Luna! Não, não pode. Vou ter uma conversa muito madura. Provavelmente madura demais pra você, que só tem doze anos.

— Eu tenho treze! — reclama ela, e eu paro de andar.

— Mas seu aniversário é só no dia 20 de novembro.

— Que foi ontem! — balbucia Luna. — Por que você acha que todos os meus amigos foram lá em casa? A gente literalmente deu uma festa na sua cara! Você é tão egocêntrica!

Arregalo os olhos.

— Vocês estavam fazendo cartazes de protesto pro Extinction Rebelion! Como isso é dar uma festa?! Não tinha nem música!

— Eu deixei meu álbum *Sons das orcas* tocando a tarde toda — diz Luna, cruzando os braços. — Não acredito que você esqueceu meu aniversário. Se eu não fosse tão fervorosa em ser contra o consumismo, diria que você me deve um presente.

— Ah, então que bom que você é uma bizarrona! — retruco.

As coisas estão prestes a sair do controle quando vejo Jamie entrando na escola com Lucas. Arregalo os olhos, e Luna franze a testa, dando uma olhada para trás para ver o que estou encarando.

Ela se volta para mim com um sorrisinho presunçoso.

— E aí? Vai falar com ele?

— Vou — digo, tentando ignorar a taquicardia se instalando no meu peito. — É exatamente o que eu vou fazer. Vou falar com ele.

— Agora?

— É, aqui e agora.

— Beleza. Vai lá, então — encoraja Luna. — Tá esperando o quê?

Estou prestes a responder que estou esperando que Jamie me veja, obviamente, mas então ele para na minha frente e a gente se encara que nem dois cocoricós. Abro a boca para falar. Vou simplesmente desembuchar. Vai ficar tudo bem. É só falar.

102

— Cat — começa Jamie. — Sobre a festa...

— Falamos disso depois! — corto depressa, porque em nome da gema do Humpty Dumpty, não posso rachar o coração de casca de ovo de Jamie a esta hora da manhã. Giro e disparo em direção à minha sala de chamada antes que Jamie ou Luna digam qualquer coisa.

Pensando bem, terminar com Jamie é um caso urgente. A temporada de Escorpião acaba amanhã e a de Sagitário começa. De acordo com a *Bíblia das estrelas*, é a temporada em que as pessoas se sentem mais dispostas a experimentar coisas novas, a época mais aventureira do ano! Vai saber que novos horrores poderiam acontecer se Jamie entrasse na vibe de aventura?! Ele até sugeriu que a gente treinasse fazer a dança de Morris como casal ontem. Nunca tremi tanto de medo!

Também há outra coisa a se considerar. Alison Bridgewater está solteira de novo! Será que *ela* vai se sentir "aventureira" também? E se eu fui precipitada demais ao desistir? Vou até me inscrever em química porque eu estou pronta para experimentar!

Ou não. Eu provavelmente explodiria a escola. Mas mesmo assim...

De qualquer jeito, enquanto a srta. Jamison discorre de forma monótona sobre MacBem-Chato, de Shakespeare Sonolento, na aula de literatura, a perspectiva de partir o coração de Jamie na hora do recreio paira sobre mim como uma baleia azul nadando pela janela da sala. Apesar do jogo de palavras brilhante, não parece nada divertido, então, quando a aula termina, corro para os portões da escola para me esconder. Eu me refugio no canto triste do playground, onde os alunos do sétimo ano ficam, e todos me olham estranho enquanto eu fico ali sentada que nem um animal empalhado.

No entanto, se realmente quero fugir de Jamie o dia todo, preciso permanecer em constante movimento, me tornar uma verdadeira foragida. Na hora do almoço, passo confusos vinte minutos fazendo perguntas estranhas ao sr. Derry só para evitar as mesas de piquenique. Tenho certeza de que o sr. Derry ainda fica sem graça porque eu o chamei de "verdadeiramente deslumbrante" depois que fui atropelada. Ele responde com "hm" e "ah" sem parar e fica me encarando como se eu estivesse pedindo para mudar meu nome para Cat Biruta.

E talvez eu deva, porque acabo explicando o significado de BERRIR para ele com a única intenção de não terminar a conversa.

Então, num piscar de olhos, chegou a terça-feira, e eu sem querer adiei o término com Jamie por 24 tenebrosas horas. Estou enrolando no estacionamento de funcionários para evitar as mesas de piquenique *de novo* quando avisto Morgan e Maja pulando a cerca, usando o teto do carro esportivo da diretora como degrau. Groselhas graúdas!

Pelo menos estão *entrando* na escola. Morgan pula do capô para o concreto, então me avista. O rosto dela se ilumina com um sorrisinho presunçoso.

— Não me julga — diz ela, enquanto Maja desce atrás. — A gente só foi tomar um milkshake.

— Ah! — digo, surpresa. — Hm, sem julgamentos da minha parte! Eu fujo da escola sempre que posso, hm... Sou bem rebelde assim.

Maja solta uma risada pelo nariz e Morgan estreita os olhos.

— Uhum. Dá total pra perceber. Só as pessoas mais rebeldes passam o horário do almoço no estacionamento dos funcionários.

— Ah... — Olho por cima do ombro como se tivesse acabado de notar onde estou. — É, pois é. Hm... Eu sou aquariana, o signo mais rebelde! Urano, nosso planeta, até gira no sentido anti-horário, sabia?! Então você deveria, hm... tomar cuidado.

Morgan assente devagar, depois cai na gargalhada.

— Vou definitivamente ficar de olho — diz ela, com a sinceridade de um escorpiano fazendo um elogio (ou seja: NENHUMA). — Valeu pelo alerta.

— Você é sempre sarcástica assim? — pergunto, tentando soar indignada, mas Morgan sorri.

— Provavelmente — responde ela, balançando o cabelo para trás. Na hora, sou teletransportada para o dia do rio. Groselhas, aquilo foi muito impressionante... — Sou geminiana. Sarcasmo é meio que nossa parada.

Eu a encaro por uns quatro milhões de anos. O que não seria tão ruim, afinal ela tem olhos azuis lindíssimos. Mas de que adianta ter olhos azuis se você é cruel até o fundo da alma fria-como-pedra?

— Hm, entendi. T-tenho que ir! — gaguejo. — Para, hm, outro estacionamento!

Escapo com a graça de um espantalho de skate, afinal, posso até não saber por que o céu é azul ou a grama é verde, ou por que homens têm mamilos — na real, não entendo direito nem matemática básica —, mas, se tem uma coisa que eu sei, é: nunca, NUNCA, em NENHUMA hipótese, confie em geminianos.

POR QUE NUNCA SE DEVE CONFIAR EM GEMINIANOS

✳ Eles têm dois lados inteiros, o que é bem ganancioso. As pessoas só deveriam ter um lado no MÁXIMO. Somos humanos, não cubos mágicos!

✳ Por mais que sejam PÉSSIMOS, geralmente são muito lindos. Tudo não passa de uma distração de suas almas geminianas satânicas.

✳ No ano do zodíaco, estão entre Touro, o signo mais chato, e Câncer, o signo mais bunda-mole. Ou seja, quando você menos espera... BUM! Eles pegaram você. São cruéis de formas que você não espera, é o jeitinho deles.

✳ Compare as palavras gEMiniano e dEMônio. Coincidência? Acho que não.

ELES SÃO GEMINIANOS!!!
NUNCA CONFIE EM GEMIANOS!!!
FIM DE PAPO!!!

TEMPORADA DE

Sagitário

Banana split-e-chispa

Como é possível que Morgan seja geminiana?! Ela é tão MANEIRA. Além disso, salvou meu caderno! Mas talvez suas sardas tenham me distraído da sua verdadeira e perversa natureza geminiana. É muito, muito lamentável. Enquanto isso, começo a pensar que entrar para o circo seria mais fácil do que terminar com Jamie. Se bem que, se Zanna estiver certa, entrar para o circo não deve ser muito difícil para mim: tenho sangue de palhaça correndo nas veias.

Na quarta-feira de manhã, chego na Queen's aflita como um rabisco. Quando Imaran Kalmati fala "Bom dia, Gata Selvagem!", quase não noto que ele está falando comigo.

Interrompo meu trajeto trágico. Estou em frente à sala de chamada, e Imaran enrola perto dos escaninhos com alguns dos Amigos Parças de Kieran Wakely-Brown.

Não conheço Imaran direito, mas sei que uma vez ele mentiu num aplicativo de namoro dizendo que tinha 27 anos. Ele tem uma barbinha de verdade e só foi descoberto quando tentou flertar com a professora de nutrição, a srta. Rice (ou Arroz Picante, como a chamamos depois).

— Hm, olá? — respondo, dando uma olhada para trás, mas não tem ninguém por perto. Imaran está definitivamente falando comigo. Olho para os Amigos Parças. — Você tá... bem?

— Ah, tô ótimo — diz Imaran —, Gata Selvagem.

Todos os Amigos Parças ressoam suas risadas ressonantes. Franzo a testa e deixo para lá, seguindo meu caminho, afinal tenho um salmão muito maior para salgar para perder tempo me preocupando com as piadas internas novas dos Amigos Parças.

— Pai amado! — exclama Siobhan na hora do almoço. — Cadê a Kenna? Aquela BOBALHONA ia me emprestar um rímel.

— Talvez ela esteja sentada com outra pessoa? — sugere Alison.

— Que absurdo — retruca Siobhan, com rispidez. — A Kenna não tem outros amigos!

Alison volta os olhos para sua bandeja, com as bochechas rosadas, e eu olho ao redor à procura de Kenna. Então vejo Jamie parado perto da lixeira com Lucas. Carambolas! Abaixo a cabeça, mas aquele garoto parece um cão de caça atrás de mim. Ele se vira farejando e me avista. Seu rosto se ilumina como velas em um bolo de aniversário. Groselhas graúdas! E agora?

— Quer saber — gaguejo —, é melhor eu ir. Tenho um negócio.

— Você não terminou seu sanduíche — observa Zanna, o que não ajuda em nada.

— Eu tô de dieta!

— Você? — Habiba faz uma careta, largando a colher dentro do seu iogurte desnatado. — De dieta? Ontem você comeu três sobremesas.

— Foram só duas! — Protesto. — Banana não conta como sobremesa.

— Foi uma banana-split! — acusa Habiba.

Fico prestes a explodir. Não tenho tempo para essa besteira; Jamie está vindo! Jogo meu sanduíche como um frisbee nas lixeiras e, ao empurrar a cadeira para trás, ouço um estrondo gigantesco e solto um grito de surpresa.

Atrás de mim, Millie Butcher tropeçou feio, com bandeja e tudo.

O som de pratos se estilhaçando silencia a cantina inteira. Brócolis e molho de carne inundam o chão, e cacos de louça se espalham ao redor dos meus pés. Olho boquiaberta para o outro lado da mesa e vejo Siobhan retrair o pé, os olhos arregalados como, bom, pratos não quebrados.

O que sapos-de-saia acabou de acontecer?!

Antes que eu consiga dizer ou fazer qualquer coisa, duas moças da cantina já baixaram sobre a cena feito gaivotas. Uma delas ajuda Millie a se levantar.

— Você se machucou? Foi um tombo e tanto.

Os lábios de Millie estão tremendo.

— Eu tropecei. Sinto muito — murmura ela.

— Não se preocupe, meu amor! — A moça da cantina a leva embora. — Vamos lá para você se limpar. Foi um susto horrível...

Outra gaivota se aproxima com uma placa de CUIDADO: SUPERFÍCIE ESCORREGADIA, como se os vinte metros quadrados de molho não fossem aviso o suficiente.

O falatório da cantina recomeça, todos tagarelando sobre o que viram e para onde estavam olhando quando Millie Butcher desabou no chão. Uma mesa cheia dos Amigos Parças de Kieran Wakely-Brown encara a cena, e um deles grita:

— Mandou bem, Gata Selvagem!

— Quê?

Olho ao redor, mas todo mundo está olhando para mim.

— Por que todo mundo está chamando você de Gata Selvagem?! — pergunta Siobhan em um tom inquisidor, mas antes que eu responda que também estou totalmente fusão-confusão sobre isso, Habiba se intromete.

— Isso foi fitinspirador, Siobhan. Você fez ela tropeçar bonito! — Ela joga uma cortina de cabelo escuro e liso para trás. — Todos aqueles exercícios de reflexo do netball obviamente valeram a pena...

— Quê? — Os olhos de Alison se arregalam, e ela encara Siobhan, boquiaberta. — Siobhan, você fez a Millie tropeçar?

— Relaxa, Alison. — Siobhan morde uma maçã, jogando o cabelo para trás. — Foi só brincadeira. Além disso, Millie vai achar que foi a perna da cadeira da Cat. — Siobhan lança um sorrisinho maldoso para mim. — Valeu.

— O quê? Mas eu não quis...

Não sei o que dizer. Faço contato visual com Alison, mas ela só franze a testa para seu panini que nem um avestruz na areia. Sei que não gosta de confronto, mas sério? Um pensamento perigoso me vem à mente. Será que eu deveria confrontar nossa estimada Abelha Rainha?

— Você não deveria ter feito isso, Siobhan — diz Zanna, parecendo genuinamente choquita até o bico das belas botas bálticas. — Foi cruel. Tipo, sério. Tudo tem um limite...

— Olha — diz Siobhan quando a gangue fica quieta. Acho que estamos apenas um pouco tônico-atônitas —, não achei que ela fosse cair de verdade.

Quero fazer coro com Zanna, mas me lembro do que estava acontecendo antes da queda da Millie: JAMIE! Ele já está acenando na minha visão periférica. Estou protegida por um fosso de molho e placas de aviso, mas também estou *encurralada* por toda essa bagunça!

— Cat? — chama ele. — Ei, Cat!

Não tenho tempo a perder. Sou o Batman! Salto por cima da poça de molho.

Só que não salto *por cima* do molho. Acabo pisando em falso e caio bem *em cima* da poça.

Só ouço o baque quando me esborracho, levando a placa comigo. A cantina inteira congela. De novo. Groselhas. Sinto uma umidade morna e pegajosa nas costas. Quando estou prestes a morrer de horror e nojo, o rosto de Jamie paira sobre mim. Eu vou gritar! É agora!

— Caramba, Cat! — exclama ele. — Por que você fez isso?!

Pelo amor de Afrodite! Ele acha que caí de propósito?! Mas antes que eu perca a cabeça, as moças-gaivotas-da-cantina correm ao meu resgate e me ajudam a levantar.

— Eu até botei um aviso! — exclama uma delas, e eu murmuro um pedido de desculpas, à procura de uma rota de fuga.

— Você consegue se sentar? — pergunta a moça da cantina.

Mas eu balanço a cabeça.

— Não precisa! Tenho que ir!

— Cat, você tá coberta de molho de carne! — exclama Alison, mas já estou disparando para longe.

Jamie continua segurando sua bandeja de almoço, preso atrás das moças da cantina. O impedimento que eu precisava para escapar e mais uma vez evitar a Temida Conversa Trágica.

Acho que o fato de eu preferir nadar numa poça de molho de carne a falar com meu namorado talvez seja o choque de realidade mais gay da minha Virtuosa Vida Aquariana até agora. Infelizmente, Jamie não deve ser esperto o bastante para juntar as peças, então ainda vou precisar falar com ele.

Depois que o molho seca, minha camisa fica com uma crosta marrom, o que me rende olhares muito estranhos. Quando chega a hora, me esgueiro para a aula de literatura. Talvez consiga chegar ao meu armário e vestir o uniforme de educação física? Mas bem quando estou dando uma de gatuna e entrando de fininho na sala de chamada, a porta do banheiro masculino se abre e dou um encontrão com Elizabeth Rica.

Seus olhos se arregalam de surpresa. Ela fecha a porta depressa, mas não antes de eu ver quem estava prestes a segui-la para fora: Kieran Wakely-Brown! Olho de Elizabeth para a porta do banheiro, atônita. O que será que eles estavam fazendo lá dentro? Comparando vastas fortunas? Inspecionando os canos?

Mas Elizabeth Rica se recompõe depressa. Seu rosto se abre num sorrisinho presunçoso, e ela cruza os braços esguios. Ela é bem mais alta do que eu. Presumo que possa pagar por toda essa altura; calças mais longas e... tudo o mais.

— Sério, Gata Selvagem? Você vai me julgar? *Você*?

— Olha, eu não sou encanadora, então não seria meu lugar de fala...
— Paro de falar no meio da frase, espantada como um espantalho. Os

Amigos Parças do Kieran me batizarem com um novo apelido já é bem bizarro, mas Elizabeth Rica é a primeira garota a me chamar assim. — Elizabeth, por que todo mundo tá me chamando de Gata Selvagem? — pergunto, com cuidado.

Elizabeth Rica dá uma risadinha rica, então para.

— Ai, cacilda. — diz ela. — Você realmente não sabe? É por causa do Jamie, óbvio! Ele contou para o Kieran tudo sobre sua noite de paixão selvagem. Sinceramente, Cat, eu nunca imaginei que você era uma periguete tão safada!

Que eu era O QUÊ?! Sinto o sangue se esvair da cabeça. Depois do ombro, joelho e pé, joelho e pé. Estou praticamente exsanguinada.

— O-o quê?! — gaguejo. — Na festa da Siobhan? Mas não aconteceu nada!

Elizabeth Rica olha para mim de rabo de olho.

— Não é o que o Kieran me contou, amiga.

Estou tão atônita que fico sem palavras. Encaro o nada até o clima pesar e Elizabeth precisar se desviar de mim para ir embora. Ela faz *tóc-tóc* pelo corredor com seus sapatos de salto alto pesados-ousados-über-caros, e tento processar sozinha tudo o que ela acabou de dizer. Então Kieran se esgueira para fora do banheiro também, mas ainda estou atordoada demais para reagir.

Uma noite de paixão selvagem? Eu?! Com JAMIE?!

Alguém me passa o cesto de roupa suja da Siobhan! Acho que vou vomitar de novo.

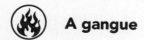

A gangue

> **Lizzie**
> AIMEUDEUS, gente, vcs souberam do bafão sobre a Cat? São sempre as quietinhas... 13:05

> **Cat**
> ???
> Eu estou literalmente bem aqui! 13:06

> **Lizzie**
> AIMEUDEUS, chat errado!!! Foi mal, amore. bjs 13:07

> **Zanna**
> Desde quando a Cat é "quietinha"? 13:10

Menino é assim mesmo (infelizmente)

Todo mundo passa o restante da tarde me chamando de Gata Selvagem e, no dia seguinte, até Jasmine Escandalosa McGregor solta uma gargalhada quando passo por ela e suas Amigas Alarme. Se até Jasmine McGregor sabe, eu estou mesmo muito lascada. Nem Siobhan é capaz de me proteger das cordas vocais de Lambley Common.

Vou à biblioteca me esconder e me lamentar num pufe. Então noto a srta. Bull me olhando feio como a garrafa infeliz de leite azedo que ela é (quem usa bege aos 35?!). Pego o livro mais próximo e o abro para ela não me expulsar. Para meu azar, o título é *101 fatos sobre a varíola*, que sou obrigada a ler até o fim recreio. Quando o sinal toca, me sinto um bilhão de vezes mais enjoada do que quando cheguei.

Agora tenho aula de matemática, que é chato pra caramba. Primeiro, porque é matemática (dã!) e segundo porque estou na turma menos avançada, em que só conheço Kenna. Não ligo de me sentar com ela. Sem sua porta-voz (Siobhan), é bem tranquilo, o que significa que acabo prestando atenção de verdade na aulas. Cenas chocantes e inacreditáveis.

Kieran Wakely-Brown e seus Amigos Parças começam a rir assim que entro. Parece que o mundo todo (e Júpiter também) sabe do fiasco Gata Selvagem.

Tudo que quero é esquecer esse momento-constrangimento, para ser sincera, então, pela primeira vez na vida, tento me concentrar no que o sr. Tucker está dizendo (algo sobre álgebra, o que é mesmo bem trágico). Qualquer coisa é melhor do que pensar sobre minha atual crise.

Até que algo me acerta no olho. Solto um gritinho. É uma bola de papel, que quica na minha testa e cai na mesa feito uma bola de neve. Do outro lado da sala, Kieran Wakely-Brown e seus Amigos Parças estão rindo como ratinhos. Olho feio para eles, esfregando o olho.

— Com licença, Cat. — O sr. Tucker franze a testa. Talvez eu tenha guinchado alto demais. — Tem alguma coisa distraindo você?

— Hm... — A última coisa que sou é dedo-duro e não quero que o sr. Tucker fique se metendo, como professores sempre fazem, apenas para piorar a situação. Escondo a bola de papel. — Eu só estava pensando em como a varíola pode levar à cegueira em até um terço dos casos.

O sr. Tucker arqueia as sobrancelhas.

— Como disse? — pergunta ele, parecendo chocado, e todo mundo ri ainda mais, como fantasmas fanfarrões.

— Hm, nada! — murmuro. — Desculpa. Não estou nem um pouco distraída.

O sr. Tucker me olha feio, depois balança a cabeça e volta para o quadro. Kenna faz um gesto rude para Kieran que não parece ser de fato linguagem de sinais.

Olhando feio para os Amigos Parças, desdobro o bilhete sob a mesa.

Ela não usa coleira,
que nem uma gata selvagem.
Faça um carinho nela,
se quiser uma sacanagem!

Leio o bilhete duas vezes até entender o que realmente quer dizer. Começo a sentir um arrepio na espinha. Ou estou com varíola (sintomas iniciais de fato incluem febre e náusea) ou estou mesmo muito chateada.

É só um poema idiota. Não preciso reagir mal.

Todos os garotos começam a ronronar e gargalhar e, de repente, pontinhos embaçados salpicam minha visão. Não é legal quando todo mundo ri de você. Deve ter sido assim que Millie se sentiu depois que Siobhan disse que ela comia que nem um porquinho e todo mundo começou a fazer *oinc* para ela nos corredores. Eu sabia que não deveria ter rido junto. O carma sempre volta e, além disso, e se eu estiver mesmo com varíola, o primeiro caso na Inglaterra desde 1978?! Sinto vontade de chorar...

— Cat? — chama o sr. Tucker. —Você está chorando?

E é aí que percebo que sim, estou. Estou chorando como uma pisciana no meio da aula de matemática. Não tem como ficar muito pior. Com os olhos marejados, saio correndo da sala antes que o sr. Tucker e toda sua bronca professoral possam me impedir.

Não é provável que eu esteja morrendo de varíola, mas, mesmo assim, estou numa incrível encrenca. Saí da sala de aula! Apenas garotas como Brooke, a Burladora, fazem esse tipo de coisa. Detenções são mamão com açúcar para ela. Ela já foi presa nove vezes por furto (pelo menos é o que dizem por aí).

Mas como eu conseguiria focar em aprender álgebra com Kieran catapultando dísticos em mim? Minha vida está virando uma bagunça muito pouco poética, o que é uma péssima notícia para minhas ambições de poesia. Do lado de fora, na garoa fria, encontro um bicicletário e me sento. Suspiro para o choroso céu cinza.

Todo mundo está me chamando de Gata Selvagem, e até Alison Bridgewater já deve achar que me envolvi em travessuras pecaminosas e horripilantes com Jamie. Sempre pensei que o amor deveria ser lindo e florido e, de preferência, entre duas princesas maravilhosas e encantadoras. Talvez seja só ilusão. Mas nunca imaginei que a vida pudesse ficar tão bagunçada e horrível desse jeito. Honestamente, acho que não há como a situação piorar...

— Ora, ora, ora, Cathleen Phillips.

Meu coração aperta. Secando os olhos depressa, ergo a cabeça e dou de cara com a sra. Warren me observando.

— Hm, senhora, eu posso explicar!

Mas ela ergue um dedo para me silenciar.

— Que tal você vir comigo à minha sala — diz ela, sinistra como um boneco de neve no auge do verão — para termos uma conversa sobre por que está sentada num bicicletário quando deveria estar na sala de aula?

— É absolutamente necessário? — pergunto, mas pelo jeito que a sra. Warren pigarreia e ergue as sobrancelhas, presumo que deva ser.

Ela fica em silêncio por todo o caminho até a sala. Talvez vá me expulsar! Coordenadores de turma podem fazer isso no meio de um dia escolar normal?! Ela se senta numa cadeira que parece tão antiga e coberta de tweed quanto ela própria e acena com a cabeça para que eu me sente na outra. Em silêncio, eu me sento.

Estava esperando que ela começasse a acabar comigo de cara, mas, em vez disso, ela abre a gaveta de baixo da mesa e pega uma chaleira elétrica em miniatura, já cheia de água. Observo com espanto enquanto, liga numa tomada e aperta o botão. Então tira duas canecas pequenas da mesma gaveta, adiciona sachês de chá e espera em silêncio até que a chaleira termine de ferver a água.

Acho que nunca vi uma cena tão assustadora em toda minha Vida Aquariana!

— Você ficará feliz em saber, Cathleen — diz a sra. Warren, empurrando uma caneca na minha direção —, que não a chamei aqui para repreendê-la. Vou fazer vista grossa, mas só desta vez.

Se estivesse bebendo o chá, provavelmente teria cuspido tudo. Eu a encaro, sem palavras. O que tubas uterinas convenceria a sra. Warren a não me punir?!

— Você... o quê? Sério?

Ela dá um gole no chá.

— Estou de olho em você desde nossa detenção juntas, Cathleen. Você tem estado meio para baixo ultimamente. Estou certa?

Ela faz contato visual comigo, os lábios contraídos numa linha fina. É quando percebo que — ah, groselhas! — tudo isso é por causa do dia que ela me pegou escrevendo no pulso. Abro a boca, mas nenhum som sai. É a humilhação das humilhações! Por que ela iria querer conversar sobre aquilo comigo? Caio no choro.

NÃO! Pare com isso agora mesmo, Cat! Não posso de jeito nenhum chorar na frente da sra. Warren! No entanto aqui estou eu, fazendo exatamente isso. É uma situação código vermelho. Lágrimas escorrem pelas minhas bochechas, e estou fungando alto, então não há como não ser óbvio que estou chorando. Missão miseravelmente fracassada.

Solenemente, a sra. Warren abre a gaveta de cima e vejo uma caixa de lenços, do tamanhão perfeito da gaveta, encaixado lá dentro. Ela puxa um para fora e me oferece, enquanto eu fungo, patética.

— Eu não gosto de garotos como deveria — digo, aos soluços. Em nome dos pelos da perna de bronze de Boadiceia, o que estou fazendo?! Do nada, me expondo como um leonino bêbado! — Nunca contei pra ninguém além da Zanna, e até arrumei um namorado, e preciso terminar com ele, mas não sei como, e todo mundo está me chamando de Gata Selvagem por causa de uma coisa que eu fiz numa festa, mas eu nem fiz nada! — Engulo em seco, envergonhada. — Tudo está dando muito errado.

Inacreditável. De todas as pessoas no mundo para quem sair do armário, eu escolhi a sra. Warren.

Passamos um longo tempo em um silêncio árido. Assoo o nariz de forma trágica. Depois de uma pausa deliberada, a sra. Warren dá outro gole no chá.

— Eu não tenho filhos, Cathleen…

Fungo, confusa.

— Hm… Perdão?

— Mas minha irmã tem. Na Irlanda. Dois meninos. Veja, meu sobrinho mais novo… ele nos contou que era gay aos quinze anos. Minha irmã… ela é católica. Tinha suas preocupações, mas eu disse a ela para amá-lo o máximo que podia em casa, porque a escola seria um inferno para o garoto. Afinal, sei bem o que acontece nas escolas. Já vi muitas crianças enfiadas na privada ao longo da carreira.

Percebo que estou prendendo a respiração desde que a sra. Warren começou a falar e, se soltar agora, vou deixar uma risada de desespero escapar. Então continuo prendendo o fôlego que nem um baiacu.

— Mas eu estava errada — continua a sra. Warren. — Ninguém se importou na escola dele. Os tempos mudaram, Cathleen. Algumas pessoas fizeram bullying, alguns comentários bobos, mas nada tão grave quanto eu esperava. Ele até encontrou um grupo de apoio para jovens... O que eu recomendaria. Eles eram boas pessoas. Muito coloridos. Por mais que eu mesma nunca tenha sido de usar arco-íris.

Eu a encaro.

— Hm... você, senhora? Uau, eu... nunca imaginaria!

A sra. Warren não sorri.

— Você vai encontrar seu caminho, assim como ele, e muitos outros antes de vocês dois. Precisa de outro lenço? Esse aí está bem nojento.

Jogo o lenço na lixeira e aceito outro. Seco as bochechas. Depois enfio a mão na bolsa e pego meu espelhinho. Meu rímel escorreu, então umedeço o lenço com as lágrimas e o limpo. *Sehr tragique* de fato.

— Tudo bem, já chega. Tenho uma reunião de professores agora. — A sra. Warren se levanta, e eu faço o mesmo, quase derrubando minha xícara de chá. — Talvez você deva ir para casa mais cedo hoje. Posso escrever um bilhete para seu professor de matemática para explicar que você estava comigo.

— Sr. Tucker.

— Eu sei quem ele é, Cathleen.

— Ah, sim. Foi mal. — Encaro meus sapatos, de repente muito tímida. — Hm, valeu — murmuro. — Por não me dar detenção. E tudo mais.

A sra. Warren não olha para mim. Talvez ache esta interação comovente um festival-do-constrangimento-com-pão-doce tanto quanto eu.

— Não há de quê — diz ela. — Enfim, pode ir agora. Tenho uma segunda xícara de chá para desfrutar.

Ela nem precisa falar duas vezes. Saio da sala mais rápido do que um coelho sem seguro de vida, fazendo marcha atlética até os portões. Estranhamente, me sinto um pouco melhor; algo que não estou acostumada a sentir depois de conversas com a sra. Warren.

O mundo virou mesmo de ponta-cabeça.

Venho em passas

Ao caminhar para casa mais cedo (uma reviravolta bastante favorável), acabo passando pela porta azul de Morgan Delaney. Mais uma vez, sou temporariamente dominada por visões dela caminhando decidida para dentro do rio. Um momento verdadeiramente sedutor.

Mas preciso lembrar: ela é geminiana! Mesmo que seja arrebatadora...

Quando estou prestes a continuar andando para casa, a porta se abre e uma versão loira e mais velha de Morgan desce os degraus saltitando e entra num carro pequeno do mesmo tom de azul da porta. Ela acelera pela Marylebone Close e pega a rua principal. Não sou Sherbet Holmes, mas posso supor com tranquilidade que aquela é a mãe da Morgan e que, visto que Morgan deve estar na escola, a casa está vazia agora. Uma informação útil para deixar no arquivo, se eu fosse uma ladra.

Não sou uma ladra, mas sou *enxerida*. Então, como tenho tempo para matar, atravesso a rua.

Diferente da Caixa de iPhone, a casa de Morgan é comum: duas janelas, uma porta, paredes que não são transparentes, esse tipo de coisa, o que significa que é mais difícil bisbilhotar. Eu me demoro na entrada, depois avanço furtivamente-furtiva até a janela mais próxima.

Lá dentro, a sala de estar tem um grande sofá cor-de-berinjela, mas nada de muito interessante, então sigo furtivamente até a lateral, onde uma cerca de madeira separa a rua do jardim dos fundos. Ai de mim, talvez eu esteja com inveja das pernas esguias da Elizabeth Rica no fim das contas. A cerca é alta demais para espiar por cima. A não ser que...

Dou uma olhada para trás, depois pego o celular e abro a câmera. Talvez eu *seja* mesmo Sherbet Holmes! Com o braço esticado, consigo inclinar o celular e espiar o interior do jardim. Giro o celular, mas o sol bate na tela, então não dá para enxergar muito bem. Fico na ponta dos pés, ajeito a posição da mão e... meu celular escorrega.

Groselhas, groselhas, groselhas! Meu celular caiu no jardim da Morgan! Por que ações sempre têm consequências? Pulo de um pé para o outro, nervosamente-nervosa, e volto para a frente da casa. Tenho certeza de que havia um portão. Talvez eu possa entrar de fininho?! Mas, quando encontro o portão, descubro que também há um cadeado (o que é bastante sensato, suponho).

Estou numa situação encalacrada; um desastre nível mosca-numa--planta-carnívora. Se Morgan encontrar meu celular no jardim dela, vai achar que sou uma esquisitona!

Noto um tijolo solto no canto da entrada para carros. Deve ser do pátio, e o sol ilumina direto na superfície dele, então talvez Afrodite esteja me mandando um sinal.

Ela tem razão, decido. Só há uma coisa a ser feita. Pego o tijolo e miro no cadeado. Hesito. Será que vai funcionar? Em momentos como este, queria mesmo ser Brooke, a Burladora. Preciso quebrar o cadeado. Ai, céus.

Respiro fundo.

— Um... dois... três...

— Cat? — diz Morgan, e solto o tijolo bem em cima do meu dedão.

Agora eu pareço uma grande palhaça de verdade. Um curativo e um saco de passas congeladas depois, eu me encontro no sofá cor-de-berinjela de Morgan Delaney, sentindo um bocado de dor. Morgan (que, pelo jeito, também está matando aula, com uma postura muito relaxada e irresponsável, obrigada) reaparece e larga meu celular ao meu lado no sofá. Eu o guardo na bolsa devagar.

— Hm, obrigada — digo, receosa demais para olhá-la nos olhos. — Desculpa por isso. É só que sua cerca era meio alta pra olhar por cima da rua e...

— Acho que esse é meio que o objetivo, não é? — responde Morgan, calma como um caracol, e eu não sei dizer se está me julgando um tantão ou não.

Ela se senta ao meu lado, e eu ouso dar uma espiada. O rosto dela não transparece nada.

— Você tá brava? — pergunto, tímida, e Morgan solta uma risada pelo nariz.

— *Você* tá brava? Se queria tanto ver o jardim, poderia só ter batido na porta. — Ela acena com a cabeça para o saco de passas congeladas no meu pé. — Como tá o dedão?

— Hm... — Dou uma olhada de relance. — Provavelmente um pouco mais bidimensional do que antes?

— Tem uma bomba de bicicleta na cabana do jardim se você quiser enchê-lo de volta ao normal — diz Morgan, abrindo um sorrisinho sarcástico. — Mas talvez você já saiba isso.

Groselhas graúdas, que constrangedor. Como não tenho coragem nem de olhar nos olhos da Morgan sem que meus órgãos queiram fugir do corpo e sair correndo, pego minha bolsa e me levanto depressa.

— Acho que é melhor eu ir! Obrigada pelas passas e por não prestar queixa e tudo mais. Já desperdicei muito do seu tempo, mas...

— Cat, calma aí — interrompe Morgan, e paro de balbuciar. — Vou parar de zoar, tá? Mesmo que você... facilite bastante. — Morgan sorri, e noto outra vez as sardinhas do seu nariz. São muito agradáveis, esteticamente falando. Sinto que estou corando de novo. — Você pode ficar um pouco — diz ela. — Tipo, se quiser.

Eu olho para Morgan, ainda atrapalhada demais para manter a compostura (se é que eu já tive alguma na vida), mas percebo que quero, sim, ficar, por algum motivo que não consigo decifrar muito bem. Volto a me sentar e enfio o pé debaixo do saco de passas de novo, o que não é nada ideal.

— Então, por que você estava... — começa Morgan, mas, no mesmo exato segundo, eu balbucio:

— Você tem irmãos?

Então abro um sorriso radiante, esperançosa, com as mãos espalmadas nos joelhos. Qualquer coisa para impedi-la de perguntar por que eu estava bisbilhotando a casa dela que nem uma stalker otária.

— Tenho uma irmã gêmea, na verdade — responde Morgan. — O nome dela é Arya, mas ela ainda mora em Bristol. Estuda numa escola de teatro chique, então ficou com minha avó.

— Ah, que interessante. — Continuo sorrindo. Preciso fazer mais perguntas antes que Morgan tente me questionar de novo, então persisto no meu papel de conversadora extremamente chata. — Vocês são parecidas? Tipo, já que são gêmeas. Quem é mais velha?

Morgan não parece se incomodar com as perguntas, graças a Safo.

— Ela é mais velha, e sim, somos exatamente iguais. Acho que o nariz dela é mais bonito. Se for pra ser mais exata.

Eu acho que Morgan tem um nariz bonito. Na verdade, Siobhan até comentou sobre o nariz dela.

— Eu acho seu nariz bonito — digo. Acho que meu filtro cérebro-para--boca está desligado, como sempre. Sinto minhas bochechas corarem.

— Hm, quer dizer, num nível normal de nariz. A Siobhan disse que você tinha um nariz... Um nariz *bonito*, quer dizer, e... eu concordei.

Morgan estreita os olhos.

— Siobhan me elogiou? Achei que ela me odiasse.

— Siobhan não odeia você — respondo, então olho para Morgan e nós duas caímos na gargalhada. — Tá bom — Solto uma risadinha —, talvez ela odeie um pouco. Mas não leva pro lado pessoal! Siobhan brigaria com a Virgem Maria se pudesse. Ela é assim mesmo.

125

Quando paramos de rir, Morgan inclina a cabeça para mim.

— Não consigo entender você — diz ela, como se eu fosse profunda e misteriosa. Bem que eu queria! Acho que um repolho numa plantação de repolhos exala mais ar de mistério que eu. — Você é melhor amiga daquelas garotas populares e bonitas, mas até que é legal. Eu geralmente odeio garotas que nem você. — Ela umedece os lábios. — Sem ofensas.

Engulo minhas centelhas cintilantes e estranhas de, hm, seja lá o que estou sentido. *O que* eu estou sentindo? É só que Morgan é tão sincera e direta. Na verdade, é meio que... sexy.

Calma. Eu acabei de pensar isso mesmo? Meio que *sexy*? Além disso, não falo nada há cinco segundos inteiros. Abro a boca, o que é sempre um erro.

— Hm, não me ofendi. Apesar de que a Zanna não é tão popular assim. Não conta pra ela que eu disse isso! Mas a Kenna é bonita, e Alison Bridgewater é...

Faço uma pausa. Morgan está me observando com as sobrancelhas erguidas. Estou definitivamente falando que nem uma matraca, mas ela parece entretida.

— ALisOn BrIdgeWatEr? — imita ela, num falso sotaque britânico cantarolado.

Sinto minhas bochechas corarem. Definitivamente não deveria falar de Alison Bridgewater.

— Alison é... ok! Ela é bonitinha. Quer dizer, não *bonitinha*, mas... ela é minha amiga, sabe? E pisciana. Todo mundo precisa de uma amiga pisciana! Alison é, bom... Alison Bridgewater.

Isso saiu tão descontraído quanto os músculos de um fisioculturista. Será que eu deixei muito óbvio?! Mas Morgan só dá aquele meio-sorriso dela.

— Tá tudo bem. Não precisa ficar dando voltas anti-horárias desse jeito. Você pode dizer que ela é bonitinha, se acha isso.

Dou uma risada apressada.

— Ah, eu não acho. Quer dizer, ela é ok! Ela é a Alison.

— Você já falou isso.

Ficamos em silêncio de novo. Estou corando, o que é über-infeliz, mas por sorte Morgan não comenta nada.

— Quer ver um filme? — pergunta ela, depois de um tempo.

Assinto na mesma hora. Qualquer coisa para me impedir de falar mais. Morgan escolhe *O diabo veste Prada*, e a gente se senta lado a lado no sofá cor-de-berinjela. Parece estranho se sentar tão afastada, por isso me arrasto para mais perto, até que noto que o mindinho dela está bem perto do meu.

Morgan olha para mim.

— Tudo bem?

— Tudo! — respondo, numa voz esganiçada..

Tomo o cuidado de não olhar para ela durante todo o filme. Exceto pelo fato de que olho, sim, para ela. Olho várias vezes. Algumas vezes, ela até olha de volta. É muito, muito... sexy. Que Meryl Streep me ajude.

Quando o filme acaba, percebo que recebi uma tonelada de mensagens furiosas da minha mãe. Respondo que é óbvio que estou bem e que acho que não existe nenhum assassino em série em Kent, mas ela ainda quer que eu volte para casa, então digo a Morgan que preciso ir.

Ela me observa calçar os sapatos. Levando em conta que meu dedo inchou até as proporções de uma cebola, essa não é uma tarefa muito fácil.

— Hm, obrigada por me receber — digo, dando puxões no sapato.

— Não tive muita escolha, certo? — Morgan dá um sorrisinho presunçoso. Então, bem quando estou abrindo a porta... — Cat? — Morgan olha para os pés. — Você quer ir num show na semana que vem? Tenho ingressos pra um negócio em Londres porque a banda é... hm, de uns amigos de Bristol. É meio que soft-rock alternativo. Deve ser maneiro.

Acho que deveria dizer que, se é maneiro, eu sou a última pessoa com quem ela deveria ir, mas me pego fazendo que sim com a cabeça.

— Hm, eu adoraria! Com certeza! Você conhece alguém da banda?

Então uma coisa estranhíssima acontece. Morgan cora. Acho que ela sabe que está corando, porque revira os olhos.

— Não me julga, tá? Mas na verdade eu era mega a fim de uma pessoa da banda, vocalista, lá em Bristol e, hã... Bom, eu aprendi muito com isso. Mas tá tudo de boa agora.

Sou especialista no constrangimento aterrador provocado por crushes, então essa é uma descoberta e tanto: uma fraqueza na armadura irlandesa brilhante de Morgan Delaney. Eu a cutuco com o dedão, dando um sorriso presunçosamente-presunçoso.

— Você era a fim de um vocalista? Ele é, tipo, muito muito gato?

— É, ela é muito maneira — diz Morgan, assentindo. — Mas, como eu disse, já superei. — Ela dá uma risadinha apressada, esfregando o cotovelo. — E aí, você vai?

Então ela olha nos meus olhos assim que estou prestes a inspirar todo o ar de Lambley Common. *Ela*. Morgan acabou de dizer que *ela* é maneira? Ou disse *ele*? Pisco várias vezes. Agarro a bolsa. O bando de andorinhas que representa minha habilidade de falar migra para o Sul da África.

— Hm, maneiro! — balbucio. — Ah, maravilha. Preciso ir, mas, hm, me manda as infos por mensagem! Sabe, as informações. Tipo, *infos*, sabe? — Rio, chiando feito um *ukulele* nervoso. — É melhor eu ir. *Bish, bash, bosh*, e todo esse jazz, ou... ultra-soft rock, ou sei lá! Tchau!

Saio andando pela Marylebone Close, parecendo mais uma palhaça do que nunca. Morgan deve achar que estou indo me juntar ao circo. Mas minha cabeça está girando como se eu tivesse bebido um monte de suco de cranberry da Kenna de novo. Tenho certeza de que Morgan disse *ela*.

Morgan é igual a mim. Morgan gosta de meninas.

LISTA MENTAL QUE EU DEFINITIVAMENTE NÃO FIZ SOBRE MORGAN DELANEY

* Ela é irlandesa. O sotaque dela é muito delicioso. Cof-cof.
* Ela tem óculos VERDES über-maneiros. VERDES!
* Ela faz aula de música e tem crushes em vocalistas, então talvez goste de música?
* Ela tem uma irmã gêmea, mas espero que Arya seja a gêmea má.
* Morgan GOSTA DE MENINAS. Se eu gostasse de Morgan, isso seria útil, visto que eu também sou uma menina.
* É óbvio que não posso pensar na Morgan desse jeito porque gosto de Alison Bridgewater.
* E porque ela é GEMINIANA! 100% criminosa.
* EU ACABEI DE ACEITAR UM CONVITE PARA IR A UM SHOW COM UMA GEMINIANA? Esse poderia ser o ato mais autodestrutivo da minha vida! E sim, estou incluindo a vez em que tentei fazer escalada. AINDA BEM que não tinha ninguém naquela tenda. Além da Luna, óbvio.

Livre, lerda e sonsa

Siobhan joga um. Siobhan joga dois. Siobhan joga *três* vasos de cacto em Kieran Wakely-Brown, e parece que ainda tem alguns na bolsa! Ele se abaixa, e um dos vasos passa zunindo a milímetros da cabeça do garoto, explodindo em um tronco de árvore às suas costas.

— Onde ela conseguiu esses vasos? — pergunto.

— Acho que são da recepção — responde Zanna, com uma careta. — Ela deve ter pegado quando entrou.

A turma inteira se aglomera na janela, arquejando a cada vez que os vasos passam raspando. Até que Siobhan o encurrala contra a árvore e — *POU!* — um vaso finalmente acerta o alvo. A turma sibila de dor por tabela. Com um cacto de aparência particularmente ouriçada apertado na mão feito um taco, Siobhan avança batendo o pé até onde Kieran está, morrendo de medo.

— Os garotos não! — Ouço Kieran exclamar, mas um momento depois ele solta: — AAAAAH!

— Será que... será que a gente deveria impedi-la? — murmura Alison. Zanna balança a cabeça.

— Só vai piorar a situação.

Todo mundo se encolhe quando Kieran desaba, os olhos fechados com força e as mãos agarrando firme os seus... Ah, você entendeu. Siobhan dá meia-volta e marcha em direção à sala de chamada. Todo mundo corre para seus assentos, e ela entra como um raio momentos depois, olhando feio para todos os garotos. Achei que fosse direto para sua mesa, mas ela vem até a minha.

Por debaixo da mesa, Zanna segura minha mão de medo.

— Pronto. Tudo resolvido com o Kieran — anuncia Siobhan. — Ninguém mais vai chamar você de Gata Selvagem. Assim que Elizabeth amarelou e explicou, o Kieran virou forragem de cacto.

Eu a encaro.

— Calma aí. Você deu um pé na bunda do Kieran... por mim?!

Siobhan me encara como se eu fosse burra como uma porta.

— DÃ! Como se eu fosse deixar algum GAROTO lambedor-de--bolhas espalhar MENTIRAS sobre minha MELHOR AMIGA! Ah, e eu cuidei do Jamie também.

Estou tão embasbacada que Siobhan deu um pé na bunda de Kieran Wakely-Brown e dos seus lindos antebraços por MINHA causa que quase não ouço a última parte. Levanto a cabeça com os olhos arregalados.

— Você *cuidou* do Jamie? — pergunto. — Como assim? Ele tá... vivo?

Siobhan me encara, chocada.

— É óbvio que ele tá vivo! Que tipo de psicopata você acha que eu sou?! — exclama ela. Do outro lado da janela, Kieran solta um gemido de dor. Afrod-EEITA.. — Mas ele não é mais seu namorado. Eu dei um pé na bunda dele por você nos portões da escola, então de nada.

Arquejo alto. Tão alto, na verdade, que a turma toda leva um susto. Lanço o corpo por cima da mesa e puxo Siobhan para o maior abraço de urso-polar que consigo, o que não é fácil de se fazer por cima de uma mesa e uma amiga de proporções eslávicas. Prestativa, Zanna chega para o lado e abre espaço para mim.

— Ai, Siobhan! Obrigada! Obrigada, obrigada, obrigada! Passei a semana toda tentando terminar com o Jamie! Eu te amo tanto! Eu te amo tanto, tanto!

— Cristinho ciclista, Cat, dá pra se acalmar?! — Siobhan me segura pelos ombros e me empurra de volta na cadeira. — Controle-se, mulher! Eu só fiz o que qualquer líder natural de mente decidida, influente e universalmente admirada faria. Tá tudo bem.

Então ela volta para sua mesa com sua postura ameaçadora, onde Alison pergunta com cuidado se ela tem certeza de que está bem, e Siobhan responde rispidamente que é óbvio que está, por que não estaria? Olho pela janela para o céu azul ensolarado e tento aproveitar o doce sabor deste momento.

A tomada de controle de Siobhan sobre minha vida parece boa demais para ser verdade. Durante toda a aula de literatura, o ar parece mais leve, mais limpo, mais fresco... Pode ser só porque finalmente consertaram o ar-condicionado, mas também pode ser porque estou livre. Livre de Jamie e suas música horríveis, livre de fingimentos!

Mas, pensando melhor, Jamie não é conhecido por sua habilidade de entender indiretas, então, ao ir para as mesas de piquenique, prendo a respiração, meio que esperando encontrá-lo rastejando por ali com uma nova melodia tenebrosa para reconquistar meu coração. Mas, quando vejo Luna e Niamh sentadas com MINHAS amigas, quase caio dura no chão. Eu me engasgo com um pigarro e solto a tosse-de-goblin mais nojenta do mundo bem na frente de Alison Bridgewater.

— Nossa, Cat! — exclama ela, recatada, os cílios de asas-de-mariposa tremulando de preocupação. — Você tá bem?

— Ótima — falo, rouca. Olho feio para minha irmã. — O que VOCÊ tá fazendo aqui?

— Conversando com Siobhan, óbvio — responde Luna, sorrindo radiante do outro lado da mesa, como uma espécie de professora vegana de escola dominical. — Nós duas somos escorpianas, então temos muito em comum.

— Encontre sua própria escorpiana! — começo, furiosa, mas Siobhan pigarreia alto.

— Hm. Considerando que a gente mal te viu na última semana — retruca ela, com rispidez —, estamos considerando substituir você pela segunda melhor opção. Isso é basicamente uma entrevista de emprego.

Ah. É possível que ela esteja irritada com minhas constantes ausências. Siobhan não gosta quando uma integrante da gangue faz outros planos. No sétimo ano, a gente era amiga de uma menina chamada Marianne Weatherly, mas ela passou um recreio com outras amigas uma vez e nós, literalmente, nunca mais a vimos. Acho que Siobhan a obrigou a trocar de escola. E de país.

— Eu só estava me escondendo do Jamie — resmungo, olhando para os pés. — E agora isso tá resolvido. — Faço uma pausa, então lanço um olhar cheio de gratidão para Siobhan. — Graças a *você*, Siobhan...

Com Siobhan, Alison e Kenna de um lado da mesa, e Luna, Niamh e Zanna do outro, não tem lugar para mim. Mas Siobhan nunca consegue resistir a elogios bajuladores.

— Tudo bem — diz ela. — Podemos ser mulheres livres juntas. Ou sei lá. — Ela faz um breve aceno de cabeça para Luna e Niamh. — Muito bem, vocês duas. Já falei o que tinha pra falar. Podem ir.

Luna solta uma risada. Niamh cutuca ela e balança a cabeça de leve. Minha irmã arregala os olhos, e as duas se levantam apressadas.

— Temos que fazer colchas de retalhos mesmo — diz Luna, incisiva, para mim.

As duas saem depressa.

— Cadê a Habiba? — pergunto, ocupando meu lugar de direito, e Siobhan bufa.

— Habiba tá na biblioteca pensando no que fez. Aparecer com brincos iguais aos meus, onde já se viu! Ela tem sorte por eu não ter bloqueado ela no Instagram.

— Pra falar a verdade— argumenta Alison baixinho —, eu não entendo como ela poderia *saber* que vocês tinham brincos iguais...

— Eu posto uma selfie TODO DIA DE MANHÃ, Alison! — retruca Siobhan ríspida. — Habiba deveria ter conferido. — Alison fica em silêncio e Siobhan cruza os braços. Então, para meu total choque, diz: — Foi mal. Toda essa situação com o Kieran me deixou meio sensível. Sei que sou megatranquila normalmente, mas hoje não tô no clima.

— Não se preocupa! — Eu a cutuco. Nem mesmo caras feias vão estragar meu humor hoje. Não agora que nunca mais terei que ouvir Jamie cantando "Cathleen". — Ficar solteira é maravilhoso! Você também tá livre, lerda e sonsa!

— Para de ser idiota! — arqueja Siobhan. — Por que você ia querer divulgar que ninguém te quer?! UGH! Eu nunca deveria ter dado um pé na bunda do Chidi. Fiquei tão brava por ele não querer chamar o Stormzy para o batizado do meu primo que esqueci totalmente como ele era gato.

— Não é do seu feitio ficar desorientada de raiva, Siobhan — comenta Zanna.

As narinas de Siobhan se inflam de novo, então dou uma risadinha apressada.

— Mas ele também não era geminiano, Siobhan?! Lembra do meu lema! Nunca confie em geminianos. São todos duas caras. É quase cientificamente comprovado — digo.

— Fato — concorda Siobhan. — Minha mãe é geminiana e é o próprio demônio.

Kenna franze a testa.

— Sua mãe não é voluntária num refeitório comunitário?

Siobhan olha feio para ela.

— É, e daí? Não é como se ela própria fizesse a comida.

Kenna deve estar com vontade de morrer, porque chega a abrir a boca para responder, mas por sorte Siobhan volta a falar.

— Cristinho ciclista de bicicleta! Aquela é Morgan Delaney andando com Millie Micronauta?! É a última gota mesmo. Eu sabia que ela era uma cabeça-oca, mas isso explica tudo. Ela tá cem por cento determinada a ser a Rainha McAberração das Causas Perdidas.

Solto outra tosse-de-goblin. Eu meio que estava torcendo para que, com todo o drama dos namorados, Siobhan tivesse esquecido o quanto não gosta de Morgan Delaney. Desse jeito, como vou contar à gangue que vou a um show com ela? Além disso, não deveria ser D'Aberração? Mas, para meu infortúnio, lá está ela, andando com Millie Butcher em direção ao estúdio de arte. Apesar de que, pensando bem... não tem nada de intrinsicamente errado com isso, tem?

Eu me empertigo, orgulhosa.

— Talvez você tenha julgado a Morgan mal, Siobhan. Acho que ela é de boa. — Todo mundo fica em silêncio. Daria para ouvir uma fada espirrando. Apesar de que esse deve ser só o barulho dos globos oculares de Siobhan se rompendo, porque ela parece fogo-furiosa. Engulo em seco, meu momento de bravura oscilando feito um lenço. — Hm, se bem que ela também é geminiana, então talvez, hm...

— Acho que o que a Cat *quer dizer* — interrompe Zanna — é que é legal que Morgan não queira que ninguém se sinta excluído. — Silêncio se instala na mesa. Todas lançam um olhar de alerta para Zanna. — Tipo, e daí se ela quiser ser Rainha dos Esquisitos? Vocês duas obviamente não estão disputando o mesmo mercado de amizades, Siobhan.

Siobhan lança um olhar ameaçador de "lido com você mais tarde" para Zanna, então se acomoda no banco, observando Morgan e Millie, feito uma cobra usando uniforme escolar. Tenho um flashback-deslumbrante de quando estava com Morgan no sofá berinjela dela e mordo o lábio inferior. Olho para o tampo da mesa e torço para ninguém reparar no meu nervosismo-nervoso. Alison abre seu caderno de colagens devagar.

Siobhan funga, e Alison paralisa no meio da virada de página.

— Com licença, Cat — diz Siobhan devagar. — Como você sabe o signo da Morgan?

Meus pulmões se contraem como salmão a vácuo. Como vou explicar isso? Por sorte, sou salva por Lizzie Brilho Labial, que chega estalando os lábios bem a tempo, querendo saber tudo sobre o término de Siobhan.

— Me conta tudo, chuchu! — arrulha ela, flexionando as unhas de acrílico nude. — Especialmente as piores partes. Eu nem acreditei quando descobri que ele traiu você com a Elizabeth!

Ah. Então talvez eles não estivessem só dando uma olhada no encanamento do banheiro masculino juntos no fim das contas.

Kenna, que está limpando os óculos de leitura, parte-os ao meio com um estalo. Alison arqueja. O corpo todo de Siobhan fica rígido nível dedo-na-tomada. Todas encaramos horrorizadas Lizzie Brilho Labial, cujos lábios começam a tremer de medo.

— Ah... — murmura ela. — Achei que ela tivesse falado com você. Você não...?

Siobhan se levanta como se o apocalipse tivesse começado neste exato momento.

— ELE. FEZ. O. QUÊ?!

Como esperado, o signo de Morgan está fora de questão. Todo mundo aprende que arremessar uma mesa de piquenique inteira é mais fácil do que se pensa. Mas nada vai ser capaz de *me* desestabilizar esta manhã. Jamie se foi, e estou animada para ir ao show com Morgan. Não que essas coisas estejam interligadas. Ainda podemos estar na temporada união-de-almas de Escorpião, mas isso não é um encontro. Não vamos colher morangos. Mesmo assim, Siobhan não pode descobrir, ou vai me amarrar pelos tornozelos a um ventilador de teto.

E não pareceu lá muito confortável quando ela fez isso com Jasmine McGregor no ano passado.

Zanna Szczechowska

Palhaça, tô entediada. Me distrai. Ligação? **18:40**

Foi mal, Zan-Zan, estou SAINDO!! bjs **18:46**

Ah, arrasou. Pra onde? **18:46**

Londres!!! COM MORGAN!!! NÃO CONTA PRA SIOBHAN bjs **18:47**

Você tá com Morgan Delaney??? **18:47**

Essa mesma... Zanna, ela é über-liciosamente MANEIRA **18:49**

Mas você não odeia geminianos?? **18:49**

Não faça nada idiota tipo se apaixonar por ela **18:50**

Por que eu faria isso??? **18:51**

Você quer mesmo que eu responda? **18:51**

Dona de casa homicida

A temporada de Sagitário — a temporada de espontaneidade, generosidade e entusiasmo — chegou! O que talvez explique por que minha mãe está tão relaxada (para a surpresa de todos) com o fato de que estou saracoteando para Londres com uma garota que ela nunca conheceu. Ou talvez depois do pânico-Kate-Bush do outro dia, ela teve tempo para pensar e se deu conta de que, se eu for mesmo assassinada, ela poderia economizar nas despesas com comida? Talvez seja porque eu disse que vamos ser "acompanhadas" pela Ruth, amiga vocalista digna de crushes da Morgan... o que não é completamente mentira. Ruth vai estar lá. O show é dela!

Luna está com Niamh fazendo kaftans com materiais reciclados, então minha mãe diz que ela e papai vão ter uma "noite de lasanha apimentada" juntos. Então faz uma dancinha-perturbadora-estilo-jazz até o papai, que se junta à dancinha-perturbadora-estilo-jazz e diz:

— Parece delicioso!

Tão delicioso quanto meu dedão roxo, na minha opinião, a não ser que mamãe tenha feito aulas de culinária.

Reviro o guarda-roupa atrás de um look "soft-rock alternativo". Como não faço ideia do que isso significa, a tarefa se prova desafiadora, mas acabo criando uma combinação bastante energia-divina-feminina: calça jeans preta, regata prateada brilhante e gargantilha. Pego minha jaqueta de couro e sigo para a Estação Lambley Common, que é apenas uma placa de concreto sem cobertura, então obviamente está chovendo quando chego. Preciso usar a jaqueta como guarda-chuva.

Derrubo moedas para todo lado enquanto tento comprar um bilhete na máquina, e, com um timing milagroso, Morgan aparece quando estou rastejando como um rato pego por uma ratoeira. Primeiro dou só uma olhadinha rápida para cima, mas aí meu cérebro registra o que vejo. Entro em um modo atônito nível tônico-de-tâmara.

Morgan está tão... bonita. Groselhas.

Calça preta de couro com um cinto de corrente. O sapato dela tem saltos plataforma enormes e a blusa parece feita toda de fivelas e chaveiros. Morgan colocou extensões verde-neon no cabelo, e um delineado asas de albatroz grita atrás dos seus óculos de armação verde.

Ela inclina a cabeça, franzindo a testa para mim. A chuva parece ter parado de cair só para ela.

— O que você tá fazendo agachada na sarjeta?

— Hm, nada! — Eu me levanto depressa. — Só amarrando o cadarço, sabe?

Morgan dá uma olhada nos meus pés. Lembro que estou usando botas de salto *sem* cadarços. Por sorte, ela possui a habilidade de não se deixar atingir por qualquer palhaçada, então compra nossas passagens e chegamos à plataforma sem mais momentos cômicos. Mas é só uma questão de tempo. Eu daria no máximo dez segundos até voltar a fazer malabarismo com minha dignidade de novo.

É uma sexta-feira congelante. Pulo de um pé para o outro. Faltam poucos dias até dezembro, e minha mãe disse que essa jaqueta não me aqueceria o suficiente. É tão irritante quando ela está certa.

— Então, sua ex-crush! — digo, esfregando as mãos geladas. — Ela é, tipo, cantora em tempo integral?

Morgan enrola uma mecha verde ao redor do dedo. Suas unhas estão pintadas de prata lunar, muito über-liciosas.

— Ela só canta em bares por enquanto. Mas tem um EP no iTunes que se chama *Dona de casa homicida* e... — Ela se interrompe. — Por que você tá pulando?

— Foi mal. — Paro de pular. Tremo ao pensar que tipo de música mereceria o título *Dona de casa homicida*, mas engulo minha romã borbulhante de pavor. — Mas cantar em bares é supermaneiro mesmo assim! Tipo, a barra deve estar alta...

Morgan franze a testa para mim.

— Quê?

Entro em pânico. É, *o quê?!* Por sorte, o trem chega, e desfilo para dentro com uma verdadeira energia divina feminina.

Quando me acomodo no assento, Morgan diz:

— Adorei sua jaqueta, por sinal.

Dou um sorriso presunçoso.

— Ah, que bom. Usei especialmente pra hoje à noite.

Morgan morde o lábio, me observando por alguns segundos agoniantes. Eu queria muito, muito, muito saber o que ela está pensando. Nunca conheci ninguém tão mística e misteriosa! Seu sorrisinho presunçoso volta, e ela diz:

— Usou especialmente pra hoje à noite, é? Estou lisonjeada.

É um momento muito über-licioso.

Cenas de caos em Londres. Estamos em Shoreditch e há pichações por todo lado, tudo muito colorido e empolgante. Vejo arranha-céus de vidro por cima dos telhados, mas também prédios de tijolo caindo aos pedaços e restaurantes aninhados nos arcos de pontes ferroviárias. Acho que é o que se esperaria, considerando que estamos no Centro do Cúmulo do Conceitual, também conhecido como East London.

Morgan explica que vamos precisar usar pulseiras especiais no local do show para que ninguém nos sirva álcool e que Ruth vai se certificar de que a gente consiga lugares na frente. Siobhan estaria bufando de raiva se soubesse que Morgan tem tantos contatos! Quase vale a pena contar, só para ver se ela estouraria um vaso sanguíneo de verdade. Mas faço uma careta, lembrando da conversa nas mesas de piquenique: "Rainha McAberração das Causas Perdidas"... Minhas amigas nunca podem descobrir que eu estou andando com Morgan Delaney. Siobhan usaria minhas patelas como castanholas!

Quando chegamos até umas portas de garagem enferrujadas (o local do show, pelo que estou entendendo), Morgan conhece até a segurança.

— Fala, Lacey! — cumprimenta ela. — Eu e minha amiga temos ingressos.

Lacey tem a cabeça raspada e tatuagens de caveiras nos ombros. Sinto um pouquinho medo de olhar nos olhos dela, como se eu fosse acabar como uma *piñata* no meu próprio funeral se a irritasse. Ela nos entrega as pulseiras (que brilham no escuro, u-lá-lá!) e nos deixa entrar.

Do lado de dentro, as paredes são todas de tijolos e há garrafas de vidro verde empilhadas artisticamente. Há um palco no centro e várias pessoas estilosamente-estilosas e do tipo sedentas-por-shows bebendo, dançando sem parecer nada forçados, totalmente relaxados. Alguém esbarra no meu ombro, e puxo minha pulseira, nervosa, me sentindo meio deslocada.

Então noto duas mulheres sentadas no bar.

Óbvio que ver duas mulheres juntas não é incomum. Mas o *jeito* como estão sentadas — bem próximas e lançando olhares ousados por cima dos drinques — prende minha atenção. Usam minissaias brilhantes e meia-arrastão, com os dedos entrelaçados e rindo. Então uma se inclina para a frente e beija a outra na bochecha, afastando seu cabelo loiro ondulado. De repente, meu coração palpita, e sou dominada por um impulso de escrever fanfics Rapunzelsa. Pânico-gay ativado com sucesso.

— Cat, para de ficar encarando as lésbicas sapatilha — diz Morgan, arruinando meu momento poético que nem uma faca de pão enferrujada. — Achei a Ruth. Vem conhecer ela.

Então, antes que eu consiga dizer "bustiê azul brilhante da Elsa", Morgan pega minha mão e me arrasta pela multidão em direção ao palco.

Minha mão. Do nada, sinto um formigamento estilo Alison. É bem suspeito e bobo, mas não posso negar a sensação. Geminianices à parte, é maravilhoso segurar a mão dela.

Enquanto as pessoas se afastam, noto uma garota com cabelo rosa-pastel até o ombro e a maquiagem mais glitter-liciosa que já vi na vida num círculo de hipsters encurvados. Eu fico a encarando, hipnotizada, até que percebo que é *dela* que Morgan está se aproximando. Quando Ruth nos avista, seu rosto se ilumina. Ela tem um daqueles sorrisos cheios de dentes que eu amo e odeio ao mesmo tempo. Pelo amor de Afrodite.

— Morgan, minha bebê! — exclama ela. — Você está deslumbrante!

Elas se abraçam, e Morgan se vira para mim.

— Ruth, essa é minha amiga Cat.

Embasbacada, dou um passo silencioso à frente, como uma bela dama sendo apresentada à corte: saudação à Rainha Ruth, imperatriz maravilhosa, perfeita, de cabelo rosa de Todas as Coisas Sagradas e Lésbicas. Estou me preparando para fazer uma reverência genuína, que Afrodite me ajude, quando Ruth me abraça. O cabelo dela tem cheiro de sorvete rosa... Morangos graúdos!

— Prazer em conhecer você, chuchu! — diz ela. — Ei, alguém já falou que você é *muito* parecida com a Madonna em *Procura-se Susan desesperadamente*? Que fofura!

Morgan me dá uma cotoveladinha.

— Eu literalmente a obriguei a comprar uma jaqueta.

— Estou obcecada — diz Ruth, enquanto eu sigo abobada como um antílope. Então um cara esquisito de óculos escuros cutuca o ombro dela e sussurra em seu ouvido. Ruth abre um sorriso radiante para nós. — Ok, vocês duas. Vou entrar em cinco minutos. Até mais tarde! — Antes que eu consiga achar minha língua para dizer tchau, ela toca meu braço. — Eu *amei* mesmo seu look — diz, então vai embora.

— Hm... — Olho de para Morgan, que parece estar esperando meu feedback. — Ela é legal!

Morgan abre um sorrisinho sarcástico.

— Você parece ter sido atingida pela escopeta de cano serrado do Cupido — diz ela.

Antes que eu consiga responder que não tenho a mais vaga ideia do que ela quer dizer, o palco se ilumina. É como uma experiência espiritual. Somos empurradas feito pinos de boliche quando a plateia desperta.

— E AÍ, PESSOAL?! — grita Ruth no microfone.

E essa é a prova: qualquer pessoa com menos de quarenta anos que possui a audácia de dizer "pessoal" é definitivamente uma semideusa. A multidão grita em peso de volta, e a banda de Ruth ganha vida em uma explosão. Bateria, guitarras e uma grande quantidade de névoa ofuscam minha visão. Morgan grita, mais entusiasmada do que nunca, e Ruth gira o microfone na mão cheia de anéis, jogando o cabelo rosa para trás e abrindo os lábios cor de cereja para cantar.

DONA DE CASA HOMICIDA!
ENCARANDO A FACA DE COMIDA!
VOCÊ QUER MUDAR SUA VIDA?!
OU É SÓ UMA DONA DE CASA SOFRIDA?

Tudo bem, não é Shakespeare. Mas Shakespeare provavelmente faria xixi nas calças apertadas estilo Tudor se estivesse aqui com a gente hoje: Ruth o devoraria vivo! Morgan berra para o palco e Ruth aponta para gente e dá uma piscadela. Do nada, agarro a mão de Morgan e nós começamos a balançar os punhos no ar juntas como, hã, balançadoras de punho profissionais. Somos excepcionalmente boas nisso.

Duas músicas depois ("Queimando o Palácio de Buckingham" e "A Vingança de Motosserra de Margaret Atwood"), Ruth desfila até a guitarrista principal, que dança vestida como um personagem de mangá e a beija na boca. A multidão urra, e Ruth explode em outro verso. Olho para Morgan, chocada. Ela sorri de volta, radiante, e os gritos se extinguem. Somos só nós duas.

Bom, é óbvio que não só nós duas. Dã. Estamos num show! Mas continuo segurando a mão dela e gritando para o palco, embriagada com a música, as luzes e as letras questionáveis... Passo a noite feliz nível boiando-no-oceano, o que é muito, muito feliz, e também bastante refinada, musicalmente falando.

A música de guardanapo de Cat e Morgan

**ELES A CHAMAM DE MORGAN
E ESTÃO MORRENDO DE INVEJA
DO QUE ELA ANDA FAZENDO
DE UMA ESTRANHA EM BUDAPESTE BEIJAR**

— Não é possível que isso é verdade!
— É 100% verdade.
— Por que você estava em Budapeste?
— Porque eu sou muito maneira.
— Tá... faz sentido.

A PASSAR UMA SEMANA EM PRISÃO DOMICILIAR

— Agora você tá só sendo ridícula, Morgan.

— Não tô nada. Minha mãe me botou de castigo.

— Ah. Por quê?

— Porque eu sou muito maneira, e ela não soube lidar.

— Tá... até que eu consigo entender o lado dela.

*ELES A CHAMAM DE CAT, MAS ELA NÃO FAZ "MIAU"
PORQUE TÁ DESTRUINDO A CIDADE, TIPO, PÁ-PÁ-PAU!
ELA FICA BONITA DE ROSA, MAS NA MINHA OPINIÃO
ELA PODERIA USAR QUALQUER COR, QUE EU IA ACHAR
UM AVIÃO*

— Assim só parece que você tá dizendo que eu sou bonita.

— Talvez eu esteja.

— Ahaha... AHAHAHAHAHAAAAAAA.
AHAHAHA AAAAAAAAAAAAAAAAAAAAAAAAA
AAAAAAAAAAAAAAAAAAAAAAAAAAAAAAAAAA-
AAAAUAKFIEDJDHPKSBNGFNW

— Cat...? Você tá bem?

— Tô?

Sete irmãs sáficas

Fico me perguntando se por acaso engoli um iceberg, porque, durante todo o caminho de volta para Lambley Common, sinto um frio enorme na barriga. Eu e Morgan não conseguimos parar de dar risadinhas ridículas das nossas letras de música inspiradas por Ruth e, quando chegamos à estação, minha garganta dói de tanto rir. Mas, enquanto andamos para casa, ficamos um pouco salamandras silenciosas.

— Obrigada. Eu me diverti muito — digo, depois de um tempo.

Morgan sorri, depois dá um tapinha na minha mão. Um toque estranhamente íntimo, na minha opinião. Mas um toque é só um toque, certo? Não uma percussão inteira. Preciso parar de viajar.

— Não esquenta — diz ela. — Estou feliz que você veio.

Weeeee. Lá vem o frio na barriga de novo.

Estamos quase na Beech View Lane, o que é bem decepcionante. Não quero que a noite acabe. Olho de relance para o parque pelo qual estamos passando e, como se pudesse ler minha mente, Morgan para de andar.

— Ei — diz ela. —, quer passar no parque? Parece assustador pra caramba.

Olho para Morgan e depois para a escuridão lúgubre. Não há nem postes de luz no parque e, se houver (como minha mãe vive imaginando) algum assassino em série espreitando por aí, um parque deserto no meio da noite seria o lugar perfeito para encontrá-lo.

— Hm, é... — gaguejo. — Será que é uma boa ideia?

— Tá com medo do quê? — pergunta Morgan. — Vamos lá! Vai ser divertido. Olha a lua! Tá cheia. Talvez a gente esbarre com um vampiro ou um lobisomem se tiver sorte.

— Será que a gente tem a mesma definição de sorte? — pergunto.

No entanto, Morgan já está seguindo para os portões, e eu me recuso a ser a criancinha-chorona-medrosa, então vou atrás dela. Tudo fica sala-mandra silencioso de novo. O playground parece o jardim dos fundos da casa de um palhaço assassino a esta hora da noite, mas caminhamos até o gramado, onde há árvores espalhadas como... bom, árvores num parque, o que é um pouco menos assustador.

Morgan enfia as mãos nos bolsos do casaco preto largo.

— Eu gosto da natureza — diz ela, e em algum lugar no cosmos, Luna desmaia de alegria. — Acho que preciso vir mais aqui, sendo sincera. Es-tar perto das árvores sempre me dá perspectiva.

— É... — digo, sem saber como contribuir para tal reflexão filosófica. — Quer dizer, eu também. — Olho para ela de soslaio. — Você ainda é a fim da Ruth? — Faço uma pausa, sem jeito. Talvez não tenha sido uma mudança de assunto muito sutil. — Desculpa, você não precisa falar se...

Mas Morgan balança a mão.

— Tudo bem. Eu falei, já superei ela. — Seus lábios escuros se curvam num sorriso. — Ruth liderava o clube de canto à capela da minha escola. Eu sempre ficava pra trás depois das reuniões, fingindo limpar os teclados ou algo assim, pra gente conversar, aí ela acabou percebendo. Levou um livro para mim, *Carol*, um romance lésbico. Foi basicamente seu jeito não tão discreto de me dizer que entendia. Ela cuidava de mim. Como uma mãe lésbica, sabe?

— Que legal da parte dela — digo baixinho.

Nunca tinha pensado nisso. Garotas com os mesmos pensamentos e sentimentos passando sua sabedoria gay através das gerações. Talvez minha vida não tivesse degringolado tanto por um buraco em formato de Jamie se eu tivesse tido acesso a esses conhecimentos milenares.

— É, acho que ela foi minha Alison Bridgewater — fala Morgan, e quase engulo minha língua. Na verdade, engulo mesmo! Eu me engasgo tão feio que preciso me abanar com as mãos. — Você total tem crush nela, né?

— Por que você acha isso? — pergunto, rouca.

— Por causa dessa reação, por exemplo. Enfim, eu já peguei você olhando pra ela nas mesas de piquenique. Você entra em outro patamar de pânico-gay quando ela tá por perto.

Groselhas! Se Morgan percebeu, será que mais alguém notou?! Será que meu segredo não é nem mesmo um segredo afinal? Cruzo os braços, sentindo o frio do parque de repente.

— Ah, eu não chamaria de *crush*...

— Ah, não — diz Morgan. — Você não tá apaixonada por ela, está?

— NÃO MESMO — balbucio depressa. Mas não sei o que mais dizer. Tipo, o que é um crush e o que é amor? Só senti essas coisas por Alison. Os formigamentos quentes, os devaneios torturantes... Isso é amor? — Eu só gosto muito dela — murmuro, mansa como uma virginiana. — Só isso.

Caminhamos lado a lado por entre as árvores. Minha mente zumbe como um ninho de abelhas. Contei meu segredo para alguém além de Zanna. Será que Morgan vai espalhar? Será que me acha uma grande ridícula agora? Eu a observo com atenção, mas ela não transparece nada.

— Então você é a garota das estrelas, né? — pergunta Morgan.

Penso na minha *Bíblia das estrelas* e em como uma vez fiz um curso inteiro de *stand-up paddle* porque meu horóscopo me disse que eu estava "perdendo contato com meu espírito atlético". Por mais que eu ache que meu espírito atlético tenha perdido meu telefone de propósito.

— É, dá pra dizer que sou — respondo, dando uma risadinha, e Morgan olha para mim. — Foi mal. Isso vai parecer muito estranho... mas eu tenho um lema: nunca confie em geminianos. E aqui estou eu, com uma geminiana, num parque escuro na calada na noite.

Morgan ergue as sobrancelhas.

— Ah, é mesmo? Foi por isso que você ficou toda nervosa no estacionamento? — Ela joga o cabelo para trás e ri. — Você é tão engraçada. Por que não confiar na gente?

— Isso não é piada, Morgan! — protesto, por mais que eu mesma esteja rindo. — Tenho uma prima, a Lilac, que é geminiana. Ela faz patinação artística, e minha mãe acha que ela é cem por cento perfeita, mas a garota é literalmente a pior pessoa do mundo!

— E você acha que isso significa que eu também sou? — pergunta Morgan, entretida. — Não sabia que todo meu caráter estava escrito nas estrelas. Isso até que faz sentido, na verdade. Quer dizer que eu posso roubar chocolates de criancinhas e dizer que foi meu horóscopo que me obrigou?

— As estrelas não definem totalmente quem a gente é. Só dão um empurrãozinho em uma determinada direção... se a gente deixar, óbvio. Vivemos num planeta em que o oceano avança e retrai por influência da lua, então... por que não podemos estar conectados às estrelas também?

Morgan estreita os olhos.

— Até que gostei muito desse argumento. É poético.

Não tenho total certeza de que ela está falando sério, então eu também estreito os olhos para ela.

— Sério?

— Sério.

O delineador de Morgan está borrado, talvez de tanto dançar, mas o gatinho verde lembra pulseirinhas neon. Morgan em todo seu brilho pós--festa. Ela é mesmo muito linda.

— Você não é nada mal, Cat — diz ela, com um suspiro. Eu coro, então olho para o céu, mas acho que tem um cisco no meu olho, porque só quero voltar e continuar admirando Morgan. Sentimentos muito suspeitos para meu coração gay e feliz. — Você é adorável. Só precisa parar de ter crushes nas suas amigas hétero.

Eu me concentro na lua, que está, tipo... muito lunar. Prateada e magnética, me deixando com um humor superbrilhoso e bobo.

— Como assim, "adorável"?

Morgan ri.

— Como assim?

— Ah, você tá falando da minha personalidade, da minha aparência...

— Tô falando de você toda, sua biscoiteira esquisita.

Uma pausa da duração de uma batida de coração. Percebo que estamos ombro a ombro, tão perto que sinto o calor dela. Seus olhos brilham para mim no escuro, misteriosos e presunçosos como sempre, e de repente me sinto muito encantada e desperta.

— Você também é adorável, Morgan — digo, então a beijo.

Ai, minha Afrodite! Estou beijando Morgan Delaney, e os lábios dela são macios, doces, leves como uma pluma e lisos como manteiga. Penso nisso tudo ao mesmo tempo, e realmente sinto as estrelas, e a lua também, cintilando no céu e nos transformando em silhuetas no horizonte prateado.

Quando abro os olhos, os dela ainda estão abertos. Ah, groselhas. Eu me afasto. Talvez eu devesse ter perguntado se podia dar um beijo nela. Será que acabei de abusar de alguém?!

— Isso foi bom — diz Morgan.

Sinto o pânico sossegar e seguro a onda. Ela não chamou a polícia.

— Foi legal?

Morgan tenta não rir.

— Foi. É, sim, eu achei.

Os óculos dela estão tortos, o que deve ser minha culpa, então estendo a mão e os ajeito, depois volto a olhar para o céu.

— Foi meu primeiro beijo — murmuro. — Com uma garota.

— Gostou? — pergunta Morgan, meio risonha-relaxada. — Dá uma nota de um a dez.

Meu coração continua girando como Saturno num sábado à noite, o que deve ser um bom sinal.

— Hm, definitivamente um belo sete e meio?

Morgan se aproxima. Deixo que ela entrelace os dedos nos meus.

— Tenho certeza de que posso chegar pelo menos num nove — sussurra ela. Engulo em seco e tento não desmaiar. Aperto a mão dela de volta, zonza, feliz e maravilhada. Eu poderia morar neste momento para sempre, talvez mais. Mas antes que eu possa beijá-la de novo, Morgan aponta para as estrelas.

— Eu sempre gostei das Sete Irmãs. Bem ali. Tá vendo?

Sigo o dedo dela.

— Eu sempre me pergunto se são mesmo sete.

Morgan solta uma risada pelo nariz.

— São, Cat. Sete estrelas, sete irmãs.

Dou uma risadinha.

— Acha que alguma delas é gay?

Morgan dá uma gargalhada. Continuamos de mãos dadas.

— Acho que todas elas são gays — responde ela. — Sete irmãs sáficas. E todas provavelmente são geminianas.

Continuo tremendo como uma trapezista ansiosa. Foi isso mesmo? Acabei de dar meu primeiro beijo?

Sei que beijei Jamie. Tecnicamente, ou... biologicamente. Mas foi um beijo de verdade? Nunca fez meu coração bater mais forte nem meus lábios formigarem. Nunca quis enterrar o rosto no cabelo dele, no pescoço dele, só para sentir o cheiro. E meio que quero fazer tudo isso agora. Mas será que Morgan quer? Espero que não esteja só dando uma de aventureira por causa da temporada de Sagitário. Quero que isso continue perfeito.

— Eu amo que você ama as estrelas — diz Morgan devagar. — Mas acha que seria possível voltar à Terra por tempo o suficiente pra tentar aquele nove de dez?

Dou uma risadinha inebriada.

— Acho que é quase com certeza possível.

— Ah, só quase? — indaga Morgan, me lançando aquele sorriso sugestivo de Afrodite, com os olhos brilhando.

Minhas pernas ficam moles como algas, tamanha a empolgação. Uma crush lésbica. Nunca fiquei tão feliz por Siobhan estar certa.

Roçamos as pontas dos dedos, e o frio na barriga volta com tudo. Morgan me puxa para si e me beija de novo, por muito mais tempo desta vez. Até desliza a mão para dentro do meu bolso de trás! É um momento muito "lasanhas apimentadas", e eu estou tonta-tulipa e sendo beijada demais até para respirar... Energia feminina divina graúda.

Nosso beijo é poético e perfeito, e não só porque a lua está luando no céu e as estrelas estão zonza-zunindo, mas porque estou totalmente acordada neste momento incrível e inebriante, beijando Morgan Delaney e sendo beijada de volta. É o momento mais romântico da minha vida cabulosa e bagunçada até agora.

TUDO BEM GOSTAR DE UMA GEMINIANA SE...

✳ Ela compuser uma MÚSICA com você?

✳ Ela beijar você sob o céu estrelado??

✳ Ela beijar você MUITO, MUITO BEM sob o céu estrelado???

✳ Ela beijar você MUITO, MARAVILHOSAMENTE e LINDAMENTE bem sob o céu estrelado e depois acompanhar você ATÉ SUA CASA e dizer: "Bons sonhos... Mas não bons demais. Guarda um pouco pra mim."

✳ QUEM DIZ ISSO????

✳ Tudo bem gostar de uma geminiana se a geminiana for Morgan Delaney.

A franja trágica

Vir para a escola é inútil para mim agora. Não absorvo uma palavra durante toda a manhã. É a penúltima semana antes das férias de Natal e, quando éramos mais novos, isso significava filmes, brincadeiras e nenhuma aula de verdade, mas, na prisão que é o ensino médio, não temos tais luxos.

Zanna não para de me cutucar como se achasse que estou dormindo. Deve ser porque não paro de sorrir e olhar pelas janelas, admirando o céu, as nuvens e revivendo meu primeiro beijo de verdade sem parar. Recebo olhares estranhos o dia todo, como se eu estivesse usando um tutu ou algo assim.

(Eu não estou, só para constar. Usar um tutu na escola é algo que eu nunca faria.)

Não contei a ninguém sobre o beijo, nem mesmo para Zanna. Não quero compartilhá-lo ainda; é *minha* lembrança. Queria guardá-la num pote, só para poder deixar numa prateleira e abrir só uma frestinha para sentir o perfume daquele momento todo dia. Isso me daria forças nos momentos mais sombrios, tipo quando minha mãe tenta cozinhar um "assado de família" no domingo.

Nunca vou cansar de reviver meu primeiro beijo de verdade. Preciso voltar a escrever poesia, só para me expressar, liberar as emoções! Quem iria imaginar que os efeitos de um beijo poderiam durar tanto tempo? Já faz dias que estou inebriada. Se for assim toda vez, como vou me casar, manter um emprego, viver uma vida funcional? Estou impressionada que todo mundo não ande por aí esbarrando nos outros, imerso na beleza de beijar alguém de um jeito tão maravilhoso quanto beijei Morgan Delaney...

— Cat, por que coágulos cerebrais você não para de sorrir?

Siobhan invade meus pensamentos como uma bola de boliche, e meu sorriso desaparece em um piscar de olhos. Quer dizer, ela tem razão: tenho sorrido muito hoje. Ontem de dia também. E à noite. No carro com minha mãe. E enquanto ignorava as bobagens da Luna. Mas, sério, que culpa eu tenho?! Eu fui BEIJADA!

— Eu não tô sorrindo! — protesto. — Não sei do que você tá falando.

— Você parece aquela mulher da caixa de passas — responde Siobhan. — Encarando o maldito sol. Se eu não te conhecesse, diria que pegou alguém pela primeira vez.

Esse comentário me deixa muito nervosamente-nervosa. Do outro lado da mesa de piquenique, Kenna e Habiba parecem ficar curiosas, como cacatuas enxeridas. Groselhas abundantes, por que Siobhan tem que ser tão perceptiva? Cadê a Zanna quando preciso de uma mudança de assunto discreta? Ela me falou aonde ia, mas acho que me distraí... jogar *Animal Crossing* ou cantar hinos poloneses, com certeza foi isso.

— Ah, deixa ela em paz — interrompe Alison, acariciando meu ombro. — Deixa ela sorrir pelo que quiser. Talvez seja porque é quase Natal!

Ninguém parece convencido.

— Natal é para criancinhas catarrentas e chorões que gostam de assar biscoitos. É uma data tenebrosa. — retruca Siobhan, então se empertiga um pouco. — Quase tão tenebroso quanto aquilo! O que Millie Micronauta fez no cabelo?

Todo mundo se vira para olhar. Millie está a caminho do estúdio de arte e, pelo jeito, cortou a franja. Siobhan obviamente acha que essa é a desculpa mais engraçada para um festival-de-risinhos desde que a srta. Ward, professora de francês, usou um sutiã que conseguíamos ver através da blusa.

— Ei, Millie! — chama Siobhan, e Millie para de andar. Reprimo o impulso de gritar para ela correr. — O que aconteceu? Isso é um corte de cuia?

Habiba e Kenna dão risadinhas, mas eu e Alison ficamos em silêncio, nervosas. Observamos Millie atônitas, esperando uma reação, até que a Tríplice M aparece. Morgan, Maja e Marcus avançam gótico-decididamente em direção ao estúdio de artes feito perus com piercings no bico.

Resisto ao impulso de cacarejar feito uma galinha claustrofóbica. É a primeira vez que vejo Morgan desde o parque, e não trocamos uma palavra sobre o que somos e como vamos agir uma com a outra na escola, sob os olhos de falcão de Siobhan. Mas antes que eu consiga inventar um plano mestre *romantique*, Siobhan ataca novamente, como uma ariana numa missão.

— É a franja mais trágica que eu já vi. Coitada! — Ela se inclina para dar uma olhada. — O cabelereiro deveria ter aconselhado você melhor, Millie Bobinha. Ele foi um açougueiro mesmo, hein? Sem ofensas. Franjas fazem rostos redondos parecerem gorduchos, sabe? Não é por maldade, juro! É só que ficou meio pesado em você. Tá parecendo um esfregão.

Por um momento, meio que saio de mim mesma e (infelizmente) não porque estou tendo uma experiência espiritual. Estou acostumada às piadas ofensivas de Siobhan; uma vez ela disse para a professora de literatura, a srta. Jamison, que as novas mechas loiras dela eram um "pedido para ser zoada", mas dizer essas coisas para Millie... é cruel. É um golpe baixo da Siobhan. E não só porque Millie é um-palmo-e-três-dedões mais baixa.

É óbvio que Millie também não está achando graça. Estufando o peito, ela olha Siobhan nos olhos.

— Você é uma vaca, Siobhan. Vai cuidar da sua vida.

Kenna arregala os olhos. Habiba derruba a barrinha de cereais. Millie respondeu! Isso é inédito. Observamos Siobhan, à espera da explosão, mas ela só ri, como se tivesse ficado animada.

— Eu só estou tentando ajudar, Mills! Você deveria agradecer. Eu geralmente só faço caridade uma vez por ano. Se fizesse mais, talvez também não conseguisse pagar por um corte de cabelo decente.

— Preciso ir pra aula — retruca Millie, com rispidez, então enfia a mão no blazer e tira o celular.

Meu batimento cardíaco quase tem uma chance de desacelerar.

Mas Siobhan não perde tempo.

— AIMEUDEUS, isso é um CELULAR?! — grita ela o mais alto que consegue. Habiba dá outra risada histérica de hiena. Siobhan dá uma olhada para trás, sorrindo como se tivesse acabado de ganhar combustível. — Isso não é permitido, Mills! Alguém chama a sra. Warren.

— Cala a boca, Siobhan — retruca Millie, que tenta desviar, mas Siobhan entra na frente toda vez, cercando-a.

Ela daria um excelente cão pastoreiro.

Então Morgan parece notar a confusão. Ela cutuca o ombro de Maja e aponta com a cabeça em nossa direção. Começo a suar de nervoso. Eu deveria dizer alguma coisa, mas estou paralisada. Principalmente quando a Tríplice M começa andar na nossa direção

— Pra quem você tá mandando mensagem? — continua Siobhan, sem nenhuma noção. — Um namorado? Uma admiradora lésbica?

Ergo o olhar depressa. Millie começa a gritar. Siobhan arranca o celular dela e o balança acima da cabeça da garota, que, devido à diminuta altura, não tem a menor chance de recuperá-lo. Ela pula para pegá-lo, mas Siobhan se esquiva, achando graça.

— Ei, Siobhan! — grita Morgan, chegando a passos largos, e eu mal consigo olhar. É como uma explosão a gás diante dos meus olhos aquarianos. — Devolve o celular dela agora.

— Eu só quero saber pra quem você tá mandando mensagem — cantarola Siobhan, ignorando Morgan e desviando de outro salto desesperado de Millie. Siobhan estuda a tela, e eu entro em pânico, atônita. — Quem é Ross? U-LÁ-LÁ! É um personagem de anime ou algo assim?

— Me devolve! — grita Millie.

Siobhan a olha de cima.

— Vai buscar, cachorrinho — diz ela com desdém, então o joga por cima da cabeça dela.

Meu queixo cai. É um iPhone! Observo horrorizada enquanto o celular, em câmera lenta, erra por pouco a grama e acerta o caminho de concreto. Um pedaço da parte de trás sai voando. Millie corre para pegar, choramingando, e Morgan segura os ombros de Siobhan com força.

— Você acabou de jogar o celular dela? Foi isso mesmo? — pergunta Morgan, zangada.

Siobhan analisa Morgan. Parece estar genuinamente impressionada que Morgan tenha a audácia de desafiá-la.

— Oi? Quem chamou você na conversa?

— O celular quebrou! Olha o que você fez!

Siobhan revira os olhos.

— Sossega, Mogs. Foi mal, qual é seu nome mesmo? Na verdade, deixa pra lá. Você não é relevante para a minha vida.

Habiba dá uma meia-risadinha, mas até ela já está começando a perder o entusiasmo. Kenna está trêmula. Estamos todas assistindo à Millie agachada no caminho de concreto, catando os cacos da tela do celular. Tipo, é de dar pena *mesmo*. Eu ajudaria se não estivesse com tanto medo de que Siobhan fosse fazer geleia de mirtilo da minha medula óssea. Até Siobhan deve estar sentindo algo na sua alma escorpiana de pedra. Ou não, porque ela nem olha.

— Você vai ter que pagar por isso — diz Morgan, dando um passo ameaçador à frente.

Arregalo os olhos, mas Siobhan não recua, pondo as mãos na cintura e jogando o cabelo para trás.

— Sai da minha frente. Tô sentindo seu hálito e não tá nada agradável.

Isso não é verdade, e eu posso provar. Mas Morgan recua mesmo assim.

— Você vai se dar mal por isso — diz ela, então gesticula para nós. — Todo mundo viu você jogando o celular.

— Ah, é mesmo? — Siobhan se vira. — Habiba? Você me viu jogar o celular?

Habiba hesita.

— Não, chuchu… Tive a impressão de que foi a Millie que derrubou.

Morgan olha para Alison, depois para Kenna e, por fim, para mim. Todo mundo olha. Abro a boca, mas então faço contato visual com Alison. Posso jurar que ela balança cabeça discretamente para mim. Fecho a boca. Morgan só estreita os olhos, parecendo decepcionada como um rolinho primavera decepcionante, então volta a olhar feio para Siobhan.

— É, eu não deveria ficar surpresa. As Barbies Básicas sempre ficam unidas.

Então ela se aproxima de Millie e se agacha ao lado, dando tapinhas nas suas costas. As bochechas de Millie estão muito vermelhas, como se estivesse quase chorando. Observo Millie, o jeito que Morgan sussurra para ela. De repente, estou quase chorando também... uma reviravolta totalmente trágica.

Porque eu deveria ter falado alguma coisa. Mas não falei. E agora é tarde demais.

Morgan Delaney

Vc tá bem? Parecia über-irritada mais cedo, rs bjs **22:10**

E vc não? **22:13**

Ah, sim, é... A Siobhan foi longe demais **22:14**

Vc não acha que poderia ter falado isso pra ela? **22:14**

Não é tão fácil! Não sou tão corajosa quanto vc bjs **22:15**

Eu não acredito. Vc poderia ser a mais corajosa de todas

Não vou fingir que tá tudo bem, Cat. Achei sua atitude péssima. Vc só ficou olhando. Acha que isso torna vc minimamente melhor do que a Siobhan?? Só pq vc não jogou o celular não significa que não foi responsável. Ela que jogou, mas vc permitiu **22:15**

Mas Siobhan é minha amiga há ANOS, Morgan

É mt difícil criticar uma amiga!!!!!

●●●

E vc já viu a Siobhan?? Eu não posso simplesmente fazer ela parar 22:17

Mas essa é a questão. Vc PODE. E eu achei que vc fosse o tipo de pessoa que faria isso. Acho que eu estava errada. Enfim, tenho q dormir. Boa noite 22:18

Um soluço na estância da minha vida

Estou respirando nas mãos e contando até cinco. Faz dez minutos que cheguei à escola e, assim que passei pelos portões, os soluços começaram. Sigo na mesma desde então e não consigo parar. A cada dez segundos, vem outro.

— Alguma coisa mudou. — Estamos na sala de chamada matinal esperando a sra. Warren, e Zanna observando-me observa. Ela me olha por cima dos óculos. — O que você não tá me contando, minha inútil amiga loira?

Como a bela mentirosa que sou, fico corada na hora.

— Nada.

Outro soluço.

— Você estava olhando pro nada e sorrindo o dia todo ontem. Agora parece deprimida. Que nem a Wandinha Addams na Disney.

Faço uma cara feia, porque estou *mesmo* deprimida. Morgan me odeia (e talvez até tenha razão em odiar), e o inverno está frio e invernal de novo.

Mas não contei para Zanna sobre o beijo antes, então por onde começo agora? Soluço de novo.

— Só estou com soluço, Zanna — digo, de forma vaga. — Nada de tristeza aqui.

Zanna assente.

— Eu superacredito em você. Na verdade, acho que já houve religiões fundadas em menos crença do que eu tenho em você agora.

Vou responder, mas sou interrompida por um soluço. O sinal toca e, em um piscar de olhos, a sra. Warren entra. Ela faz isso todo dia. Nem um segundo adiantada ou atrasada. Ela chega literalmente enquanto o sinal ainda está batendo. Talvez espere no corredor? Ou saiba exatamente quantos segundos leva para andar daqui até qualquer lugar da escola. Um negócio assustador.

— Bom dia, classe — diz ela, e eu soluço. — Silêncio, por favor.

Ela faz a chamada, enquanto soluço a cada dez segundos, até que fecha a pasta.

— Siobhan, Alison, Habiba e Cathleen Phillips, a presença de vocês é requisitada na sala do sr. Drew imediatamente. Podem ir — anuncia ela.

Um "iiiiiiih" ressoa pela sala, e encaro Siobhan, Habiba e Alison de olhos arregalados. Mas elas parecem tão confusas quanto eu. Sr. Drew, o vice-diretor?!

— Acredito que eu tenha dito "imediatamente", meninas — repete a sra. Warren.

Nós nos levantamos apressadas, pegando as bolsas e saindo da sala em silêncio. Menos eu, que soluço duas vezes.

— Siobhan, você... — Soluço. — Você sabe por que estão chamando a gente?

Ela faz uma cara feia e logo assume a dianteira pelo corredor.

— Óbvio que não.! — retruca ela. — Eu tenho cara de vidente?! E para... com isso. Seja lá o que for. Parece uma gaivota velha com um pulmão a menos. Controle-se!

A sala do sr. Drew fica perto da recepção, uma zona que já foi um paraíso de cactos cujos parapeitos foram misteriosamente roubados de sua glória suculenta. Viramos em um corredor sinistro e pouco decorado e encontramos Kenna parada em frente à porta do sr. Drew, tremendo da cabeça aos pés.

— Ah, Siobhan! — Kenna praticamente se joga nos braços da amiga. — Ainda bem que você chegou! Eu estava totalmente sozinha e não sabia por que...

— Que escândalo — murmura Siobhan, espalmando a mão sobre a boca esganiçada de Kenna. — O sr. Dejeto está obviamente tentando nos intimidar chamando nosso elo mais fraco primeiro.

Alison está muito nervosamente-nervosa, entrelaçando e desentrelaçando os dedos sem parar, como se tricotasse um suéter. Habiba revira os olhos.

— Não acho que ele seja tão tático assim, Siobhan. Enfim, o sr. Drew me adora. Capitã do time de netball, lembra? E eu total ajudei com aqueles pivetes raivosos do sétimo ano...

Ela faz um sinal de paz e amor.

Furiosa, Siobhan abaixa os dedos dela com um tapa.

— Dá pra você acordar do seu coma de Instagram?! Meu pai é psicólogo, Habiba! Ele sabe como as pessoas funcionam. Isso é tudo fachada. Seja lá o que ele usar contra a gente, não vamos ceder. Mesmo sob tortura... o que pode rolar! Ele é do alto escalão.

Então a porta do sr. Drew se abre. Soluço de novo e meus olhos quase pulam para fora. Morgan Delaney sai da sala e passa por mim, evitando meu olhar. Em seguida, Marcus sai com Maja e, um momento depois, Millie Butcher, se escondendo atrás da franja.

— Entrem, meninas — ordena o sr. Drew.

Engulo em seco.

O sr. Drew é enérgico e nórdico. Entramos na sala enfileiradas como sardinhas e paramos em frente à mesa dele. Soluço de novo. Ele não se apressa. Primeiro fica mexendo em papéis e depois dá um gole numa caneca vermelha em que está escrito MELHOR PAI DO MUNDO na lateral; sem dúvida um presente dos filhos enérgicos e nórdicos. Ele limpa a garganta.

— Muito bem, meninas. Aqui estamos — começa ele, o que eu pensaria ser óbvio. — Levando em conta que vocês viram quem estava aqui agora mesmo, talvez já saibam porque eu chamei vocês. — Ele faz uma pausa, mas ninguém se pronuncia. Mais um soluço. Ele franze a testa. — Você está bem, Cathleen?

— Só, hm, com soluço, senhor.

Tento prender a respiração, só para ser prestativa.

— Quando penso nos nossos alunos do primeiro, penso em membros honrados da comunidade escolar, que dão bons exemplos. Então imagine como fiquei decepcionado ao saber que vocês fizeram bullying com uma colega ontem.

Ao meu lado, Alison solta um gemido. Siobhan está atipicamente quieta. Os dedos de paz e amor de Habiba murcham de vergonha e Kenna funga com tristeza, mas ninguém diz nada. Exceto eu. Acho que estou prestes a arrotar. Groselhas! O que comi hoje de manhã?! Tento engolir o arroto enquanto o sr. Drew continua, nordicamente:

— O consenso é que vocês danificaram intencionalmente o celular de Millie. Não é preciso dizer que um celular é um bem muito caro...

— Não era nossa intenção — interrompe Kenna.

Siobhan se eriça. Aliás, como assim "nossa"?! Eu não quebrei o celular! Mas, pensando bem, as mensagens da Morgan continuam nadando pela minha cabeça feito piranhas raivosas. Reprimo a bolha de ar que está forçando passagem minha garganta acima. Definitivamente não posso soluçar agora.

Os olhos castanhos de Kenna parecem estremecidos.

— Só... acabou quebrando!

O sr. Drew se recosta na cadeira.

— Então você admite que suas ações de ontem resultaram no celular quebrado de Millie Butcher?

Há um farfalhar enquanto todas nós nos agitamos-agidatamente. Então Kenna assente; Alison também. Habiba continua tão imóvel quanto um manequim. Aí noto que não é a Habiba: é um daqueles esqueletos assustadores que ficam nas salas de ciências. Em nome do Piccadilly Circus, por que o sr. Drew tem um esqueleto na sala dele?! Habiba também assente, como uma bola de netball triste e murcha. Nas profundezas da minha garganta, uma bolha de ar se infla. Ai, groselhas! NÃO ARROTA!

— Muito bem — retoma o sr. Drew. — Em primeiro lugar, vocês vão ter que pagar pelo dano. Conversei com a mãe de Millie, que me disse que a filha estava profundamente chateada com os acontecimentos de ontem. Estou decepcionado, meninas, com todas vocês. Ainda preciso decidir que nível de punição...

— Não foram elas.

O sr. Drew para de repente. Então, uma a uma, nossas cabeças se viram para Siobhan.

— Eu joguei o celular — diz Siobhan, rígida. — Fui eu. Eu mirei na grama, mas errei. O que é uma pena, já que eu sou sensacional no netball... Mas fui eu, não elas. Fui longe demais. E não deveria ter feito aquilo.

O silêncio ressoa. Siobhan, assumindo seus erros? Estou embasbacada.

— Certo — diz o sr. Drew. — Obrigado pela honestidade, Siobhan. Tenho certeza de que suas amigas estão gratas. Que tal as liberarmos e termos uma conversinha a sós?

Siobhan assente, batucando os dedos angustiadamente-angustiada na perna. Não a culpo; ter "uma conversinha" com o sr. Drew parece mais assustador do que uma execução da era Tudor. Na verdade, duvido que haja muita diferença entre os dois.

O sr. Drew acena com a cabeça para a porta.

— Mas, meninas — acrescenta ele —, não quero ouvir o nome de nenhuma de vocês sair da boca de Millie Butcher de novo. Entendido?

— Sim, senhor — respondem as outras em coro, e eu abro a boca.

É aí que ele vem. O arroto que estou segurando há cinco minutos inteiros. O som parece ecoar, vibrando na garganta, e eu fico parada, com os braços abertos, como se cantasse uma ópera.

Quando finalmente acaba, pigarreio e dou uma olhada de relance para Siobhan. Se ela não estava me encarando antes, agora está, com os olhos tão arregalados que parece de fato muito perturbada. O sr. Drew apenas fica sentado ali, atônito.

Com cuidado, levo a mão à boca.

— Em alto e bom som, senhor — digo, rouca.

— Não é justo! Todo mundo arrota! Até meninas! — balbucio, na hora do almoço.

Estamos na cantina, e Siobhan ainda não reapareceu. Talvez o sr. Drew tenha mesmo a executado. No meio-tempo, Habiba já abençoou a mesa inteira com um relato completo do meu arroto induzido por soluço. Inclusive para Lizzie Brilho Labial e suas amigas brilhosas e populares.

— Isso é muito engraçado — diz o namorado da Lizzie, Lawrence Beijo-de-Brilho, que está ali com alguns Amigos Parças e vários cabelinhos loiros escorridos.

— *Muito* — concorda Lizzie Brilho Labial. — Provavelmente a coisa mais engraçada desde que você disse ao sr. Derry que ele era o amor da sua vida.

Solto um suspiro exasperado.

— Eu não disse que ele era o amor da minha vida! Disse que ele era verdadeiramente deslumbrante, o que é completamente diferente. E não era pra ele que eu queria dizer isso.

— Pra quem você queria dizer, então? — pergunta Alison.

Pânico se instala dentro de mim.

Zanna estala a língua. Obrigada, Safo, pela Zanna, porque ela muda de assunto bem na hora certa.

— Os pais da Siobhan vão matá-la. Queria que houvesse um jeito de a gente poder assistir... — diz ela, e dou uma cotovelada no seu braço. — Assistir, não! Ajudar!

— Vamos ter que dar uma festa digna de hashtag — diz Habiba. — Por salvar nossa pele.

— Acho que a Siobhan não vai poder ir a nenhuma festa por um tempo — comenta Lizzie Brilho Labial, com um suspiro, como se a inconveniência à vida social da Siobhan fosse a parte mais triste da história, e não o fato de que Millie ficou tão chateada que contou para a mãe, o que está me corroendo de culpa.

Alison tosse.

— Ah, ela fez tudo sozinha. Teria sido muito injusto se a gente tivesse levado detenções também.

Kenna dá de ombros.

— Não sei se foi *tudo* culpa dela, Alison...

— Foi, sim! — Alison olha para nós, com os olhos castanhos úmidos e lindos de aflição. Mas também... ouso dizer que é um pouco sem noção. — A gente nunca falou nada pra Millie! Não deveríamos levar detenção só porque a Siobhan quebrou o celular da garota.

— Mas a gente devia ter falado alguma coisa — interrompo. Encaro minha pizza pela metade, cheia e culpa. — A gente não quebrou o celular, mas deixou a Siobhan quebrar. Isso também é errado.

Alison também baixa os olhos para a comida, e meu coração aperta. Quero que ela sorria de novo. Alison não faz bullying. Para ela, deve ser a pior coisa do mundo ser acusada disso. Mas (o que é uma surpresa para mim, admito) acho que estou certa. E estranha, bizarra e excentricamente... talvez tenha acabado de perder um pouco de respeito por Alison Bridgewater. É a percepção mais peculiar da minha vida muito, muito gay.

Por cima do ombro da Alison, vejo Morgan. Ela está sentada com o agora quarteto-M, que parece ter aberto as portas de vez para Millie. Eu me levanto de repente e sigo em linha reta até lá, ignorando os rostos confusos de minhas amigas. Maja me avista, e acho que deve anunciar, porque todos param de falar. Rondo a mesa, sem jeito.

— Hm... Millie? — Engulo em seco. — Sinto muito pelo seu celular. Eu deveria ter falado alguma coisa. E não só ontem. Todos os dias em que... as pessoas disseram coisas. Que a Siobhan disse coisas. Eu deveria ter falado pra ela parar. Eu, hm... sinto muito.

Silêncio. Que crocodilo-constrangedor. Mas já disse o que queria, então me viro devagar para sair. Não posso consertar o celular nem curar as cicatrizes emocionais dela. Até que Millie diz:

— Valeu, Cat.

Eu paro.

— Ah. De nada! E, hm, sua franja ficou muito legal, por sinal! Franjástica, na verdade. Tipo a Claudia Winkleman, só que, hm, loira!

Millie se anima.

— Eu amo a Claudia Winkleman!

— Quem não ama?! Hm, vou terminar de comer, então.

Dou meia-volta.

— Cat? — escuto, e me viro de novo. Morgan está finalmente olhando para mim e (ai, meu glorioso e gay coração) ela está... sorrindo? Só um pouquinho. — Só melhora. Você não é assim.

Faço que sim com a cabeça profiterole-profusamente.

— Sim! Quer dizer, não, não sou, e sim, vou melhorar, e hm... — Respiro fundo para me estabilizar. Não! Posso! Enguiçar! — Falo com você mais tarde?

Morgan pega o wrap, então, com a maior descrição possível, assente. Quero pegar um prato e jogá-lo como um frisbee, de tão aliviada. Mas acho que aí sim levaria uma detenção, então apenas fico feliz e empolgada por dentro.

Siobhan Collingdale

> OOOOOIÊ
>
> Sei que vc deve estar triste, mas toma um horóscopo pra te animar!!!

> Apesar de tudo o que aconteceu, TUDO ESTÁ PERFEITO-COMO-UM-PÊSSEGO! Estamos na temporada de Sagitário, então, para uma escorpiana como você, esse é o momento perfeito pra tomar decisões financeiras importantes e elevar seus objetivos ao próximo patamar. Tente fazer o dever de casa no andar de cima! E colar moedas no teto antes de dormir vai trazer boa sorte, então certifique-se de que tem fita dupla-face em casa!! :) bjos
> **16:00**

> EU VOU FAZER *TUDO* NO ANDAR DE CIMA, SUA CABEÇA-DE-MAMÃO. FUI SUSPENSA E MINHA MÃE DESEQUILIBRADA ME DEIXOU DE CASTIGO POR UM MÊS! ELA VAI PEGAR MEU CELULAR ASSIM QUE EU MANDAR ISSO, ESTOU PRATICAMENTE NA PRISÃO!!! COMO ALGUMA COISA ESTÁ "PERFEITA-COMO-UM-PÊSSEGO"?!! VOCÊ É BURRA?!!!!
> **16:10**

Gucci gostosa
e no topo do mundo

A suspensão de Siobhan é uma notícia trágica para a gangue. Como vamos arrasar ao máximo sem nossa Abelha Rainha? Mas ela disse que nada no mundo vai fazer sua mãe mudar de ideia, nem oferecer Lizzie Brilho Labial para dar uma aula gratuita (e bastante necessária) de maquiagem.

 É óbvio que, assim que Siobhan sai de cena, Jasmine Escandalosa McGregor e suas Amigas Alarme não perdem um segundo para reivindicar seu recém-adquirido poder. Kenna desaparece por uma tarde inteira até a sra. Warren encontrá-la trancada num armário de materiais de papelaria. Durante a educação física, Jasmine e Cadence Cooke usam o lançador de bolas de tênis portátil como arma; é um completo caos! Zanna, Alison e Lizzie Brilho Labial são derrubadas por uma enxurrada de verde-neon, e Habiba só escapa porque escala uma árvore ali perto para se proteger.

 Então cometo o mais grave dos graves erros. A gangue tem se mantido unida — a união faz a força e tudo o mais —, mas, na quinta-feira, vou para a aula de artes sozinha. Assim que pego um atalho por um corredor perigosamente vazio, ouço "AU, AU, CAT!", e quando me viro, dou de cara com Jasmine McGregor e três Alarmianas.

E uma delas segura uma SILVER TAPE.

Sem nem um trocadilho em mente para fazê-las dar risada como um pedido de trégua, disparo pelo corredor, perseguida por uma brigada de vândalas vorazes. Faço a curva derrapando; talvez consiga me safar se conseguir me infiltrar na multidão do sétimo ano. Até que dou um encontrão com Morgan.

— Morgan! — Eu a encaro, surpresa. — O que você tá fazendo aqui?

— Matando a aula de literatura porque odeio *Ratos e homens* — responde ela, indiferente, depois franze a testa ao ouvir os ecos dos gritos de caça. — O que você tá fazendo aqui?

— Jasmine tá me aterrorizando! — respondo, num arquejo. — Sem a Siobhan, ninguém está a salvo!

Morgan estreita os olhos, então pega minha mão.

— Você não precisa da Siobhan. Vem comigo.

Fazemos outra curva correndo e derrapamos até parar perto dos vestiários de educação física. Morgan enfia a mão no blazer e…

— Isso é uma chave?! — pergunto em um tom esganiçado, e Morgan dá um sorrisinho presunçoso.

— A srta. Graham deixou cair bem na minha frente. — Ela destranca a porta e gesticula para eu entrar. — Pode acreditar. É um esconderijo muito bom.

Ela bate à porta e nós duas esperamos, estáticas como estátuas estressadas. Do lado de fora, Jasmine e suas amigas passam gritando.

Escapamos! Suspiro de alívio e desabo no banco. Sorrio para Morgan, que é mesmo presunçosamente-presunçosa.

— Você acabou de me salvar? — pergunto. — Foi muito heroína-no--cavalo-branco da sua parte, Morgan. Muito romântico.

— Sossega o facho — murmura ela. — Você já sabe que eu gosto de você.

Nada poderia me deixar tão boba e sem palavras quanto esse comentário. Dou uma risadinha ridícula, e Morgan revira os olhos. Deslizo pelo banco de uma maneira que espero ser "suave" e fico de pé na frente dela com um pulo. Nós nos encaramos por um segundo muito, muito *quente*, então com cuidado e delicadeza beijo sua bochecha.

— Ugh — diz Morgan, o que não é nada do que eu esperava. — Tô muito ferrada.

Ela entrelaça os dedos nos meus, como fez no parque, me puxa e me beija de novo. Tento retribuir sem deixar meus átomos se separarem e explodirem para os quatro cantos da Terra. É mais difícil do que parece. Até que ela desliza a mão pela minha cintura, e eu quase pego fogo.

Mas não acontece, graças à Afrodite. Seria bastante inconveniente.

De repente, vozes de PROFESSORES. Mas Morgan volta a pegar meu punho e me puxa para o ginásio.

— Rápido — sibila ela. — Se a gente chegar na área esportiva, vamos conseguir sair de fininho.

Acho que se ela sugerisse que voássemos para Kentucky, eu aceitaria do mesmo jeito. Corremos pelo ginásio como fugitivas furtivas (o que somos mesmo pelo jeito) e saímos em direção à área esportiva. Atravessamos as quadras de futebol, ainda de mãos dadas, soltando risadinhas como duas palhaças bobonas.

— Morgan! — arquejo. — Aonde a gente tá indo?

— Eu já disse — responde ela quando chegamos à margem do rio. — Tem um portão aqui atrás e uma trilha. É bonitinho. E fora do terreno da escola também.

Nós nos esgueiramos pela grama alta, enquanto eu olho ao redor, meio que esperando que a sra. Warren surja do rio como o monstro do Lago Ness irlandês. Por sorte, isso não acontece. Não solto a mão de Morgan até alcançarmos o portão abandonado. Está misteriosamente envolto em galhos espinhosos, como um portal para, bem, um portal para a trilha. Morgan encontra um graveto e golpeia as urtigas para abrir caminho, o que é bastante heroico e impressionante, depois abre o portão com um rangido.

— Você vem? — Ela inclina a cabeça para mim como sempre faz, e o frio começa a gelar-gelando minha barriga de novo. Chegamos à trilha de cascalho que acompanha o rio. — Quer dizer que a vida é difícil sem sua Abelha Rainha, é? Confesso que não sinto nem um pouquinho de pena por ela ter sido suspensa. Sem ofensas, mas ela é uma verdadeira Regina George.

Dou uma risada apressada. Mas não acho que Morgan esteja brincando de verdade, então assumo minha expressão séria de novo, que Zanna costuma chamar de "cara de peixe morto".

— É... Siobhan passou do limite algumas vezes nos últimos dias. Tá, várias vezes. É tudo muito... hm... confuso. Mas ela não é sempre assim! Ela é leal e, hm... muito boa em dar festas!

Morgan bufa.

— Leal? Ela é horrível até com a Kenna! Tipo, a melhor amiga dela?

— Mas não é de propósito... — Faço uma pausa. — Tá, é sim. Mas você não sabe de tudo, Morgan. Tipo, você sabia que Kenna tem dislexia? E ninguém sabia até o oitavo ano, quando ela ficou muito sobrecarregada e parou totalmente de vir pra escola. Siobhan foi na casa dela e literalmente a arrastou de volta com um macacão do Totoro. Depois a ajudou a falar com a sra. Warren e conseguir ajuda... — Hesito. — Ela também começou uma campanha chamada "Livros são pra nerdões", mas a srta. Bull não deixou a campanha pegar.

Não sei se Morgan está totalmente convencida.

— Vamos ter que ver como vai ficar a situação depois do Natal. É que eu odeio bullying, Cat, e a Siobhan estava jogando muito sujo. É errado.

— É — concordo. — E você tinha razão, Morgan. Eu sinto muito por ter permitido. Mas eu disse mesmo à gangue que não podemos mais dizer "Millie Micronauta"! Se a gente tiver sorte, isso vai, hm... ajudar. — Morgan sorri. Torço para ter feito alguma coisa certa. — Então... — digo, mudando de assunto como uma expert. — Vai viajar no fim do ano?

— Irlanda. — Morgan revira os olhos. — Não estou a fim, mas temos que visitar meus avós... Vai ser um drama esse ano, porque meu pai foi embora, mas minha mãe disse que não tem jeito.

Morgan nunca tinha mencionado que o pai dela foi embora, mas mantenho uma atitude tranquila-tranquilona e composta.

— Você tem família grande, então? — pergunto, demonstrando minha abundância de maturidade.

— Católicos irlandeses geralmente têm — comenta ela. — E eles com certeza vão perguntar se tem algum garoto especial na pista, como sempre.

Arregalo os olhos.

— O que você vai responder?

— Talvez eu diga que tem uma garota especial. Isso vai dar uma agitada nas coisas.

Dou uma risadinha boba e me pergunto se ela está falando sério. Será que Morgan está me pedindo em namoro? Chegamos a um muro de pedra baixo à beira do rio. Se ela está esperando ou torcendo por uma resposta, não deixa transparecer, o que é bom, porque tudo que consigo fazer é abrir e fechar a boca que nem um arenque. Morgan pula em cima do muro.

— Cuidado! — digo, erguendo uma das mãos.

— Não é alto — responde Morgan, sorrindo, então estende a mão.

Depois de uma breve hesitação, eu a seguro e me aproximo da beira. Morgan tem razão: não é alto, por mais que o rio esteja raso e aquelas pedras pareçam bastante pontudas. Também tem uns patos, e penso em dizer: "Qual é a comida preferida dos patos? Biscoito cream quack", o que seria excepcionalmente hilário, mas... hm, talvez não maneiro o bastante para Morgan.

— No que você tá pensando? — pergunta ela.

— Biscoito cream quack. — Deixo escapar no automático. Calma aí! Não é isso! Eu a encaro. — Hm, quer dizer... — Hesito. Estou pensando nela, óbvio, e em nós duas saltitando sob um arco-íris, como um casal gay e feliz. Mas não quero DIZER isso! — Nada a ver com patos, juro.

Morgan assente devagar, depois cai na gargalhada.

— Cara, você é muito estranha.

Ela tenta parar de rir, mas começa de novo, então caio na risada também. Meus olhos desviam para os lábios dela. Estão brilhosos e parecem doces de protetor labial. Do tipo em que o cabelo dela poderia grudar... Ou meu cabelo, se eu estivesse mais perto.

Eu me aproximo. Nossos dedos dos pés se tocam.

— Então... no que *você* tá pensando? — pergunto.

A água está fazendo sons poéticos ao fundo, deixando tudo muito romântico, o que é um sinal óbvio das estrelas de que uma união de almas está acontecendo. Mas Morgan parece hesitar e dá de ombros.

— Sinceramente? Estou meio que pensando na Alison.

Eu a encaro, surpresa.

— Alison Bridgewater? — Tento assimilar a informação. — Hm, eu entendo. Ela é bonita e pisciana, o que é sempre um ponto positivo, mas, Morgan, acho que não gosta de meninas que nem a gente...

— Cat?! — Morgan me lança um olhar incrédulo. — Não estou pensando nela *desse* jeito. Só ando pensando, sabe, em você... e eu gosto de você. — Ela pausa. Meio que quero desfalecer, mas consigo me controlar.

— Mas eu sei que você gosta da Alison. Então eu só fico me perguntando... tipo, quanto?

Agora é minha vez de hesitar. Engulo em seco, tentando pensar nas palavras certas para explicar a Morgan como me sinto de verdade.

— Eu nunca gostei de ninguém além da Alison Bridgewater — começo. — Até conhecer você. Então acho que é mais que... eu não sei como *não* gostar dela? Mesmo que eu goste muito de você. Eu não gostaria de estar aqui com mais ninguém. É só que... ainda tenho um pouco de Alison pra, hm... processar? — Estou usando todas as palavras erradas. Olho para os sapatos. — Desculpa. Isso não faz muito sentido.

— Faz, sim — diz Morgan. — Mas posso perguntar... se você ainda tá processando, quanto espaço mental sobra para, tipo, outra pessoa?

Morgan ergue o olhar, e eu observo seus olhos, seu nariz, suas sardas. Penso que ela pulou num rio por mim, que provavelmente faria isso de novo. E amar alguém... é diferente quando a pessoa está bem na sua frente. Não é mais como só ficar olhando de longe. Eu dou um beijinho nela.

— O bastante. Sobra espaço o bastante — digo, o que é total verdade.

Nós nos beijamos MUITO depois dessa conversa. Tanto que eu poderia criar *deze*nove regras da pegação se precisasse. Eu ia gostar de beijar com tanta frequência assim. Os lábios dela são tão macios... É excepcionalmente vergonhoso o fato de eu ter pensado que poderia ter um namorado. Como Jamie seria capaz de competir com isso? Tiro a mão do muro para acariciar a bochecha suave como pêssego da Morgan. É meu momento! Então ouço o som de arranhões. Tem um cachorro cheirando meu sapato.

— Groselhas! — exclamo, e me afasto de Morgan. O cachorro pula. Está latindo, e talvez tenha raiva, sei lá, então me inclino para trás e... SAF-OH-NÃO. Escorrego! Me agarro desesperada ao muro. Morgan arregala os olhos...

E eu escorrego.

Há um bater de asas apavorado enquanto os patos içam voo. Do nada, percebo que me estatelei no rio, a água se infiltra nas minhas roupas e passa pelos meus cachos. Encaro o céu invernal e branco como um cubo de gelo. Não está nada quente aqui também.

Groselhas graúdas.

Morgan se debruça sobre o muro, com uma das mãos espalmadas sobre a boca, ao lado de uma senhora idosa, que segura o cachorro raivoso com um dos braços e tem uma boina puxada sobre as orelhas. Pelo jeito, está tudo bem para algumas pessoas.

— Cristinho crocante! — exclama Morgan. — Você tá bem?

Ergo uma das mãos e abro os dedos. Algumas gotas caem no meu nariz, e percebo que estou rindo. Estou muito molhada, mas não me importo de verdade. Acabei de sair de uma sessão de pegação com Morgan! Meus lábios estão formigando, ou então a pneumonia já está batendo, ou estou no paraíso.

Surfei pelas estrelas até meu muito satisfatório e pleno final-geminiano. NÃO VOU MORRER SOZINHA! Tenho uma sensação Gucci gostosa, no topo do mundo. Um pouco de água não muda nada.

Humor encharcado-abobado

Para falar a verdade, não é "um pouco de água". Estou completamente encharcada. Uma trilha de gotas me segue até em casa. Ouço um garoto dizer "Eca, papai, olha! Aquela garota fez xixi nas calças!", então o homem arregala os olhos e o puxa para longe, apressado. Estou mesmo vivendo minha fantasia de Velha dos Gatos.

Mas nada disso importa porque eu e Morgan temos uma PARADA! Uma parada em potencial, pelo menos. Não tivemos muito tempo de discutir isso depois que caí no rio.

Ela até tentou me secar num banheiro público, mas acabamos concordando que ir para casa e tomar um banho quente seria melhor. Demos mais um beijo voluptuoso em Lambley Common Green. Ao caminhar para casa, toda superfície refletiva pela qual passo — as janelas, as poças, o globo prateado decorativo no jardim do vizinho — mostra minha cara sorridente como uma boba feliz:…

— Ei! Sai do meu gramado! — grita o vizinho, batendo na janela, e me afasto saltitando alegremente.

Estou num humor ridiculamente encharcado-abobado. É o melhor do mundo.

Estou cantarolando "Brilha, Brilha, Estrelinha" quando viro na Beech View Lane. Esse é o meu nível de encharcada-abobada. Até que avisto Luna. Ela está apoiada na placa da rua, com a cabeça abaixada, meio afundada num arbusto de folhas perenes. Se eu já não soubesse que é minha irmã pacifista, acharia que é algum tipo de assassino à espreita. Ou talvez uma jardineira deprimida.

— Luna? — chamo, e ela ergue o olhar, depois volta a baixá-lo depressa. Suas bochechas estão vermelhas e molhadas de lágrimas. Eu me aproximo. *Pinga, pinga, espreme.* Estou ficando com um pouco de frio. Na verdade, tem água descendo pela minha coluna neste exato momento. — Você tá chorando?

— Não — diz Luna.

— Parece que tá.

— Mas não tô — insiste ela, com as lágrimas escorrendo pelas bochechas.

— Luna, você tá literalmente chorando. O que aconteceu? — Cruzo os braços com um barulho de água sendo espremida. — Suas salsichas veganas estão em falta na Holland and Barrett ou algo assim?

— Não me zoa!

Hesito, então me sento ao lado dela.

— O que rolou, então?

Luna funga algumas vezes. Seus cílios estão murchos como flores moribundas. Não é do feitio de Luna chorar. Ela costuma estar indignada demais para isso e, aliás, acha que lenços de papel são prejudiciais para o meio ambiente. Também me disse uma vez que se meditar duas vezes por dia, nada pode abalar você, então deve estar chateada nível chuvas-graúdas para chorar assim em público.

— Eu estava conversando com um cara... — começa ela, então franze a testa. — Você tá molhada?

Ignoro a pergunta.

— Aaawn, Luna! Um cara! Que ótimo!

— Que seja — murmura ela. — Ele é, tipo, um cara trans. Sabe? Feminino-pra-masculino?

Reviro os olhos.

— Eu sei o que trans significa, Luna. Não sou a mamãe.

Ela faz uma cara de julgamento mesmo assim.

— Enfim, ele é trans, e todo mundo na escola descobriu. Todos os garotos estão me chamando de lésbica agora. Alguém escreveu "chupa xana" nas costas da minha cadeira na sala de ciências...

Ela pausa para chorar um pouco mais. Nossa, garotos são mesmo uns vermes aos doze anos. Quer dizer, em qualquer idade, mas especialmente aos doze. Balanço a cabeça, solidária.

— É por isso que você tá chateada? Porque eles chamaram você de lésbica? — Engulo meu pânico-gay. — Pessoas terríveis, as lésbicas, eu concordo. Praticamente criminosas de macacão...

— O quê? Não! — Luna seca os olhos na manga. — Eu não sou homofóbica! Mas agora Dorian tá tentando bancar o herói. Falou que não quer mais fazer parte da minha vida porque ninguém vai entender e vai ser muito difícil pra mim. E Niamh também tá chateada...

DORIAN?! Só Luna mesmo para encontrar alguém que escolheu um nome tão erudito e mitológico quanto ela. No entanto, estou mais preocupada com Niamh. Se Luna perder a melhor amiga, vai ter muito mais tempo para encher o MEU saco... uma situação altamente arriscada nível Ian McKellen.

— O que aconteceu com a Niamh? — pergunto, nervosa.

Luna suspira.

— Eu cancelei planos com ela para sair com o Dorian esse fim de semana, e ela disse que foi antifeminista da minha parte. Mas foi ela quem comeu frango na semana passada, então se tem alguém que é uma fraude... — Luna olha de relance para mim de novo. — Cat, *por que* você tá encharcada?

— Vamos focar em você. — Jogo o cabelo para trás, espirrando água fria em nós duas. — Niamh só deve estar estressada porque a Siobhan tá passando o dia inteiro em casa! Tipo, dá pra imaginar? — Luna faz uma careta, então concorda com a cabeça. Eu sou mesmo uma verdadeira curadora de almas. — Enfim, discussões acontecem — continuo, com um ar de sabedoria. — Eu discutia com minhas amigas o tempo todo no nono ano.

— Eu estou no oitavo — corrige Luna.

— E no oitavo também. *Cof-cof.* Quanto ao Dorian... só lembre ele que você é Luna Anaïs Celeste e não precisa que ninguém cuide de você. Diga a ele que não se importa com o que as outras pessoas pensam. Você nem precisa mentir! Diga que só usa roupas de segunda mão, e ele vai entender tudo...

— Qual o problema em usar roupas de segunda mão?! — protesta Luna.

— Hm. Nada. — Sorrio depressa, tentando esquecer a imagem da blusa cropped de cortiça da Luna. Ela chama isso de "reciclar", mas *eu* chamo de erro muito, muito grave. — É só fazer algo dramático. Tenta ganhar a confiança dele. Tipo, escreve um poema! Acha que ele ia gostar?

Luna funga de novo.

— Acho que sim. Ele é muito espiritual, Cat. É um ano mais velho, estuda na LCA e participa do clube de debate. Já fez um TED Talk, então é muito inteligente. E quer tirar o plástico do oceano.

Faço uma careta.

— E quem não quer?

Luna me olha de rabo de olho.

— Sei que você acha bobo, mas eu acho fofo.

— Eu não acho bobo. Ele parece legal e... ativista. O que é perfeito pra você, não é? Vocês podem mudar o mundo juntos e... coisas fofas assim.

Luna me observa, e sinto como se estivéssemos vendo uma à outra direito pela primeira vez em meses. E não apenas porque Luna finalmente foi à ótica e comprou lentes de contato. Acho que desde que ela começou a se chamar Luna, nossa relação mudou.

No entanto, ela se aproxima e apoia a cabeça no meu ombro. Ficamos em silêncio por um momento.

— Você tá mesmo muito molhada, sabe — diz Luna.

— É. E tá um frio congelante, então é melhor eu entrar. — Eu me afasto um pouco. Nossa. Minha irmã, Luna, tendo dramas de relacionamento.

— Hm... — Hesito. — Eu sou lésbica. Ou sei lá. Então você pode dar sua cadeira pichada pra mim.

Tá bom, *não* estava nos planos me assumir para Luna. Não durante a temporada de Sagitário. Sair do armário deveria ser um acontecimento da temporada de Peixes, quando todo mundo já está chorando mesmo. Fico à espera de que Luna diga alguma coisa. Talvez franza a testa. Dê um pulo de surpresa. Comece imediatamente uma organização sem fins lucrativos chamada Crianças Gays Carentes. Algo assim.

Mas ela diz apenas:

— Eu sei, sua idiota.

Eu me levanto com um salto, de olhos arregalados.

— O quê? Você *sabe*?!

— Faz anos que encontrei sua página de fanfics — explica ela, revirando os olhos. — Você casou a Elsa de *Frozen* com a Rapunzel de *Enrolados*. Era uma história engraçada... ou um poema épico, como acho que você diria. Por mais que *épico* implique bom, e na verdade era só muito longo. Você repetiu dolorosamente as palavras *desfalecer* e *arquejar* também. Mas eu meio que saquei depois disso.

Volto a me sentar com um barulho molhado, tomando cuidado para não desfalecer nem arquejar. Não acredito que Luna leu minhas fanfics! Era, tipo, meu maior segredo do mundo aos doze anos. A história que eu queria nunca seria um filme, então eu mesma a escrevi, em versos poéticos, o que foi meio que uma bênção e meio que uma maldição. Tudo bastante trágico.

Depois de um tempo, dou uma cotoveladinha nela.

— Você é tão irritante.

Luna sorri com arrogância.

— Você também é muito irritante.

Morgan Delaney

> Vou entrar na balsa daqui a pouco bjs 10:07

>> AIMEUDEUS NÃO SE AFOGA BJS 10:14

> Valeuzão por botar ISSO na minha cabeça bjs 10:17

>> :D bjs 10:17

>> Já chegou na Irlanda? VOCÊ SE AFOGOU????? 11:41

> Por sorte, não. Já tô com saudade haha bjs 11:49

>> Awwn :) Também tô com saudade, minha Lepricorn fofa bjs 11:51

> Leprechaun. Sério, nunca mais me chame assim

> bjss 11:53

Obscuro e misterioso
(ou talvez só obscuro)

Depois que Morgan vai para a Irlanda, vivo momentos cabulosos. O que faço comigo mesma agora?! Ela vai ficar fora duas semanas e, no meio-tempo, a gangue toda ou está fora ou (no caso trágico de Siobhan) de castigo. Momentos muito, muito cabulosos mesmo.

Um horóscopo talvez me anime. O que posso esperar para o resto da temporada de Sagitário? Mas acaba sendo mais um horror-óscopo. Pelo jeito, há uma nova ligação romântica à minha espera. Groselhas! Não quero um "novo romance" atingindo minha Parada em Potencial com Morgan que nem um meteoro! Preciso evitar isso que nem a Disney evita a vida amorosa da Elsa.

Fecho todas as cortinas e desconecto o computador da internet. Isso deve resolver. Não tem como pintar nenhum "novo romance" se eu passar as festas de fim de ano que nem uma ermitã. Mas depois de duas horas sem celular, descubro que a vida no estilo ermitã é, na realidade, uma chatice sem fim.

Hm... e agora?

Bem quando chego à conclusão de que o feriado não poderia piorar, minha mãe entra no quarto como se já passasse de meio-dia (o que é verdade, mas enfim...) e anuncia que tia Rose, tio Hillary e minhas primas poodles-pomposos, Lilac e Harmony, vêm passar o Natal aqui porque ainda não visitaram a Caixa de iPhone e "querem o tour completo".

— MÃE! — protesto. — Que tour?! A gente só tem um cômodo! — Lilac nunca vai deixar isso passar (ela mora num palácio de 950 quartos).

— E não quero dividir meu quarto com a Lilac! Ela já botou aranhas na minha boca enquanto eu dormia!

— Ah, a doce Lilac! — Minha mãe suspira, enquanto gesticulo, incrédula. — Não vejo a hora de saber tudo sobre a prova de patinação artística dela! Passou com honras, segundo a Rose.

Resmungo. Pelo menos Harmony é de boa, se você considerar "de boa" uma criança de nove anos obcecada por acrobacias circenses (uma vez, ela tentou descer de um quarto de hotel no último andar como se fosse uma trapezista). Mas Lilac, a Imperatriz Geminiana da Perversidade Perpétua?! Um problema totalmente trágico.

Quando minha mãe sai, tagarelando sobre caminhadas em família pela gloriosa área rural (acho que eu preferiria ser atropelada por um cortador de grama), encerro minha era ermitã e ligo o celular em busca de uma distração apropriada para ressuscitar minha vontade de viver.

Infelizmente, a única distração que encontro é Zanna. Fazemos uma chamada de vídeo, e ela me dá instruções de como alisar meu cabelo (o que não é nada fácil, considerando que meu cabelo é bem cacheado). Eu a inteiro de todas as fofocas sobre Morgan, e a gente arregala os olhos sem parar como verdadeiras fofocólatras.

— Pra esquerda — orienta Zanna. — Pra direita. Não, a minha direita.

— Que lado é esse?! — pergunto, e a imagem granulada de Zanna estreita os olhos.

— Acho que, pra você, é a direita — diz Zanna, e eu começo a mexer a chapinha. — Tá, calma. Foi mal. Na verdade eu quis dizer pra esquerda.

— Esquerda de quem?!

— Sua. — Zanna faz uma pausa. — Acho.

Se ela não estivesse precisamente a 1.605 quilômetros de distância, num bangalô entediante perto de Varsóvia, eu provavelmente assassinaria minha amiga sagitar-INACREDITÁVEL.

— Zanna — começo, em um tom calmo. — Sei que você nunca teve um relacionamento...

— É, Cat, nem você...

— Mas alisar meu cabelo é muito importante. Preciso me certificar de que a Morgan não se esqueça de mim enquanto tá na Irlanda. Preciso continuar interessante.

— Acho que você tá confundindo ter um relacionamento com aparecer na *Vogue* — responde Zanna. — Mas estou feliz por você mesmo assim. Isso significa que você superou a Alison?

Interrompo o alisamento.

— Hm, é. Superei. Acho que sim.

— Só que parece que o cartão de Natal dela tá na parede atrás de você — fala Zanna, e arregalo os olhos. — Sei que é dela porque ela me deu um igual.

— Para de ser ridícula! — Largo a chapinha e me levanto num salto, marchando até a parede e arrancando o cartão. — Eu coloco todos os cartões de Natal na parede.

— Você não colocou o meu.

Faço uma cara feia para o celular, ainda apoiado perto do espelho.

— Você não me deu cartão nenhum, Zanna.

— Ah — diz Zanna. — Justo.

Não tenho nem tempo de acusá-la de ser uma amiga pior do que eu pensava, porque minha mãe grita que o almoço está pronto (só Afrodite sabe o que ela conjurou hoje), então pego Zanna do chão e vou para o andar de baixo.

Ainda alerta a perigosos novos romances, óbvio.

Fora da tranquilidade do meu quarto, a Caixa de iPhone está meio triste meio festiva. Ontem, nós nos arrastamos até uma fazenda trágica para comprar uma árvore de Natal, que agora está espreitando folhosamente (bem, as folhas estão mais para agulhas) perto do sofá, atacando minhas alergias.

Minha mãe tomou a péssima decisão de que tínhamos que decorar a árvore "como uma família", mas Luna basicamente só quis pendurar um monte de cristais e pinhas por todo lado, o que mamãe disse que ficou "um pouco riponga". Ela queria uns enfeites de Natal *cringe* nos quais pintamos carinhas felizes há dez anos, quando eu mal conseguia segurar um pincel, mas Luna disse que ela estava "deprimindo a energia desta data comemorativa consumista". Mamãe já deveria ter aprendido que fazer qualquer coisa "como uma família" é uma péssima ideia.

Eu compraria uma árvore branca de plástico purpurinado e a encheria de estalactites, como em *Frozen*, mas ninguém nunca ouve minhas ideias. Que seja. Pelo menos Luna está feliz: em êxtase desde que Dorian ficou todo apaixonado pelo poema que ela escreveu. Eu sou mesmo uma incrível irmã e coach de vida.

— Cat, se você virar coach de vida, acho que a expectativa média de vida nacional baixaria pelo menos uma década — comenta Zanna, quando digo isso a ela.

Olho feio para o telefone.

— Enfim, obrigada por me ajudar a alisar o cabelo. Ficou muito *iconique*. Mas preciso ir e ser obscura e misteriosa com a minha família agora.

— Obscura e o quê?! — Zana solta uma risada pelo nariz. — Você só parece sueca, pra ser sincera. Ah, mas calma aí, você se lembrou de...

Já aguentei demais as baboseiras da Zanna para uma manhã, então, antes que ela possa terminar, desligo o celular. Para ela aprender. Além disso, ela não conseguiria parecer sueca nem se tentasse! Eu me preparo para o almoço no balcão da ilha da cozinha, com a *Bíblias das estrelas* apertada contra o peito.

Minha mãe preparou pãezinhos caseiros. Para disfarçar o gosto, soterro o meu no queijo. Acho que ela queimou a massa, porque o ar da cozinha está escuro de fumaça. Até Luna torce o nariz quando desce. Passou a manhã toda no quarto, embrulhando presentes em alga seca. É melhor nem pensar nisso.

Luna faz uma careta para os pãezinhos.

— Vou ter que comer rápido. Dorian vai chegar daqui a pouco!

Dorian vai levar Luna a uma feirinha de Natal em Sevenoaks. Ela preparou uma sacola cheia de presentes para ele. Se não fosse tão, tão nauseante o fato de que minha irmã tenha um namorado, seria até fofo. Ela prendeu o cabelo estilo Arlequina e os lábios estão pintados de vermelho escuro. Acho que usou "frutinhas vermelhas esmagadas" como batom.

Ela flutua pela cozinha enquanto prepara pasta de avocado, e eu como meu pãozinho com queijo como uma pessoa normal. Minha mãe se junta a nós na cozinha, também com um pãozinho.

— Época engraçada do ano pra fazer churrasco — comenta ela, farejando o ar.

Só a mamãe para botar a culpa da sua culinária desastrosa nos vizinhos. Estou prestes a dizer isso em voz alta, mas Luna já está bufando diante da mera menção à palavra "churrasco".

— Churrascos são cruéis, mãe — retruca ela, ríspida.

— É, acho que sim — suspira mamãe. — Lauren, posso provar um pouco do seu creme verde?

— *Pasta de avocado*, mãe — diz Luna. — E não. Você acabou de me chamar de Lauren.

Elas começam outra guerra mundial, e eu respiro fundo para me acalmar. Desconfio que vou precisar respirar fundo muitas vezes esse feriado. Até que sinto cheiro de fumaça de novo. Vem acompanhado de um som: tipo papel-alumínio amassando ou plástico-bolha estourando. Franzo a testa e olho por cima do ombro para a árvore de Natal riponga e vejo que o cômodo está todo esfumaçado.

— Mãe — digo, interrompendo o bate-boca. — Ainda tem pãezinhos no forno?

Minha mãe me olha feio, ainda vermelha de gritar para Luna que é óbvio que ela nunca abateu um porco com as próprias mãos.

— O que foi agora, Cathleen? — pergunta ela, então arregala os olhos e se levanta num pulo. — Nossa! Por que a sala tá cheia de fumaça?!

Luna arregala os olhos.

— Será que é um espírito?

Mamãe bufa de desdém.

— Luna, não seja ridícula! Já disse para você que não existem...

Ouvimos vidro se estilhaçando. Mais estalos. Parece que tem uma banda de percussão horrível ensaiando lá em cima. Corremos para a frente da casa, deixando os pãezinhos para trás, e o patamar do andar de cima inteiro está cheio de fumaça! Fico boquiaberta. Pela porta do meu quarto, consigo ver... CHAMAS?!

— NOSSA! — grita minha mãe, gesticulando para nós duas que nem um moinho de vento. — RÁPIDO, MENINAS... PARA FORA! AGORA, CAT, PRESTA ATENÇÃO!

Corremos como se nossa vida dependesse disso. Mas primeiro pego minha *Bíblia das estrelas*. Minha mãe já está no celular, balbuciando sobre bombeiros, e nós três saímos aos tropeções para a entrada de carros. Ficamos ao lado uma da outra, assistindo às chamas dançarem atrás das janelas como fantoches descontrolados.

Considerando que a frente da casa é basicamente uma única grande janela, dá para ver a porta do meu quarto daqui, assim como a fumaça... fazendo movimentos serpenteantes como minha mãe. Deve ser o momento mais dramático da minha vida. Pego o celular e abro uma live no Instagram.

Uma das janelas da frente se estilhaça. Minha mãe grita e pula na nossa frente. Quase reclamo; não dá para ver que ela está bloqueando minha visão?! Até que começa a chover vidro na entrada da casa, então esqueço o celular. Corremos para a rua. Já posso ouvir sirenes ressoando à distância.

— Não acredito que isso tá acontecendo! — lamenta Luna.

Passo as mãos pelo cabelo, calculando o estrago, nervosa. Meu laptop está lá dentro! Meus livros, minhas roupas... Meu uniforme da escola, por mais que isso não seja uma perda. Ah, groselhas, MINHA JAQUETA DE COURO! Será que minha energia divina feminina está indo pelos ares neste exato momento?! Não, calma. Acho que deixei a jaqueta do hall de entrada.

Suspiro de alívio, enrolando uma mecha de cabelo no dedo.

Então arregalo os olhos. Olho para meu dedo. Olho para meu cabelo.

Para meu cabelo artificialmente liso.

Ah, não...

Zanna Szczechowska

Ei, você lembrou de desligar a chapinha?

Eu tentei perguntar, mas você desligou, kkk 12:39

[imagem] 13:25

Aimeudeus. Por favor. Por favor, me diz que você tá brincando 13:34

:/ 13:47

Aimeudeus

Aimeudeus

Aimeudeus 13:49

O risoto pretensioso da Prima Má Lilac

— Que maravilha! — diz mamãe mais ou menos pela setingentésima vez desde que saímos de carro. — Sem roupas, sem artigos de higiene pessoal... Ai, nossa, a gente nem pegou os presentes de Natal! Eu tinha comprado aquele colar maravilhoso para Rose...

Ela está mangusto-maníaca desde que o bombeiro mostrou a chapinha, que estava escurecida e meio derretida, com pedaços carbonizados do cobertor ainda grudados como piscianos apaixonados.

— Alguém se esqueceu de desligar isso? — perguntou ele, erguendo-a para o mundo todo ver.

Então Dorian apareceu com os pais e nos encontrou desoladas na entrada. Luna precisou cancelar o encontro. Não olha para mim desde então. E, como se eu não tivesse sido punida o bastante, minha mãe ligou para tia Rose, que (depois de muito nervosismo e drama) disse que precisávamos ir para Londres de imediato. Meu coração doeu tanto que há uma grande chance de estar sendo usado como bola de futebol por jogadores australianos neste exato momento. Passar o feriado de fim de ano inteiro com Lilac?! Eu preferiria enfrentar o incêndio.

— Quando podemos voltar pra casa? — resmunga Luna.

— Não sei, querida — responde minha mãe, irritada.

— Como é que eu vou revigorar minha áurea? — reclama Luna. — Deixei minha sálvia no quarto. Literalmente não tenho nada além do celular.

— Pelo amor de Deus, Luna, todo mundo aqui está na mesma situação! — retruca mamãe, com rispidez. — Pelo menos a gente tem para onde ir. Ainda bem que temos minha irmã, ou teríamos que dormir no escritório do seu pai.

Recosto a cabeça na janela e observo os campos serem lentamente substituídos pela névoa-cinza-de-poluição do Sul de Londres. Poderia ser pior. A gente poderia estar indo para Birmingham. Pelo menos Kew Gardens fica na esquina da casa da minha tia. A área toda é formada por ruas de cascalho, árvores chiques e janelas salientes do tamanho de bangalôs. Tio Hillary é meio que um CEO e tia Rose é advogada particular, então têm dinheiro nível Elizabeth Rica.

Mas não existe nada no mundo pior do que ter que conviver com Lilac Victoria West.

Temos a mesma idade, o que minha mãe e tia Rose amaram: quando nascemos, elas esperavam que seríamos primas E melhores amigas. Até a festa de aniversário de cinco anos de Lilac, com tema de "Princesas no Baile". Era temporada de Gêmeos. Usei meu vestido rosa de Rapunzel, e Lilac entrou valsando com um vestido de gala de renda branco feito à mão. Teve a audácia de chamar minha fantasia de "encardida e detestável", o que foi bastante avançado linguisticamente para uma criança de cinco anos.

Para ser sincera, o vestido devia mesmo estar encardido. Fazia semanas que eu o usava sem parar. Minha mãe recorria a subornos com chocolate só para que eu tirasse para tomar banho. Mesmo assim, foi um comentário muito grosseiro, então eu "acidentalmente" derrubei Grapette no vestido branco de Lilac.

Foi assim que começou a guerra entre nós.

Paramos na entrada em formato de lua crescente da mansão dos West. A porta se abre antes mesmo que minha mãe tenha desligado o motor, e tia Rose desce os degraus de entrada, agitada e lamuriosa como se A GENTE tivesse pegado fogo, não só nossa casa transparente.

— Ah, Heather! — exclama ela, abraçando mamãe. — Conte tudo! Que coisa terrível! O jantar está pronto; entrem logo! Quando David chega?

Minha mãe é magra e loira, mas tia Rose tem formato de bule e cabelo escuro ondulado como o de Luna. Na verdade, ela parece a Rainha Vitória... Mas eu não tenho mais permissão para dizer isso por causa de um cartão de aniversário "insensível" que fiz uma vez. Acho que foi meio ofensivo desenhar a Rainha Vitória aos 81 anos.

Minha mãe e tia Rose continuam se lamentando. Eu as sigo degraus acima para a "varanda" do tamanho de um salão de dança, que é revestida por painéis de madeira e tapete vermelho como uma espécie de castelo medieval. Luna continua me dando gelo.

— Boa noite, Cathleen — escuto, e fico paralisada de susto, já tremendo. Os olhos azuis felinos de Lilac brilham através da bruma da noite. Ela tem o cabelo loiro da família, mas, ao contrário do meu, o dela é perfeitamente liso, e acho que ela não incendiou a casa para conseguir isso. Lilac só usa branco, como uma espécie de enfermeira assassina.

— Como é bom vê-la — ronrona ela. — Como vai a vida em... ah, onde fica mesmo? Lambley *Common*? É uma pena o que houve com sua casa, apesar de que ao menos você finalmente terá uma desculpa para melhorar seu guarda-roupa...

URGH! Cerro os dentes. A voz arrastada à la Downton Abbey de Lilac já está me dando vontade de enfiar a cabeça num liquidificador. Apesar de que ela ficaria muito feliz com isso.

— Você não deveria estar botando a mesa? — pergunto, em um tom meloso. — Nós somos *hóspedes*.

— Cat tem razão, querida! — chama Rose da cozinha. — Venha ajudar a mamãe!

Abro um sorriso pretensioso para Lilac, que já não está sorrindo tanto assim.

— Corre lá, *querida* — digo, e ela vai embora.

Luna aparece ao meu lado.

— Vocês já começaram a brigar? Pelo amor de Thunberg, Cat! Vocês duas não podem se dar bem? Eu sou amiga da Harmony.

— Harmony não é literalmente um demônio — retruco. — Mas por que você tá defendendo a Lilac?! Ela deve estar muito triste que a gente não queimou até a morte no incêndio. E ela é geminiana.

Luna funga.

— Ah, você tem o mesmo signo da Rosa Parks e nem por isso eu vejo as pessoas chamando você de mãe do movimento pelos direitos humanos.

— Eu tenho catorze anos! — protesto.

— Rosa Parks também teve — retruca Luna. — Em algum momento da vida.

Estou prestes a ficar irritada de verdade, mas então avisto meu cabelo alisado no espelho de borda dourada e lembro da circunstância trágica em que estamos e do que Luna está perdendo... por minha causa. Dou uma cotoveladinha de leve nela.

— Ei, hm... Sinto muito que você tenha perdido seu encontro com o Dorian.

Luna me analisa, provavelmente calculando o quão irritada tem o direito de ficar. Então ela suspira e assume sua expressão zen-master.

— Tudo bem. Pelo menos o fogo vai purificar a casa. Faz anos que eu tenho certeza de que tem um fantasma no meu quarto.

Dou uma risada, mas Luna me lança um olhar irritado e incisivo, e percebo que ela está falando seríssimo.

A noite se arrasta. Groselhas, como eu posso não ter desligado aquela chapinha idiota?! Por que eu *liguei*?! Gosto do meu cabelo cacheado! Olho furiosa para a tigela.

Estamos aprisionados na gigantesca sala de jantar coberta por painéis de madeira da tia Rose, e Lilac preparou um risoto pretensioso de cogumelos trufados, que é óbvio que minha mãe está elogiando sem parar. Lilac aceita os louvores com entusiasmo, lançando sorrisos radiantes com um brilho santo e dourado para todo mundo.

— O segredo todo está nos temperos — continua ela, com a voz arrastada. — Pessoalmente, meu preferido é a manjerona, por mais que eu também goste do toque exótico do orégano normal.

Ela fala tudo isso com o sotaque mais esnobe possível. Estou lentamente desenvolvendo tendências homicidas.

— É *muito* importante saber cozinhar — diz ela, com um sorrisinho afetado, e vira aqueles olhinhos cruéis e geminianos na minha direção. — Caso contrário, você acaba crescendo sem saber fazer nada sozinha, como algumas pessoas que conheço.

Ela dá mordiscadas delicadas no arroz que nem um coelho idiota.

— Eu acho cozinhar simplesmente maravilhoso! — diz minha mãe, animada. — Mas até aí, Rose sempre foi a cozinheira da família. Não herdei o gene, então a coitada da Cat nunca teve chance de aprender.

Eu me engasgo com um brócolis. Por que minha mãe está implicando comigo?! Luna está sentada a esta mesma (e enorme) mesa, e ninguém está falando mal dela! Além disso, Harmony está usando uma cartola e uma gravata-borboleta, e ninguém comentou nada. Será que o planeta inteiro virou de ponta-cabeça?!

— Eu sei cozinhar! — protesto, largando o garfo. — Sei fazer, hã, sanduíches.

Lilac solta uma risadinha abafada.

— E consegue fazer isso sem incendiar nada?

— Mãe! — exclamo, boquiaberta. — Você ouviu isso?!

— Sem piadas sobre incêndios, querida — repreende tia Rose, com uma risadinha. — Suas primas tiveram um dia bastante estressante. A Cat nem penteou o cabelo...

Lilac abre um sorrisinho presunçoso, então se vira para minha mãe.

— Desculpe, Heather — diz ela, como se chamar minha mãe pelo primeiro nome fosse esconder a personalidade psicopata dela. — Eu me distraí. Quero que saiba que se precisar de qualquer maquiagem ou artigo de higiene, basta pedir. Será um prazer compartilhar.

— Ah, Lilac, você é um amor! — exclama mamãe, enquanto eu a encaro incrédula. — Vai me salvar de precisar sair para fazer compras amanhã de cara limpa.

— O mesmo vale para você, Cathleen — diz Lilac, em um tom meloso. — Tenho várias sombras de edição limitada. Base também, se você quiser cobrir essa espinha na bochecha.

Estou a um fio de jogar meu risoto na cabeça loira e presunçosa dela, mas a porta se abre e meu pai e tio Hillary entram, os dois calorosos e emanando masculinidade.

— Boa tarde, pessoal! — cantarola tio Hillary, passando uma das mãos sobre o cabelo cinza-aço.

Sempre achei que ele parece um vilão dos filmes do James Bond, o que não é impossível, considerando que gerou Lilac. Além disso, é escorpiano.

— Vocês demoraram! — diz Rose, olhando de relance para o relógio de pêndulo pomposo no canto do cômodo. — Quase pensei que tinham se esquecido da gente e ido para o bar.

Meu pai e tio Hillary trocam olhares breves.

— É óbvio que não, querida — responde tio Hillary. — Eu e David tivemos que pregar tábuas na janela quebrada em Lambley.

— O que a seguradora disse? — pergunta mamãe.

Meu pai coça a cabeça.

— Então, é uma história engraçada — diz ele. (Não é. Não vai ser.) — O alarme de incêndio não tocou. Pelo jeito, estava sem pilhas. Se tivesse tocado, a gente poderia ter contido o incêndio mais cedo. Não sei bem em que pé estamos com a seguradora agora.

— E por que estava sem pilhas? — Minha mãe franze a testa, e meu estômago dá uma cambalhota súbita. Ah, groselhas. Isso é ruim. — Acabaram e você não colocou mais? David, francamente!

— Hm — interrompo. — Eu peguei as pilhas. Pra minha lanterna.

O cômodo todo fica em silêncio. Exceto por um barulho estranho. Franzo a testa, então noto que Harmony inflou um balão azul e o está amarrando no formato de um cachorro. Sério? Numa hora dessas?

— Ah, Cat. — Minha mãe parece tão feliz quanto uma estátua da Ilha de Páscoa. Seus lábios tremem e os olhos ficam todos chorosos e lacrimejantes e, ah, meu ascendente em Câncer, ela está CHORANDO. — Você é um perigo, Cat, de verdade!

Ela espalma uma das mãos sobre a boca e sai correndo da sala.

Fico sentada num silêncio atônito. Fiz minha mãe chorar. Sou oficialmente a pior pessoa que já existiu, depois de Lilac.

— Bem, foi um ótimo jantar — diz Lilac.

Meu autocontrole evapora. Pego o garfo e lanço um grande e fumegante bloco de risoto pretensioso bem na cara loira presunçosa dela.

Só que não. Erro a mira e acerto tia Rose no olho.

Groselhas.

Tia Rose foi muito elegante e me perdoou pelo incidente com o risoto. Disse que sua visão do olho esquerdo "sempre foi um pouco borrada mesmo" e que eu não precisava me preocupar. Mas tenho certeza de que Lilac já está planejando minha morte e, para piorar, Harmony anunciou que agora canta ópera, e Luna embarcou na ideia, toda animada. As duas estão no quarto de Harmony, "praticando" juntas a plenos pulmões.

Este Natal vai ser ainda mais longo do que eu previa.

Estou deitada na cama king enorme do segundo quarto de hóspedes, encarando o teto (que parece estar a uns 170 quilômetros de distância, considerando a altura do pé-direito), quando meu celular toca. Espero que seja Morgan. Ela ainda não respondeu minhas mensagens sobre minha casa ter pegado fogo. Fico carambola-chocada de verdade quando vejo o nome de Alison Bridgewater na tela.

— Cat! — exclama ela quando eu (meio rápido demais) atendo. — É verdade que sua casa pegou fogo? Vi as fotos no Instagram e tive que ligar pra ter certeza de que vocês estão bem!

Hesito um pouco porque a *voz* de Alison... é simplesmente tão angelical.

— Hm, é verdade! Mas não se preocupa... Essas coisas acontecem! Com, hã, algumas pessoas. Tá comigo.

— Onde você tá hospedada? — pergunta Alison, e faço uma careta.

— Em Londres, com minhas primas. Alison, quando eu digo que minha prima é do mal...

Mas antes que eu consiga explicar o quanto Lilac é demoníaca, Alison arqueja.

— Mas, Cat, eu também estou em Londres! Minha vó mora em Ealing. Suas primas não moram em Hampstead?

Tusso.

— Hm, quase... Kew, na verdade, mas é perto.

— Ah, que incrível! — arqueja Alison. — Quer me encontrar amanhã?! Sinceramente, Cat, eu queria muito ver você. Estou morrendo aqui. Todo dia é só minha mãe e avó se afogando em nostalgia sobre Gana e conversando em Acã... o que não é muito legal pra mim, já que eu só sei falar inglês.

Alison tagarela sobre uma tal exposição que ela quer ver e se quero ir. Murmuro algo como "hã, sim, hm, vamos!", mas meu coração já está girando que nem as pernas do Papa-Léguas. Alison. Eu. Londres. Juntas. Como nos meus sonhos gays pré-Morgan! Só que real.

198

POR QUE SE APAIXONAR POR UM PISCIANO É UMA IDEIA HORRÍVEL

* Eles choram o tempo todo do nada por absolutamente qualquer motivo.

* Eles provavelmente chorariam só de ler o título desta lista!!!

* Eles não fazem nada da vida, mas se safam por serem "criativos".

* Eles se apaixonam por qualquer um que sorria para eles, então você nunca vai ser especial.

* Eles são tão deslumbrantes e lindos... Calma. LISTA ERRADA!

* Aparentemente, vários deles acham que pés são sexy. Bizaaaarro.

* Eles têm almas maravilhosas, como uma água-viva reluzente numa tigela turquesa permeada de ouro confeccionada com o mais delicado e frágil vidro veneziano... CALMA, ISSO TAMBÉM NÃO É UMA COISA RUIM. AAAARGH.

Ganso Sagrado de Afrodite

Estou atrasada para meu encontro com Alison Bridgewater, e a culpa é toda de Lilac. Eu fiquei pronta na hora certa, então fui para o andar de baixo (o que é uma jornada de umas duas horas naquela casa) e peguei minhas botas. Mas, assim que deslizei o pé para dentro, ouvi um barulho horrível de algo se quebrando, e meu pé ficou todo frio e molhado. Quando o puxei pé para fora, descobri que minhas botas tinham sido enchidas de caracóis! Para piorar, os caracóis agora estavam esmagados e espalhados pelos meus dedos. Lilac apareceu no topo da escada, gargalhando como um demônio e entrelaçando os dedos do jeito típico que os gênios do mal fazem.

— Ah, Cathleen! — exclama ela. — E pensar que esse é seu *único* par de sapatos.

Resumindo, levei meia hora para capturar minha prima e amarrar o cabelo dela no corrimão. Quando finalmente saí com as botas brancas de marca de Lilac, enquanto ela se esgoelava para eu soltá-la à medida que eu fechava a porta, já estava über-atrasada e tive que correr até a estação do metrô; momentos de puro desespero.

Por sorte, é fácil encontrar Alison nos degraus do Victoria and Albert Museum, porque ela está usando um casaco mostarda, luvas creme, botas até o joelho e uma boina branca. Está muito Gaga-glamorosa... e Lady Gaga é GUCCI glamorosa.

— Amore! — exclama ela, me abraçando. Quase perco o equilíbrio nos degraus e levo uma cabelada em cheio no rosto. Não que eu esteja reclamando. — Senti tanto sua falta! Como você tá?

— Bem... — hesito. Alison agarra minhas mãos, os olhos castanhos transbordando um brilho preocupado. É difícil pensar em palavras completas. — Minha casa pegou fogo. E minha mãe tá brava comigo porque meio que deixei a chapinha ligada e... foi isso que causou o incêndio.

O sorriso de Alison não desaparece, mas dá uma congelada. Provavelmente está pensando que sou a pessoa mais burra que ela conhece.

— Ai, nossa — diz ela, depois de um tempo. — Isso... não é bom.

— Não — concordo, e nós duas rimos sem jeito.

Acho que estou esperando que ela diga um pouco mais do que "isso não é bom", mas não acontece nada, então seguimos para o museu. Alison é sócia, então pode ver as exposições de graça e levar um convidado. Eu me sinto muito Donatella *Importanté* quando ela exibe o cartão de membro.

— Espero que goste da exposição — diz Alison. — É sobre têxteis, tecelagem de feltro, esse tipo de coisa. Só não podemos contar pra Siobhan porque pode ter veludo cotelê...

Alison continua explicando, mas me distraio um pouco com uma estátua de mármore reluzente de três moças peladas, todas aconchegadas-agarradas umas às outras. Estamos na grande galeria antes das salas de exposição, e a maioria dos pedregulhos à vista são tão sem graça quanto o dedão de Botticelli, mas as três moças prendem minha atenção lésbica.

Um pouco demais, na verdade. Alison se vira e percebe.

— Cat? O que você tá olhando?

Sinto minhas bochechas corarem.

— Eu? Ah, hm, nada! Só essa estátua interessante. Muito, hã, bem-feita, né? Um belo uso do mármore, e...

Alison olha a placa de identificação.

— *As três graças*. São as filhas de Júpiter.

Forço meus olhos a se desviarem.

— Calma aí. Elas são *irmãs*?

Alison dá uma risadinha, então cutuca meu cotovelo.

— É, Cat! Por quê? Você parece quase decepcionada. O que achou que três mulheres peladas estivessem fazendo, coladinhas desse jeito?

Não gosto do rumo que a conversa está tomando e gosto ainda menos que seja com Alison Bridgewater, então dou uma meia-volta apressada e sigo em direção à exposição. Tá. Talvez eu possa tirar uma foto de *As três graças* discretamente antes de ir. É superpossível fingir que elas não são irmãs.

— Ele é meio gato — comenta Alison, apontando com a cabeça para uma escultura de um homem musculoso e barbudo que parece estar assassinando um querubim. — Me lembra Winston Duke, de *Pantera Negra*. Nossa, o Winston tá maravilhoso naquele filme. Você já viu?

— Aham, total. — respondo. — Ele é um verdadeiro, hm... sonho.

Alison parece não acreditar muito em mim, mas, por sorte, antes que consiga me interrogar mais, chegamos à exposição, que é bastante bizarra. O cômodo é cinza sombreado e tudo consiste em montes estranhos de feltros coloridos rotulados com títulos estranho tipo *O Peso da Pressão do Patriarcado* e *Marcas Marrons do meu Cachorrinho Castrado*.

Alison entrelaça o braço no meu.

— Forte, né?

Faço que sim enfaticamente com a cabeça.

— É. Muito, hm, emocionante. Faz a gente pensar.

— No que você tá pensando? — pergunta Alison.

Paramos diante de um monte laranja-avermelhado. Engulo meu pânico-gay. Para ser sincera, não estou pensando em muita coisa, porque estou ciente DEMAIS da mão dela no meu braço.

— Parece uma cesta de frutas — balbucio. — Hm, cheia de laranjas.

— Ah, é! Verdade!

Alison olha de relance de mim para a escultura, assentindo, mas acho que está meio confusa. Especialmente considerando que a obra é intitulada *Chamas do Pesar: O Inferno Pessoal de um Homem Solitário*. Groselhas, vai ser um dia difícil.

Alison continua me causando distração e pânico durante todo o passeio. Enquanto a maioria dos visitantes aprecia os têxteis, noto que:

* Na Sala A, Alison toca meu braço duas vezes;
* Na Sala B, Alison toca meu braço mais duas vezes; e
* Na Sala C, Alison toca meu braço uma vez, mas também pisa no meu pé sem querer, o que meio que conta. Acho.

Há uma escultura maneira na Sala C, branco-elétrico e em formato torcido de DNA, com uma faixa verde vívida passando pelo meio. Morgan acharia incrível. Mostro para Alison, mas ela só inclina sua cabeça deslumbrante e franze a testa.

— Acho que é ok — diz ela. — Vem, vamos.

Então tá. Tiro uma foto para Morgan, depois corro atrás de Alison.

Depois da exposição, vagamos por uns armários de vidro cheios de tigelas de aparência encardida e louças velhas quebradas (artefatos históricos). Alison pega um caderno e desenha alguns deles: tudo bem artístico e maravilhoso. Fico um pouco entediada, então começo a cantarolar com a boca fechada e a expressão imóvel até que o guarda começa a franzir a testa e coçar os ouvidos.

— *Hmmmmmm* — cantarolo, cada vez mais alto, até que ele pareça muito incomodado. Sou mesmo muito hilária e brilhante.

Alison tenta reprimir uma risadinha, mas não consegue. O guarda olha feio para nós e começa a se aproximar. Debandamos para a próxima sala.

— Você é terrível! — exclama Alison. — Vai fazer a gente ser expulsa se não tomar cuidado.

Em-pleno-festival-de-risadinhas, nossos olhares se encontram, e é aí que meu coração volta à vida, trepidando de nervoso como um quarteto de violino inteiro. Estou olhando no fundo dos olhos castanho-claros dela, e são muito, muito lindos. Desvio o olhar depressa para o armário de vidro mais próximo.

Estatueta de Afrodite. Isso captura minha atenção na hora. É minúscula, do tamanho de uma caneca, e laranja desbotado, como se fosse feita de terracota. Afrodite senta num grande pássaro, com lenços amarrados ao redor da cabeça e sem blusa, como todas as gregas antigas deviam ficar.

— Olha! É Afrodite, a Deusa do Amor — digo para Alison, que se abaixa para dar uma olhada.

— Diz aqui que ela tá sentada num ganso. Que gansos são um símbolo dela. Não é superesquisito? O que gansos têm a ver com amor?

— Ah, imagino que muito — respondo. — Se Afrodite os usava como apoio de pé.

Eu e Alison nos entreolhamos, então caímos na gargalhada. Na verdade, acho que soamos bastante como o Ganso Sagrado de Afrodite. O guarda entra com cara de bravo, vociferando sobre como estamos fazendo barulho demais. Damos no pé de novo, ainda cheias de risadinhas.

Quando saímos do museu, compramos chocolate quente, e Alison insiste que peguemos um ônibus aleatório, "só pra andar por aí e ver aonde dá". Tudo muito boêmio. Observamos as luzes natalinas do segundo andar e bebericamos o chocolate quente artisticamente. Como verdadeiras boêmias.

Também estamos sentadas com os joelhos se tocando. E estou totalmente relaxada, porque tenho uma quase-namorada e não sou mais a fim da Alison. Ou sou? Dou uma golada no chocolate quente, mas está quente demais, então acabo deixando cair um pouco na mão. Alison (que, por sorte, olha para o celular neste exato momento) ergue o olhar.

— Tudo bem?

— Tudo — respondo, tossindo, e limpo a mão na calça jeans depressa.

Alison apoia a cabeça na janela.

— É tão romântico, não é? Ver a cidade passar... Toda essa vida, Cat, todas essas pessoas. Mas minha vó diz que Londres deve ser a cidade mais solitária do mundo. Fala que há muita tristeza aqui. Não é supertriste?

Estou suando de nervoso, por mais que possa ser só o chocolate quente queimando minha mão. Groselhas graúdas. Esses copos são feitos de papel?!

— Hm — digo, me esforçando para pensar poeticamente, enquanto minhas mãos começam a fumegar. — Acho que nem todo mundo encontrou seu ganso ainda, não é?

Alison dá uma risadinha. Para ser sincera, é impressionante que ela não esteja apaixonada por mim, considerando o quanto eu a faço rir.

— Você tem toda razão. Não vejo a hora de encontrar o meu. — Ela ergue o chocolate quente e brinda com o meu. Continuo suando bicas. — A encontrar nossos gansos sagrados.

— Fé em Afrodite — concordo, brindando.

Mas Afrodite só pode estar de brincadeira ao me colocar em situações como esta! Alison não para de compartilhar pensamentos lindos e poéticos por toda Londres, me derretendo totalmente em sonhos-cremosos piscianos-aquarianos, e tento ficar quieta e lembrar que tenho Morgan, mesmo que ela não esteja aqui e agora, como Alison.

Mas, groselhas, é muito confuso, sério.

Eu beijei Morgan, e amei tanto. Mas agora estou aqui com Alison Bridgewater, a mesma Alison Bridgewater com quem venho sonhando há dois anos, e tudo parece assustadoramente romântico nível rosas-vermelhas. Estou num globo de neve de Alison, e alguém não para de me sacudir.

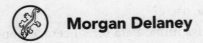 **Morgan Delaney**

> Oieeê... Então, é isso mesmo que eu tô vendo? Você botou fogo na sua casa?

> Foi mal por demorar anos pra responder. Tô numa fazenda e não tem sinal NENHUM, literalmente   **22:21**

> Não tem problema, minha gansinha de cabelo verde!!!

> É. Casa. TALVEZ eu tenha causado um pouco de drama   **22:57**

> Ai meu deeeeus

> Quer ligar mais tarde? Podemos botar o papo em dia

> Tô morrendo de saudade, aliás. O que você anda fazendo? bjs   **23:21**

> A Alison tá em Londres. A gente anda passeando!!!

> Sim, vamos ligar!!!! Também tô com saudadeeee bjs   **23:28**

> Aliás, por que eu sou uma gansa?? O que isso quer dizer???   **23:29**

> AH FOI MAL RISOS

...

Só uma PIADA do meu PASSEIO hoje
Explico por telefone!!!!   **23:39**

Legal... Não vejo a hora bjs

Preciso ir, pais, urgh.
Até mais bjs   **23:40**

Tá!!! Até mais :) bjs   **23:45**

Temporada de

Capricórnio

Um globo de
neve natalino muito perigoso

Na véspera de Natal, tia Rose e tio Hillary vão dar uma festa poodle-pomposa, e Lilac vai convidar todos os amigos trágicos dela. Passamos o dia todo pendurando decorações tristes pela casa. Luna saltita por aí com azevinho de verdade no cabelo e Harmony está vestida de mímica por nenhum motivo em particular. Só quero ligar para Morgan, já que supostamente temos uma Parada, mas toda vez que tento escapar, tia Rose me pastoreia de volta para a tarefa de decorar.

— Uma pena você não ter *nada* para vestir hoje à noite — fala Lilac, com a voz arrastada. — Ela serpenteia para perto, o que é arriscado, considerando que estou em cima de uma escada dobrável, tentando jogar ouropel por cima do lustre do corredor. Lilac posiciona um pé perigosamente no degrau mais baixo. — Todo mundo estará bem-arrumado, e você não vai ter opção além de usar essa calça jeans em frangalhos, como sempre.

Tia Rose sai apressada da cozinha, e Lilac retrai o pé depressa.

— Pois é, Lilac — cantarola tia Rose. — Por que você não dá algumas das *suas* roupas para Cat? Tem tanta coisa que nunca usa, e sua prima perdeu tudo.

A sugestão arranca o sorrisinho presunçoso do rosto perverso de Lilac na hora.

— Mãe! — resmunga ela. — Isso não é verdade!

Mas pulo da escada, radiante como um raio de sol.

— Quanta generosidade da sua parte, Lilac. Valeu!

Os olhos demoníacos dela disparam de mim para tia Rose. Ela não pode dizer nada cruel demais e sabe disso. É um doce, doce momento de vitória.

— Que seja — sibila ela. — Com certeza vou ter alguma coisa em que você consiga se espremer para entrar. Tenho um saco de lixo cheio de roupas para doação, você pode dar uma olhada. É tudo para caridade mesmo.

Tia Rose dá uma risadinha calorosa. Sinceramente, amor de mãe deve ser mesmo incondicional. Se eu tivesse dado à luz Lilac, acho que mandaria desinfetar meu útero.

— Ah, e Cat? — diz tia Rose, ao voltar para a cozinha. — Por que não convida aquela sua amiga? Qual era o nome dela... Alison? Assim você vai ter uma companhia.

— Está muito em cima da hora — interrompe Lilac. — Provavelmente não temos espaço.

— Ah, Lilac. — Tia Rose suspira. — Podemos arrumar espaço. É Natal.

Então ela sai farfalhando, dando gargalhadas alegres para si mesma, e Lilac se esgueira para o andar de cima, murmurando baixinho em qualquer que seja a língua de cobra banshee que ela fale em segredo. Provavelmente vai lançar alguma maldição em mim, mas tenho leões maiores para enfrentar. Alison Bridgewater talvez venha hoje à noite. De repente, a decoração parece muito mais importante.

Os amigos poodle de Lilac são todos tão pavorosos quanto esperado. Passo um tempo valioso inventando apelidos apropriados: Bryony Biscate, Fiona Fiasco e Sanjivani Sonsa. Mas a maior reviravolta de todas é que Lilac tem um namorado! O conceito por si só já é apavorante o suficiente para me dar vontade de me esfaquear repetidamente com um dos garfos de salada folheados a ouro da tia Rose. Eu o batizo de Henry Há-de-Estar-Hipnotizado, depois vou buscar Alison na estação de metrô. Não precisei me esforçar muito para convencê-la a vir. Aparentemente, a avó dela queria levá-la à igreja hoje à noite, o que é mesmo uma situação de calamidade para uma Véspera de Natal.

— Uau — sussurra Alison, impressionada, enquanto vamos para a casa de Tia Rose a pé. — Que lugar lindo!

Murmuro uma meia concordância.

— Mas que pena que minha prima mora aqui.

Alison dá uma risadinha.

— Ah, amore. Talvez ela não seja tão ruim assim! Afinal ela é da *sua* família.

Chegamos à entrada em formato de lua crescente, e Alison olha ao redor com uma expressão fascinada. Suponho que seja mesmo grande e impressionante. As luzes ao redor do portal banham a entrada em um brilho dourado e se refletem nas bochechas de Alison. Por um momento, me distraio com um desejo doloroso e profundamente poético, muito atrapalhado e empatalhado. Até que Lilac abre a porta. As flores no meu coração murcham na hora.

— Boa noite — cumprimenta ela, com a voz arrastada, bloqueando de propósito a entrada. Ela avalia Alison com um olhar gélido. — Feliz Natal e tudo o mais. Vejo que trouxe uma mala com você.

Dou um passo à frente, já preparando os punhos.

— Pera aí, o que você disse?

— Sossega, Kit-Kat — ronrona Lilac. — Só quis dizer que sua amiga trouxe uma bolsa. Certifique-se de deixá-la no andar de cima, fora do caminho.

Alison faz que sim em silêncio, e minha prima se afasta furtivamente.

— Se precisar de qualquer coisa, peça à Cat. Estarei ocupada — diz ela por cima do ombro.

Alison só encara.

— É, isso não foi nem um pouco desconfortável.

— Eu avisei — digo, e Alison dá uma risadinha.

Na sala, a festa já está a todo vapor. Todos os amigos de tio Hillary e tia Rose estão bebendo vinho tinto caro e rindo de um jeito esnobe, tipo ho-ho-ho. A árvore de Natal é o centro das atenções na sala de estar. É enorme e pomposa, e foi importada da Noruega por nenhuma razão em particular (Luna quase morreu com a pegada de carbono). Está cheia de enfeites luxuosos, todos escolhidos à mão de várias propriedades do Fundo Nacional para Locais de Interesse Histórico ou Beleza Natural pelo país.

Alison tira o casaco, e engulo em seco. Ela usa um vestido sem alças vermelho e dá para ver suas clavículas, que de repente parecem a coisa mais causadora-de-desfalecimento do mundo. Desde quando clavículas são tão lindas? Penduro o casaco dela junto ao meu no armário. Levei anos para revirar os sacos de lixo da Lilac e escolher uma roupa, mas acabei encontrando um vestido branco justo da French Connection. Lilac pareceu irritadíssima quando desci as escadas.

— Você está linda! — disse o papai, radiante de orgulho.

— Estou surpresa que serviu. Você tem quadris bem maiores do que os meus — murmurou Lilac.

— Tenho. E uma personalidade mais marcante também — retruquei.

Papai não segurou uma risada. Lilac está dando gelo nele agora.

Eu me aproximo de Alison, que olha ao redor como se estivesse nos Portões Dourados do Paraíso.

— Tá vendo aquele cara estranho perto das saladas? — sussurro. — É o namorado da Lilac. Eu o nomeei Henry Há-de-Estar-Hipnotizado.

Alison fica só risadinhas depois de ouvir isso. Ainda mais depois que roubamos um pouco do vinho tinto do tio Hillary. Então começamos a descobrir o nome de todos os convidados e inventar seus sobrenomes.

— Roberta Risada-Ridícula — sugiro.

— Ah — diz Alison, risonha. — Que tal Naldo Nariz-Peludo?! — Ela espalma a mão sobre a boca como se tivesse acabado de falar a coisa mais grosseira do mundo, mas, na minha opinião, foi um apelido bem leve. — Olha no que você me transformou, Cat! Você é uma péssima influência.

Dou uma risada.

— Você literalmente estaria na igreja se não fosse por mim, então...

Rimos como os esnobes estavam fazendo, o que só nos faz rir ainda mais. Depois inventamos algumas rezas.

— Pai Nosso que estais no Céu — começo, e Alison ergue a taça de vinho em aprovação. — Lady Gaga seja Vosso nome. A barriga do King Kong tá cheia de rum, e Buddha te acha tosco, homem.

Quando estamos prestes a desabar com o peso da minha palhaçada magistral, Harmony dá batidinhas na lateral de um copo com uma colher e anuncia que ela e Luna prepararam uma apresentação de ópera para os convidados. Minha mãe imediatamente se serve de mais uma taça de vinho.

— A gente concorda com essa apresentação? — Ouço meu pai murmurar.

— Só continue sorrindo, David — responde mamãe, rangendo os dentes.

Harmony ainda está vestida de mímica, mas então as cortinas da sala de jantar são afastadas com um floreio e Luna aparece com um smoking branco. Quase cuspo a bebida. O cabelo dela está preso num coque alto, e ela parece uma cebola. É hilário.

Assistimos solenes enquanto Luna assume sua posição no piano de cauda. Harmony abre os braços e respira fundo. Acho que todos os convidados também respiram fundo. Momento apavorante. Harmony canta. Para meu profundo choque (e acho que o de todo mundo também), ela é mesmo boa. Um verdadeiro milagre de Natal.

Cansadas das amigas cobras de Lilac apontando suas línguas bipartidas para nós, eu e Alison subimos para meu quarto. Acendo a luz mais suave, porque sei que Alison Bridgewater não gosta de luzes de teto, e nós desabamos na cama.

— Foi muito divertido — murmura Alison. — Estou tão feliz por você ter me convidado.

Talvez eu simplesmente tenha roubado taças de vinho demais, mas de repente tudo e todos parecem perfeitamente distantes. O planeta está vazio exceto por Alison e eu, deitadas lado a lado na cama king, como num dos meus sonhos.

Mas não é um sonho. Afrodite está me testando esta noite.

Observo Alison com atenção. O cabelo dela é leve como uma nuvem. Seus cílios são longos e escuros. Quero dizer que ela é deslumbrante, mas sei que não devo.

— Estou feliz por você estar aqui — respondo, avoada como um haikai.

Alison sorri e rola para ficar de lado. Ficamos frente a frente, tão perto que nosso nariz poderia tocar um ao outro se eu me aproximasse só um pouquinho.

— Cat — sussurra ela, sonolenta. — Que sonhos você tem pro ano novo?

Engulo em seco.

— Hm...

Groselhasgroselhasgroselhasgraúdas. Meu peito infla como um ganso. Tudo o que vejo é o rosto de Alison, os olhos de Alison, o cabelo de Alison.

— Não sei. E você?

O sorriso dela é cravado na minha alma, e todas as flores que já morreram voltam à vida.

— Quero encontrar o amor — diz ela, delicada como uma pétala. — Não só um namorado, tipo a desintoxicação natural da Siobhan... quero um amor verdadeiro. Do tipo que te faz questionar tudo, ou te inspira a ser sua melhor e mais perfeita versão. Quero que alguém me ame tanto que fique zonzo, e quero sentir o mesmo de volta. Você acha isso absurdo?

Engulo em seco.

— Acho lindo.

Perto assim, consigo ver que os olhos de Alison não são completamente castanhos. São salpicados de dourado. Talvez seja só a luz do quarto,

216

mas mesmo assim é paradisíaco. Ela é divina. Groselhas. Eu a amo tanto. Simplesmente a amo, e nem consigo evitar. Umedeço os lábios. Sinto gosto de vinho, gotículas de saliva frutada. Sinto o cheiro dela: cerejas e morangos.

— Alison — murmuro. — Posso contar uma coisa?

Meu coração deveria estar na minha garganta, mas não está. De repente, não sinto mais medo, nem um pouquinho. Estou dentro do globo de neve de Alison, seguro, quentinho e crepuscularmente-deslumbrante.

— O quê? — pergunta ela.

Olho de relance para os lábios dela.

Respiro fundo.

— Alison, eu estou apaixonada…

Uma explosão interrompe o momento como um tiro de metralhadora. O QUÊ? Rolamos para fora da cama e nos levantamos num pulo, depois nos encaramos com olhos arregalados, de repente muito despertas e confusas. Mate-me, Safo. O que quase acabei de fazer?!

Há outra explosão, e nós corremos para a janela. Fogos de artifício! Do lado de fora, o céu brilha em dourado, vermelho e rosa. Como este lugar é mais um palácio do que uma casa, há uma varanda do lado de fora. Abro a janela e pego a mão de Alison, guiando-a para fora por entre os vasos de plantas.

É óbvio que, assim que estamos do lado de fora, os fogos param. O céu continua preto. Nós observamos. Noto uma coisa; ou melhor, várias coisas: pequenas, prateadas e reluzentes.

— Olha!

Aponto, e Alison segue meu dedo.

— Estrelas — sussurra ela, tremendo um pouco de frio.

— Que droga de estrelas. Não são lindas?

— A coisa mais linda do mundo — responde Alison, e olho para ela. *Não*, tenho vontade de dizer, *você é*. Mas Alison pega o celular e abre a câmera. — Tira uma foto comigo? Beija minha bochecha ou algo fofo assim.

Encaro sua bochecha enquanto ela ergue o celular. Nunca dei um beijo em Alison. Nem na bochecha nem em qualquer lugar. Mas devagar e com cuidado, encosto os lábios na pele dela e inspiro. Ouço o clique da câmera, mas o som é distante, em algum lugar como uma acústica de fundo.

— Perfeito — diz ela.

— É — respondo.

Mas acho que ela só está falando da foto, e eu estou falando de todo esse momento e de nós duas, sob as estrelas, neste vasto, vasto universo, juntas.

Alison dá uma risadinha, passando as fotos.

— Eu te amo tanto, Cat.

Sorrio sonolenta, ainda com o queixo apoiado no ombro dela.

— Eu também te amo.

Mas falo um pouco mais sério do que ela. Acho que talvez eu seja a maior pata do universo inteiro. Uma pata bizarra gigante.

218

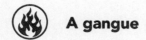

A gangue

Habiba
[post de @alisonbw.xox] Vocês duas são TÃAAAO FOFAS! #META!!!   10:45

Lizzie
Aimeudeus... Que fofura!!! Cat, seus lábios saíram mt pft bjs   10:55

Zanna
Awn. Vocês TOTALMENTE poderiam ser um casal.   10:59

Cat
HAHAHA ZANNA ENGRAÇADÃO   11:00

Lizzie
Mas ela até que tem razão... Awn, querem ser minhas BFFs gays?? bjs   11:01

Alison
RS! Genteeee, vocês são muito fofas!!! Amo vc, Cat!! Ainda tô com seu batom na minha bochecha ;) bjs   11:01

Zanna
Misericórdia   11:02

Cat
HAHA ELA TÁ ZOANDO, ZANNA KKKK TB AMO VC ALISON   11:02

Alison
Tô falando sério, qual era a marca??   11:02

A grande quesCÃO

Na manhã de Natal, consigo descer a escada de fininho, pôr um pouco de carvão da lareira da sala dentro da meia da Lilac e tirar todas as etiquetas dos presentes dela embaixo da árvore, só para ela não fazer ideia de quais abrir. Um plano de mestre magistral!

Tragicamente, Lilac descobre quais são os presentes mesmo assim. Pior ainda, me dá um cartão num envelope cheio de purpurina e, quando o abro, levo um banho de floquinhos dourados, que se prendem em absolutamente tudo. Preciso trocar a roupa inteira.

Então, nas atuais circunstâncias, eu e Lilac estamos empatadas, e a guerra está longe de ser vencida.

Tio Hillary dá um MacBook com uma capa para a filha. A piada pelo visto é que a capa é *lilás*, mas, na minha opinião, está mais para lavanda, e declaro isso em voz alta.

— Sorte que você não é designer — diz minha mãe, de repente.

Não é nada engraçado. Mas até aí, ela é bancária, né? Além disso, acho que ainda está irritada por eu ter botado fogo na casa, porque me dá meias de presente. Quase entro em coma. O que esse triste, triste mundo está virando? Eu não compraria meias de Natal nem para Satã.

Ou a filha dele, Lilac.

Mas a grande quesCÃO é que já faz quase uma semana que não falo com Morgan. Ela diz que vai me ligar na tarde do dia de Natal, o que é bastante natalino, saudadino (porque estou com muita saudade da minha Parada) e romântico.

Mas Morgan está de fato no fim do mundo (área rural da Irlanda) e não consegue sinal, então temos que adiar. No dia 26, enquanto espero sua ligação, curtindo a preguiça na rede do jardim de inverno do tamanho de uma casa, Luna berra do nada no andar de cima, fazendo bom uso de seus pulmões afinados para a ópera.

— CAT, SOBE AQUI. RÁPIDO! EU ACHEI UMA FOTO DA LILAC VESTIDA DE BRÓCOLIS!

Preciso ver isso! Largo o celular e corro em direção às escadas. Ouço Lilac protestar na sala de estar, e ela aparece na base da escada atrás de mim.

— NÃO OUSE! — grita ela, esganiçada como uma banshee com limão nos olhos.

Mas disparo escada acima mesmo assim, com Lilac em meu encalço, mas dou um salto de ninja para dentro do quarto de Harmony e bato a porta. Lilac a esmurra que nem uma torre de cerco, mas eu a tranco a tempo. Harmony abriu todos os álbuns de família e os colocou no chão, e Luna segura a foto da discórdia, com um sorriso de vitória gigante. Dou uma olhada e quase tenho um ataque de asma.

— ABRE A PORTA! — ordena Lilac.

— Uau, Lilac — exclamo, enquanto ela esmurra a porta em vão. — Amei sua fantasia. Na verdade, daria pra dizer que estou *verde* de inveja...

Eu, Luna e Harmony caímos na gargalhada, como pessoas hilárias de tão engraçadas.

No entanto, por mais que humilhar Lilac seja sempre uma vitória vitoria-liciosa, quando volto à rede e pego o celular, já perdi a chance de falar com Morgan, o que é trágico como um taurino. Ela mandou uma mensagem dizendo que vamos ter que remarcar porque continua sem sinal na fazenda.

Também recebi uma mensagem de Alison (desmaio). Ela quer saber se podemos passear por Kew Gardens antes de ela voltar para casa, no fim da semana. É óbvio que eu topo.

Mas me sinto incomodada. Quase culpada. Na verdade, me sinto culpada mesmo, porque Morgan está presa numa fazenda irlandesa triste, e eu estou aqui, desfilando por Londres com Alison. Mas eu não fiz nada errado... fiz? Por mais que perder a ligação de Morgan não seja algo bom.

É aí que me lembro do horóscopo. Porque e se esse é o novo romance à espera?! Alison Bridgewater, o DERRADEIRO teste. Na verdade, seria algo muito Trapaceiro McSorrateiro. É um sonho. Viver minhas Aspirações Astrais de Alison por uma semana. Mas continua não sendo real, como o Planeta Morgan... Continuo tendo que levar minha nave espacial de volta para casa. Como muitas tortinhas doces depois disso, basicamente porque, com a boca cheia, não tenho como me distrair demais pensando em Alison Bridgewater.

Mas, se tem uma coisa que minha Vida Aquariana me ensinou (mesmo que, segundo Zanna, não tenha ensinado nada), é que, na verdade, é monumentalmente complicado não se distrair com Alison Bridgewater.

Estou novamente sentada diante do espelho, fazendo minha pintura de palhaça para Alison. É óbvio que me maquio para mim em primeiro lugar... Mas pensando bem, será mesmo? Ou isso é apenas uma mentira de feminista de Instagram que conto a mim mesma para não dar com a cabeça na parede de desespero?

Eu total estou me arrumando assim porque vou encontrar Alison em uma hora.

Groselhas graúdas. Será que realmente sei o que estou fazendo, ou pareço uma ariana tentando ser vulnerável (ou seja, muito perdida)? Na última vez que vi Alison, quase confessei meu amor verdadeiro. Isso teria sido uma verdadeira bomba. Aqueles fogos devem ter sido Afrodite tentando salvar minha pele. Mas será que ela vai me salvar duas vezes?

Pauso minha pintura de palhaça. Ando de um lado para o outro. Saio do quarto, atravesso o corredor com chão de carvalho e entro na brinquedoteca, que já conteve um castelo inteiro numa época muito distante. Eu me lembro do castelo porque Lilac me empurrou de uma das torres. Mas agora ela usa o quarto como sala de estudos, ou talvez como câmara de tortura. Eu me jogo numa cadeira de escritório e bagunço os papéis sobre a mesa de propósito para o caso de Lilac os estar usando.

Então meu telefone toca e — aimeudeus (ou aiminhadeusa) — é Morgan! Será que o século XXI finalmente chegou à área rural da Irlanda?! Atendo depressa, minhas mãos formigando de ansiedade.

— Morgan?

— Cat. — Ela nem se dá ao trabalho de dizer oi. Há muito barulho de vento também, como se Morgan estivesse numa colina ou algo assim. — Hm, como você tá?

— Bem! — Na verdade, estou bem... nervosamente-nervosa. — Hm, e você?

Outra pausa, como se ela hesitasse. Aproximo o celular do ouvido.

— É, você parece estar se divertindo muito. De acordo com o Instagram da Alison, pelo menos.

— Ah... você viu aquilo?

— Nosso wi-fi é ruim, amor, não inexistente.

Ela não parece estar nada feliz.

Giro a cadeira de escritório, nervosa.

— É... Morgan, desculpa por ter perdido sua ligação. Tinha uma fantasia de brócolis, sabe, e eu, hm, me distraí.

Mais barulho de vento.

— É, eu me atrasei. Tive que atravessar três campos pra conseguir sinal, e tinha uma vaca brava num deles...

— A sra. Warren também tá na Irlanda? — digo, o que acho hilário, mas Morgan não ri. Penso que, quando alguém enfrenta três campos e sobrevive a uma vaca brava só para ligar para você, fazer piada com isso deve soar bastante insensível. Volto a abrir a boca. — Hm, então, você tá bem? O que aconteceu com, hm... a vaca?

Morgan funga.

— Tô bem, Cat. Tive que tomar uma vacina, mas… Olha, não importa. É só que tenho a impressão de que você não superou a Alison tanto quando disse.

— O quê? — Eu me empertigo. — Morgan, não! Eu não estou apaixonada pela Alison! Que coisa absurda.

Alguns estalos.

— Quem disse apaixonada? — pergunta Morgan. — Eu não disse isso.

Dou uma risada rápida. A conversa ficou über-intensa de repente.

— Morgan, você não entendeu — explico, tentando me manter tranquila como uma esquila. — Eu só estou com a Alison na cabeça porque vou encontrar com ela hoje à tarde. — Arregalo os olhos. — Calma, isso pareceu… Eu não quis dizer…

Morgan solta um suspiro.

— Você tá beijando a bochecha dela no post de… quando foi? Véspera de Natal? E, pelo jeito, vocês têm passado bastante tempo juntas. Se você não tá apaixonada por ela, tá fazendo um belo trabalhando fingindo estar.

— Amigas se beijam o tempo todo!! — protesto. — E a gente é, tipo, melhores amigas! O que você quer que eu faça? Fique a seis metros dela o tempo todo? Isso não é nada razoável, Morgan.

— Você não tá falando nada com nada, Cat. — Morgan me interrompe.

Abro a boca, mas… nada. Viramos salamandras silenciosas. Só o que ouço é a respiração estável da Morgan do outro lado da linha. Ouvir a voz dela de novo me lembra de tudo: os beijos, as sardinhas, a inabilidade de existir normalmente na presença dela.

Mas acho que talvez seja tarde demais. Morgan parece brava.

— Olha, eu não estou dizendo que você me traiu — diz ela, de forma brusca. — Acho que a gente nem tá, tipo, juntas de verdade. Mas eu não sou só uma distração da sua crush na garota-hétero, tá bom? Posso não ser a Admirável Alison Bridgewater, mas acho que valho mais do que uma amiguinha substituta pra pegação.

— Morgan, escuta. — Agarro o celular com ambas as mãos. — Você não entendeu…

— Não, eu entendi, sim — diz ela, em um tom ríspido. — Eu já estive nessa posição, e é uma droga. Mas você tá vivendo numa ilusão. Você e Alison nunca vão ter nada real.

Seco uma lágrima.

— Eu nunca disse que achava que tinha algo pra acontecer.

— Mas você quer mesmo assim — retruca Morgan. — E eu gosto de você, Cat. Tipo, de verdade. E achei que você sentisse o mesmo, porque eu não sou só um dos desenhos que você faz quanto tá sonhando acordada, eu sou uma pessoa de verdade. E sei que você gosta dela, mas achei que eu estivesse na vantagem por estar realmente disponível. Mas acho que ninguém vale mais do que seu romance de conto de fadas com Alison Bridgewater. Enfim, vejo você na escola, mas acho que a gente pode terminar... seja lá o que isso seja. Espero que você possa ser feliz; espero mesmo.

Então ela desliga. Simples assim.

O silêncio se adensa como um buraco negro. É isso? Acabei de levar um pé na bunda? A sensação é péssima, nem um pouquinho poética, só pura e completamente horrível. Eu não recomendaria nem a Lilac. E olha que uma vez falei para ela que passar marmite no cabelo o faria crescer mais rápido.

Fico sentada encarando o trágico nada até que minha mãe enfia a cabeça na brinquedoteca e diz que ela e Lilac tiveram "momentos maravilhosos de mãe-e-filha" ao fazer panquecas de erva-doce e pergunta se quero um pouco. É definitivamente a gota d'água.

Choro minhas tristes, tristes lágrimas de palhaça, mas nem sei por quem estou chorando. Pela Alison, pela Morgan, ou por MIM, descendo de rapel em direção ao meu futuro livro *Uma aquariana solitária*. Nada da felicidade da temporada de Libra, nada de Morgan Delaney. Eu empatalhei tudo, como sempre.

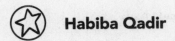 **Habiba Qadir**

> Chuchu, pode me passar um horóscopo? Tenho um encontro hoje! Lembra que na verdade eu sou virginiana? Só digo que sou capricorniana pq Siobhan quer ser a mais velha... Brigadão! bjs **13:57**

> TODOS OS SIGNOS ESTARÃO MISERÁVEIS. NEM SE DÊ AO TRABALHO DE SAIR DE CASA, O MUNDO ESTÁ AMALDIÇOADO, E QUE BOM QUE VC É VIRGINIANA E BOA EM REPRIMIR EMOÇÕES, VC VAI PRECISAR DISSO HOJE. **14:45**

> Tá... Vou mandar uma mensagem pra Lizzie! Valeu mesmo assim, chuchu!! bjs

> #Positividade!!! **14:49**

Auld Lane Sinusite

Levar um pé na bunda na hora do café da manhã é deprimente, incompatível demais com a ternura tilintante da temporada de Sagitário. Términos deveriam acontecer na temporada bebê chorão de Câncer! Será que toda minha *Bíblia das estrelas* é uma farsa? Eu a folheio em busca de orientação, até notar que já entramos na temporada de Capricórnio. Não capri-sigo acreditar! Fiquei tão distraída com o globo de neve de Alison que esqueci totalmente do Solstício de Inverno. Não é nenhuma surpresa que tudo tenha ficado tão anti-horário.

Mas pensando bem, acho que pode ter sido minha culpa. Só um pouquinho.

Ainda tenho que ir a Kew Gardens com Alison, o que parece muito injusto, considerando que sofri uma concussão e ganhei um trauma novinho em folha (emocionalmente falando). Quando chegamos está chovendo, então entramos nas estufas de vidro. Alison nem parece notar que estou deprimida. Está com suas roupas alegres de sempre, um casaco rosa felpudo e a mesma boina branca, e saltita por aí desenhando flores no caderno de rascunhos.

— Nossa, Cat! Você viu essa orquídea? Não é linda? — pergunta ela, reluzente.

Eu me viro e levo uma folhada na cara. Ainda por cima, a folha está molhada, então gotículas de água entram bem no meu nariz. Dou um passo para trás, e um dos umidificadores da estufa é acionado em cima de mim, espirrando uma névoa úmida e morna no meu cabelo.

Alison escolhe esse exato momento para erguer o olhar e explode em risadinhas.

— Ai, nossa, seu cabelo tá gigante! Olha.

Ela tira uma foto antes que eu consiga impedi-la e me mostra. Pareço a Selma Bouvier, de *Os Simpsons*.

Alison sai postando a foto, que recebe uma série de comentários alegres de Siobhan, Habiba, Lizzie Brilho Labial e até Zanna, aquela Sagi-TRAIÇOEIRA palavra-com-p (palhaça). Continuamos andando, eu com uma cara feia notável, até dar de cara com outra folha gigante e encharcada.

Alison dá a volta em mim, ainda com os olhos no celular.

— Preciso falar com você sobre uma coisa, aliás — diz ela, e meu interesse é temporariamente capturado. — É sobre um cara.

Meu interesse volta a desaparecer, que nem um bumerangue.

— Que cara?

Por favor, que Alison não tenha voltado com o Oscar Escola Particular! Se for o caso, talvez eu precise me afogar com o umidificador, e eu preferiria não fazer isso, porque aí levaria séculos. Mas Alison me mostra a tela do celular, exibindo uma foto de um loiro-claro tipo Hemsworth diferente mas tão entediante quanto. UGH.

— O nome dele é Casper — continua ela, alegre, enquanto luto contra o impulso de me estrangular com um cipó tropical em extinção. — Ele estuda num cursinho pré-vestibular em Sevenoaks, mas não tá se dedicando aos estudos porque quer focar em fazer música. Não é incrível?

— O Jamie acharia maneiro — murmuro, chutando uma folha caída, que acaba sendo uma borboleta e sai voando parecendo ferida.

Recebo um olhar bastante macabro de um dos jardineiros.

— Ele tá compondo dez músicas — continua Alison. — Quer escrever sobre dez diferentes músicos que morreram jovens. É um conceito superinteressante.

— Ele parece incrível — comento, então dou de cara com outra folha molhada.

Hoje realmente não é meu dia.

Depois que enfrentamos a chuva para chegar à estufa dos cactos — com Alison me assegurando que Casper é "muito sensível artisticamente, tipo o Shakespeare; não que ele seja o Shakespeare, mas que poderia ser o próximo Shakespeare se quisesse" —, pego o celular e abro a conversa com Morgan. Sinto meus polegares desajeitados como dromedários, mas mando uma mensagem mesmo assim.

Por favor, não fica brava. Saudades bjs   [13:51]

Ela não responde. Passo o dia vendo se chegou alguma notificação a cada uma hora mais ou menos, mas ela nem sequer visualiza a mensagem. Então releio o que escrevi percebo que soou meio patético mesmo.

— Isso foi fofo — diz Alison quando terminamos o tour pelas estufas.

Vagamos pela lojinha de presentes, onde ela compra um decepcionante pacote de sementes. Ainda não parou de chuviscar, e Alison não quer passear do lado de fora porque está usando seu novo All Star da Taylor Swift.

— Eu adoraria voltar quando não estiver chovendo!

Não faço contato visual.

— É, a gente precisar fazer isso algum dia.

— Você tá estranha hoje, meio quieta — observa Alison. Por um momento, acho que talvez ela esteja de fato prestes a perguntar se estou bem.

— Vai ter que me dizer o que acha do Casper quando estiver se sentindo mais comunicativa. Tipo, você concorda que ele é bonitinho, né?

É sério?! Parece que ela não está nem aí.

— É, ele é maravilhoso — concordo, cruzando os braços. — Podemos ir?

Alison assente, e a gente está prestes a continuar, quando ela pega meu braço. Eu me viro e encaro seus lindos olhos castanhos. Mas, para minha surpresa, não fico nada zonza. Olho para Alison Bridgewater e meus pés continuam firmes no chão.

— Amore... — diz ela, olhando para a chuva lá fora. — Posso pegar seu guarda-chuva emprestado?

Encharcada, aceno um adeus para Alison na estação. Quando sua boina branca desaparece além das catracas, olho o celular. Mas minha tela continua vazia e sem Morgan: cenas de solidão. Pelo menos tem o clichê patético da chuva. Talvez eu possa escrever uma poesia de desilusão amorosa hoje à noite.

Então uma van passa bem em cima de uma poça e espirra água suja em mim. Decido que às vezes chuva não é tão poética assim. Às vezes a chuva é só molhada.

Alison vai para casa no dia seguinte, então nossas saídas acabam. Acordo no último dia deste trágico, trágico ano e percebo que meu nariz está entupido e minha garganta está doendo. Porque, como se estar com o coração partido não fosse o suficiente, Afrodite me castigou com a peste também.

Tá, provavelmente não é a peste, e sim um resfriado. Mas ainda assim é bastante desconfortável.

Apesar disso, tudo tem um lado positivo. Acabo conseguindo passar meu resfriado para todo mundo, inclusive Lilac. É bem engraçado vê-la fungando por aí com uma caixa de lenços de papel embaixo do braço. Considerando que minha prima é da mesma cor da Branca de Neve, o nariz dela se destaca que nem o de um palhaço. Faço questão de cantar "Rudolph, a Rena do Nariz Vermelho" O TEMPO TODO.

No Réveillon, todo mundo está com o nariz entupido demais até para cantar "Auld Lang Syne", o que também é uma vitória, já que Luna e Harmony estavam planejando uma versão de ópera. Ficamos todos curtindo preguiça nos sofás, assistindo àquela apresentação entediante que eles fazem ao redor do London Eye todo ano. Luna faz sua própria infusão medicinal na lareira. Consiste em um monte de folhas amassadas numa panela e cheira mais como se fosse causar uma morte prematura, em vez de curar. Quando noto que Lilac dormiu, faço uma bolinha com um dos meus lenços e jogo nela.

— Eca! — Lilac acorda com um pulo. — Eca, mãe! Olha o que Cat acabou de fazer!

Tia Rose, que também está cochilando, faz um gesto de dispensa, como se a filha fosse um mosquito. Que é o que Lilac é, no fim das contas.

— Ah, pare de drama, querida, a mamãe está muito doente.

— Cat, pare de perturbar... — murmura minha mãe, sem nem abrir os olhos, depois acho que volta a dormir.

Lilac olha feio para mim, depois se encolhe ainda mais no seu quimono de seda branco. Como se houvesse ALGUMA CHANCE de aquilo ser aconchegante.

De repente, a porta se abre com um estrondo e o tio Hillary se engasga no próprio ronco, voltando à vida na cadeira de balanço. Meu pai entra a passos largos, o que é mais assustador do que a narrativa inteira de *O iluminado*, dado que ele nem está usando pijama por baixo do roupão.

— Pai! Tá tentando me traumatizar pro resto da vida?! — protesto, protegendo os olhos.

— Tenho boas notícias, pessoal! — anuncia meu pai, balançando o lenço de bolso nojento.

— É que você nunca mais vai usar a palavra "pessoal"? — pergunto, fechando os olhos. — Porque essa seria mesmo uma ótima notícia.

— Não, Cat. Não é isso.

— Vocês não vão renovar os votos de casamento, né? — pergunta Luna.

Papai franze a testa.

— Não, Luna. Não é isso também. É sobre a casa.

Abro os olhos. Até minha mãe retorna da sua cova de sono, afastando uma mecha de cabelo suado para olhar para o meu pai. A porta do revisteiro da tia Rose se abre e Harmony rola para fora. Eu me sobressalto. Em nome de Snufkin, o que ela estava fazendo ali dentro?!

— Estava treinando minha apresentação de fuga da caixa mágica. Foi mal — diz Harmony baixinho quando todo mundo a encara com espanto.

Papai pigarreia.

— Então, Matt Szczechowska foi um salvador da pátria. Encontrou uma ótima equipe de construtores para arrumar a bagunça, mas vai levar mais ou menos um mês, já que vão ter que reconstruir o andar da Cat e o banheiro embaixo.

Enquanto eu sorrio, presunçosa, afinal foi o pai decorador da MINHA Irmã de Alma Sagitariana que está dando um jeito na confusão, Lilac arregala os olhos, horrorizada.

— Vocês não vão ficar aqui o mês inteiro, vão?!

Meu pai dá uma risadinha.

— Não, não vamos.

Lilac relaxa nitidamente.

— Vamos alugar um lugarzinho pequeno em Lambley por um ou dois meses, para que vocês possam voltar à escola, meninas. O corretor encontrou um lugar acessível colado na Queen's, o que é muito conveniente.

Parece uma péssima ideia. Que desculpa vou ter para me atrasar todos os dias se morarmos do lado da escola?! Mas antes que eu possa externalizar esse argumento extremamente válido, minha mãe começa a tagarelar sobre como o banheiro renovado vai ficar bonito. Só ela para ficar animada com um banheiro novo. A vida deve ser mesmo muito chata depois dos 35 anos.

— A gente vai se mudar? — Luna o encara boquiaberta. — Mas pra onde?

— Encontramos uma ruazinha sem saída adorável — explica papai, depois faz uma pausa para assoar o nariz no lenço de bolso, que nem uma buzina. — Se chama Marylebone Close.

O QUÊ? Arregalo os olhos e quase me levanto num pulo. Mas, como estou à beira da morte por causa da peste, fico onde estou. Só me remexo com horror como uma pessoa muito doente, que é exatamente o que sou. Não podemos nos mudar para a rua da Morgan! Ela vai achar que sou uma perseguidora desvairada que quer colher morangos!

Meus pais continuam tagarelando animados sobre banheiros e como somos muito sortudos por ter encontrado um lugar depressa. Encaro o nada, fantasiando vagamente sobre um buraco negro se abrindo à minha frente. Estou tão encrencada e horrorizada que, quando Lilac espirra e seu nariz começa a sangrar horrores, nem consigo rir ou apreciar o momento. E se existe alguma coisa no mundo que é triste e trágica, é isso.

Zanna Szczechowska

Feliz aniversário, Zanna!!!

Você é a pior amiga do mundo! 7:15

Hm. VOCÊ é a pior amiga do mundo. Meu aniversário foi literalmente há uma semana. 17:18

TÁ, ENTÃO VOCÊ PERCEBEU

MAS ZANNA

Eu só lembro de aniversários pela temporada do zodíaco, e eu NÃO PERCEBI que a temporada de Capricórnio tinha começado!!! Além disso, seu niver é literalmente no ÚLTIMO dia da temporada de Sagitário, então é fácil passar batido, ok? Você deveria ter cooperado mais quando nasceu 17:19

Talvez essa seja a PIOR desculpa que você já usou

E tô incluindo a vez em que você disse que se distraiu com uma foto da Jodie Comer antes de conseguir fazer um story de aniversário pra mim no Instagram 17:22

Ué, ela é MUITO bonita

Mas você tambémmmmm!!
EU TE AMO, ZANNA!!!!!! 17:24

Todo ano meu pai aposta dez paus comigo que você vai esquecer a não ser que eu te lembre, e todo ano eu perco. Você tá me deixando muito mal na fita... 17:25

Cabeçadas na parede de desespero

Nunca pensei que diria isso, mas estou com saudade da Caixa de iPhone. A casa da Marylebone Close é apertada e escura, com uma porta de entrada verde desbotada e cortinas de renda empoeiradas nas janelas. O jardim é um quadrado deprimente de grama.

— Adorável — diz minha mãe quando a visitamos pela primeira vez, com os lábios franzidos numa linha fina.

Arrasto o calcanhar atrás dela, mas minha mãe não faz mais comentários sobre a casa.

Os quartos estão basicamente vazios. O meu tem paredes amarelo-claras, tipo leite deixado ao sol, e uma cama, uma escrivaninha, um guarda-roupa e uma cadeira bamba. Deixo minha *Bíblia das estrelas* na cadeira e minha decoração está pronta. No primeiríssimo dia, mamãe nos arrasta até Maidstone para comprar roupas novas, porque não deu para recuperar nadinha do meu guarda-roupa. Com isso, quero dizer que estava queimado, não que tenho um senso estético horrível, como Lilac sugeriu.

— Eu deveria estar fazendo você pagar por tudo isso — murmura minha mãe, no caixa.

— Vou pagar você de volta, então! — retruco, fechando a cara como uma escorpiana. — Siobhan disse que o jardineiro dela pediu demissão, então posso fazer isso até ter pagado tudo.

Minha mãe fica em silêncio por muito tempo, enquanto todos os lacres de segurança são retirados, depois põe a mão no meu ombro, o que é desconcertante. Ergo o olhar, surpresa. Ela abre um sorriso estranho e lacrimoso.

— Erros acontecem, meu amor — diz ela. — O mundo continua girando.

Depois ela me puxa para um abraço choroso. A moça no caixa me lança um olhar, provavelmente perguntando em silêncio se sou uma vítima de sequestro e se quero que ela ligue para alguém. Balanço a cabeça devagar, mas é uma experiência inquietante. Preciso desgrudar da minha mãe de mim no final.

— O que aconteceu? — pergunto. — Eu não preciso ser jardineira...

— Ah, nossa, não é isso! — Minha mãe seca os olhos. — É só que eu sempre me sinto tão sortuda quando lembro de que eu poderia ter Siobhan como filha em vez de você.

Quando chegamos em casa, vemos que meu pai deixou uma caixa de papelão para cada uma de nós na mesa da cozinha. Escreveu nossos nomes no topo com caneta preta e desenhou uma carinha feliz na lateral. Acho que ele pensa que ficou fofo, mas na verdade estou me perguntando se encontrou um novo emprego como assassino em série. O que pelo menos seria um pouco melhor do que bancário.

— O que é isso? — pergunto, me aproximando com desconfiança da minha caixa.

— Algumas das suas coisas! — diz papai, orgulhoso. — O resto continua no depósito...

Luna começa a soltar gritinhos esganiçados porque papai pegou seu colar de ametista e seu tapete Navajo (feito por um tecelão autêntico da tribo Navajo do Arizona, óbvio). Tiro a tampa da caixa com cuidado. A primeira coisa que vejo é minha jaqueta de couro. Arregalo os olhos e a abraço contra o peito. Está com cheiro de mosaicos-mofados, mas não virou cinzas!

— Feliz? — pergunta ele.

Largo a jaqueta e abraço meu pai, que dá uma risadinha e uns tapinhas nas minhas costas.

— Obrigada — digo, então me recomponho e o afasto.

Podemos até estar vivendo épocas desesperadas, mas isso não significa que abraçar seus pais seja socialmente aceitável.

De volta ao meu quarto caixa de sapato, abraço minha jaqueta como se fosse um bebê. Não consigo deixar de pensar que, se eu tivesse ido com ela para Londres, talvez nada daquilo tivesse acontecido. Suspiro e me jogo de volta na cama, ainda agarrada à jaqueta como se ela fosse criar pernas e sair correndo a qualquer momento. Infelizmente, a cama aqui é mais estreita do que estou acostumada, e bato a cabeça na parede.

A casa toda parece vibrar, mas talvez seja só meu crânio. Aperto a cabeça, gemendo de dor. Groselhas graúdas! Se concussão fosse um esporte olímpico, eu teria uma medalha de ouro a essa altura.

— Tá tudo bem? — Luna aparece na porta. — O que foi esse barulho?

— Tô ótima! — murmuro. — Só dei uma cabeçada na parede.

— De propósito? — pergunta Luna, e olho feio para ela, esfregando a cabeça.

— Óbvio que não, né? O que você acha que eu sou? Algum tipo de idiota?

— *Já que você falou...* — começa Luna, mas lanço um *olhar* e ela desiste. Espero que saia, mas ela fica enrolando. Depois de um tempo, minha irmã entra no quarto e se senta ao meu lado.

— Cat — diz ela, devagar —, Morgan Delaney era sua namorada?

Quase me engasgo. Em nome do *Büstenhalter* de Brunilda, como a Luna sabe disso? O choque cura a concussão na hora.

— Por que você acha isso?

Luna não faz contato visual. Na verdade, ela parece até um pouco tímida.

— Ah, eu não queria contar isso, mas existe uma chance de que eu e Harmony estivéssemos praticando contorcionismo naquela caixa de brinquedos na brinquedoteca? Aí você entrou e a gente ouviu a conversa toda.

Eu a encaro, chocada. Luna é impressionante. Então bufo e volto a desabar na cama (com mais cuidado desta vez, porque minha cabeça não aguentaria outro golpe).

— Então você já sabe tudo — resmungo. — Não sei por que tá perguntando.

Luna não se toca. Ela se deita também.

— Vocês duas estavam, tipo... juntas, então?

— Não sei. — Solto um suspiro. — A gente assistia a filmes, se beijava e conversava. E fomos num show muito maneiro em Londres. Só coisas assim.

Luna hesita.

— Então quer dizer que vocês, hm... namoravam?

Abro os olhos e encaro o teto off-white. Porque, agora que ela falou, acho que é exatamente o que eu e Morgan estávamos fazendo. Só que fui burra demais para perceber. VSF (vai se fritar).

— Então, o que aconteceu? — pergunta Luna.

Suspiro e rolo para ficar de frente para ela.

— Eu empatalhei tudo.

Luna faz uma careta.

— Você o quê?

— Empatalhei tudo. Sabe. Tipo, estraguei tudo.

— Isso não é uma expressão — diz Luna.

— Tá, mas agora é! — Rolo para encarar o teto de novo. — É tudo culpa da minha Vênus. Ela representa meu lado romântico. E você sabia que minha Vênus também está em Aquário, Luna? É aquário demais pra uma pessoa só! Pelo visto, isso significa que eu me perco na terra da fantasia. Mas nunca imaginei que iria me empatalhar tanto desse jeito.

Luna solta um muxoxo.

— É... é verdade que uma das principais características de aquarianos é serem muito superficiais.

Franzo a testa.

— Foi isso que eu disse?

— E que você é uma pessoa catastroficamente egoísta — continua ela, absorta. — Tipo, você é "distraída" ou só indiferente a todo mundo à sua volta?

Tusso.

— Pera aí, Luna...

— Mas, Cat — continua ela —, você já parou para pensar que nem tudo tá escrito nas estrelas? Acho que, às vezes, você só tem que seguir o seu coração.

Eu a encaro, quase prestes a jogar outro livro de capa dura da Jane Austen nela.

— Tá falando sério?! — balbucio, apoiada em dois cotovelos muito frustrados. — Foi você que me disse pra encontrar o amor, pra começo de conversa.

— O quê? — pergunta Luna, o que me enfurece. — Não disse nada!

Gesticulo descontroladamente. O que não é fácil de fazer quando você está deitada. Devo parecer uma pessoa pegando sol em pânico.

— Você disse que se eu não arrumasse alguém até o fim da temporada de Libra, eu teria que esperar outro ano inteiro pra encontrar o amor! Minha vida tá um desastre desde então!

— Sua vida já era um desastre bem antes disso — corrige Luna. — Mas, na verdade, Cat, não foi isso que eu disse. Eu falei que outras pessoas acham que a temporada de Libra tem a ver com isso, mas elas estão enganadas. O que não é nenhuma surpresa, levando em conta a criação capitalista delas...

— Dá pra gente não fugir do assunto? — interrompo, e Luna faz uma cara feia.

— A temporada de Libra não tem nada a ver com encontrar o amor — explica ela, em um tom calmo. — É sobre encontrar o equilíbrio. Que poderia vir em forma de amor, mas também de qualquer outra coisa. Pra mim, foi começar meu clube de colcha de retalhos com a Niamh. Isso me trouxe muita compreensão mental.

Quero perguntar se ela tem certeza do que está falando. Se por acaso não viu o brinco de clipe de papel que anda usando no espelho. Mas talvez esta não seja a hora para isso, então apenas encaro o teto. Será que estou vivendo minha vida toda errada? Não seria a primeira vez. Mas um breve sonho de ser sósia da Taylor Swift dificilmente é a mesma coisa que interpretar errado um universo inteiro de estrelas. Groselhas graúdas! Será que sou mesmo uma palhaça da astrologia?

— Então o que eu faço agora? — pergunto, desesperada.

Luna dá um sorrisinho presunçoso.

— Ué, você pode consertar as coisas, obviamente. Você *deveria* consertar as coisas. Como eu consertei as coisas com o Dorian depois que a gente discordou sobre uma cláusula na Lei de Reconhecimento de Gênero.

Eu a encaro.

— Você brigou com o Dorian?

Eles estão saindo há literalmente duas semanas, então é bastante divertido pensar que os dois já tiveram a primeira briga e já fizeram as pazes.

— Ele é leonino, então é intenso — continua Luna. — Mas eu consertei as coisas. E você também deveria fazer isso, se gosta da Morgan. E, sem ofensas, Cat, mas você parece gostar muito dela.

— Ela é geminiana, sabia? — comento, e Luna ergue uma sobrancelha.

— Viver é correr riscos — diz ela, no tom mais zen possível. — Isso às vezes inclui confiar em geminianos. Nunca se sabe. O resto do mapa dela talvez equilibre suas tendências geminianas perversas! Não é só o sol que importa. Talvez ela tenha lua em Peixes.

Nós duas suspiramos melancólicas diante dessa perspectiva.

Depois de um tempo, dou uma cutucada na minha irmã.

— Sabe, até que você é bem sábia. — Faço uma pausa. — Pra uma escorpiana, pelo menos.

Luna pula em cima da minha barriga, e quase morro sem ar. Rolamos pelos lençóis, na tentativa de esmagar uma à outra, até que mamãe entra correndo porque estamos "sacudindo a casa inteira". O que é uma coisa muito virginiana com que se preocupar.

Luna me disse para "consertar as coisas", e até aí tudo bem, mas *como*? As aulas começam amanhã e, por mais que eu não seja especialista, não acho que há tempo para encontrar um papagaio e treiná-lo para dizer "descul-pa, Morgan" até lá (o que, tragicamente, é a única ideia que tive até agora).

Além disso, e quanto a Alison? Ela também vai estar na escola. Depois daquela ligação com Morgan, não sei *o que* pensar. E se Morgan estiver certa e eu estiver irremediavelmente apaixonada por Alison Bridgewater para sempre? Talvez eu precise de hipnoterapia. Posso apagar Alison da mente e — *bum!* — vou estar curada. Mas quanto será que custa uma sessão de hipnoterapia?

Fico acordada, inventando soluções, até tarde da noite. Tá, até 23h35.

Então ouço um carro passando pelo cascalho do lado de fora. Maryle-bone Close é uma rua sem saída, então ou um caminhão cheio de palha-ços assassinos está nos fazendo uma visita (sonhar é de graça) ou alguém está chegando em casa das suas férias de Natal na Irlanda.

Rolo para fora da cama e sigo estilo ninja até a janela para espiar a rua. Eu estava certa! O carro da mãe de Morgan acabou de subir na entrada para carros em frente à nossa. Observo enquanto as portas se abrem... e então ali está ela: Morgan Delaney, arrastando a bagagem para fora do porta-malas.

Ela está de rabo de cavalo, e acho que devo estar com bastante absti-nência de sono, porque meu coração derrete na hora. Observo o cabelo ba-lançar nas costas de Morgan, enquanto ela sobe as escadas com pulinhos e destranca a porta azul. A mãe a segue para dentro, e então a porta se fecha.

Olho o relógio de novo: 23h37. Talvez eu deva escrever um diário dos movimentos da Morgan! Aí vou poder saber como é a rotina dela. O que a afeta. Como reconquistar o coração irlandês geminiano dela. Então tenho um vislumbre dos meus olhos arregalados no espelho. Pareço assustado-ra, bastante medida-protetiva-liciosa. Talvez eu deva só ir dormir

Fragmento de "Garotos Maus Choram"

por Jamie Owusu

(parcialmente inspirado em "Big Girls Cry", da Sia)

Não paro de pensar no nosso término,

Causado pelo meu mau comportamento.

Acho que reforcei o patriarcado!

Garotos maus choram quando causam mágoa.

Garotos maus choram quando causam mágoa...

Vou compensar, vou compensar, vou compensar... (x3)

VOCÊÊÊÊÊÊ!

Universal e espiritualmente desequilibrada

São 8h55. Vejo uma luz se acender por trás da cortina de Morgan Delaney. Só para constar, pode não ser a cortina certa, afinal não sei qual é o quarto dela. Mesmo assim, é uma informação para o diário de movimentos da Morgan que não estou escrevendo. Luna enfia a cabeça para dentro do quarto, e quase derrubo os binóculos.

— O que você tá fazendo? — pergunta ela. — A gente precisa sair, Cat. São quase nove horas.

— Não podemos sair agora, Luna! — protesto. — Preciso me certificar de que a gente não vai esbarrar com a Morgan na porta. Seria muito constrangedor.

— Tudo é constrangedor pra você — diz Luna, impaciente. — É simplesmente quem você é como pessoa. Podemos, por favor, sair? Niamh tá me esperando com uma sacola gigante de cristais. Os meus ainda estão na Caixa de iPhone, mas preciso deles pra trazer equilíbrio ao meu universo espiritual interno.

Queria que alguém trouxesse equilíbrio ao *meu* universo espiritual interno, mas infelizmente eu caio duas vezes só tentando calçar os sapatos. Abro uma frestinha da porta e espio para ter certeza de que a barra está limpa, depois sigo na ponta dos pés até a entrada.

Não vejo Morgan, só um monte de lixeiras pretas espalhadas como pinguins. Seguro o pulso de Luna e sibilo para ela andar rápido. Eu a arrasto pelos degraus da entrada que nem uma mãe a caminho da creche. Luna retrai o braço com força na esquina.

— Dá pra parar de me puxar?! Daqui a pouco desloca alguma coisa! — reclama ela, com rispidez.

Estou prestes a dizer que, se ela não acelerar, pode apostar que vou deslocar alguma coisa mesmo e que ela não vai gostar nem um pouco, quando a porta azul de Morgan Delaney se abre. Lá está ela, os olhos no celular, mas a poucos metros de distância. Eu poderia soltar gritinhos.

— AAAARGH — exclamo, o que percebo que *é* gritar alto, e Morgan já está se virando, então faço a única coisa possível: pulo atrás da lixeira de rodinha mais próxima.

Luna me olha, boquiaberta.

— Cat, dá pra levantar?! O que você tá fazendo?!

Gesticulo para ela.

— Só... empurra a lixeira ou algo assim!

Balanço os braços para Luna, e ela balança os braços para mim, depois segura a lixeira e a empurra. As rodinhas começam a guinchar, o que, com sorte, vai se confundir com meu grito (muito engenhoso da minha parte, sério). Eu me arrasto pelo asfalto, praticamente fazendo uma dança russa em direção à rua principal.

— Cat — murmura Luna, se esforçando para não mexer os lábios. — Ela tá olhando pra gente. Não posso arrastar a lixeira até a escola. Só levanta!

— Só continua empurrando — cochicho de volta, e Luna acelera.

Não consigo fazer minha dança russa tão rápido. Na verdade, acho que estou prestes a cair, então seguro a lixeira para me apoiar. Isso tira Luna totalmente do rumo.

— Cat, cuidado, tem outra lixeira ali! — exclama ela, assim que as duas lixeiras colidem, viram e espalham lixo por toda a rua.

Isso produz um poderoso e estrondo-caudaloso barulho. Para piorar, acabo exposta, agachada no meio do asfalto, que nem uma pata.

E agora? Ouso abrir um olho e vejo que Morgan está parada no meio da rua, olhando para mim, de braços cruzados. Groselhas.

— B-bom dia — gaguejo, e ela revira os olhos. Não parece feliz em me ver. — Hm, que tempo péssimo que tá fazendo, né? — *Não fala isso.* — Tá bastante, hm... — *NÃO FALA ISSO.* — Tá bastante, sabe, chorume.

Falei. Simplesmente não consegui resistir.

Luna parece chocada. Morgan inclina a cabeça para mim.

— Você não consegue mesmo ficar séria nem por um segundo, né? O que tá fazendo aqui? Preciso ir para a escola.

— Que coincidência — balbucio, me levantando num pulo. — Na verdade, eu moro, hm, ali. — Aponto para a porta verde. — Só por um tempo. Até minha casa ficar pronta de novo. Não sei se você lembra, mas, hm, teve um incêndio, que, sabe, eu meio que, hm... causei.

Morgan me encara.

— Você só pode estar brincando.

Essa dificilmente é a resposta mais encorajadora do mundo. Balanço a cabeça, e Morgan olha de mim para Luna e depois para a casa, até que murmura algum palavrão baixinho e sai marchando em direção à Queen's.

— Acho que talvez esse tenha sido o momento mais constrangedor da minha vida — contempla Luna.

Olho feio para ela.

— Da SUA vida?! Tá falando sério?!

Nós nos bicamos por todo o caminho até a escola.

Quando chego à sala de chamada, estou muito estressada, então me sento ao lado da Zanna para praticar um pouco de relaxamento bastante necessário. O que significa desenhar a Rapunzel de mãos dadas com a Pocahontas.

— Misericórdia. Em nome de Michelle Obama, o que ela tá fazendo com isso? — questiona Zanna.

Franzo a testa para meu desenho.

— Isso é um remo, Zanna, porque elas estão num barco. Por que sua mente é tão suja?! Sinceramente, só porque você viu *Shakespeare Apaixonado*...

— Não — diz Zanna. — Cat, olha.

E eu olho. Muito irritada. Então noto que Siobhan acabou de entrar na sala, o que é sempre uma ocasião tapete vermelho no primeiro dia de volta às aulas. Mas hoje ela está segurando o balão mais enorme, purpurinado e dourado que já vi. Parece um pequeno planeta numa coleira de cachorro. Tem formato de unicórnio.

— Pelo amor de Deus. O que *é* isso? — murmuro.

— É uma atrocidade. É isso que é — responde Zanna.

Todo mundo para e fica encarando o balão de Siobhan feito patinhos. Até que ela atravessa a sala na direção de *Millie*, a única pessoa que não está observando paralisada. A garota está ocupada demais escondida no canto, com olhos enterrados como ouro de pirata na biografia da Claudia Winkleman. É como se a sala toda prendesse a respiração. O que é muita respiração para prender.

— Hm, Millie? — chama Siobhan.

Millie congela. Os nós dos dedos dela ficam brancos no livro.

— Oi? — murmura ela, sem erguer o olhar.

— Isso é pra você — anuncia Siobhan, e Millie finalmente olha para ela.

Seria um eufemismo dizer que ela parece apavorada. Acho que preferiria ver sete avós tricotadoras de suéter serem mergulhadas em cimento até a morte do que estar aqui. Siobhan põe o balão, que está amarrado a uma ferradura de plástico por uma fita, na mesa da Millie. O balão eclipsa a luz do sol ao redor dela, mergulhando Millie na escuridão. Na verdade, é maior do que a própria Millie! O que não é difícil, mas mesmo assim.

— Hm, como assim? — pergunta Millie, encarando o balão.

— Eu tô falando o quê?! Esperanto?! — retruca Siobhan, com rispidez, então morde o lábio, visivelmente tentando se recompor. — *Como assim* que eu trouxe isso pra você, tá bom? Pra pedir desculpas por ter quebrado seu celular. E chamado sua franja de trágica. E outras coisas que eu possa ter falado que magoaram seus sentimentos.

Millie encara Siobhan, em choque.

— Pra pedir *o quê*?

Siobhan se eriça como um porco-espinho com *hashis*.

— Desculpas — repete ela. — Me desculpa, tá?! Eu trouxe esse balão como um símbolo do meu arrependimento. Ou sei lá.

Faço contato visual com Alison, que apenas dá de ombros, parecendo incrédula. Atrás de mim, ouço Zanna prender uma risada. Habiba ergue o celular para tirar uma foto.

— Você não precisava ter feito isso. Tipo, *de verdade* — diz Millie, devagar.

— Tá, mas eu quis — responde Siobhan, jogando o cabelo para trás. — Tenho me sentido, hm, culpada. O que na verdade é muito desconfortável, Millie! Tive que escrever sobre isso num diário, como algum tipo de aberração Brontë. Desculpa por ter sido meio cruel e não ter incluído você nas coisas. Acho que o que quero dizer é... se quiser se sentar com a gente na hora do almoço, você pode.

Zanna mal consegue se conter. Preciso até pisar no pé dela para fazê-la calar a boca, mas acabo pisando no meu próprio pé. Enquanto massageio meu dedão latejante, Millie pigarreia.

— Hm, obrigada, Siobhan — diz ela. — Vou dispensar o almoço, se você não se importar, mas agradeço seu pedido de desculpas e, hm... o balão.

— Tá. Que bom — responde Siobhan, então marcha até a mesa dela e de Alison e se senta, sem dizer mais nada.

A sala inteira não dá um pio e encara o balão com admiração, como se fosse um presente do Rei Cuauhtémoc, o asteca, em pessoa. Até que o sinal toca e a sra. Warren entra.

— Bom dia, turma — diz ela, então para, com as sobrancelhas franzidas, o que talvez seja só a cara normal dela, depois se vira para Millie. — Millie Butcher, posso perguntar o que você está fazendo com esta monstruosidade dourada?

— Hm... — Millie fica toda vermelha e em pânico. — Na verdade...

— Fui eu, senhora — interrompe Siobhan, se levantando, orgulhosa. Zanna tosse. Está se divertindo demais com a cena toda. — É um pedido de desculpas pelo meu comportamento das últimas semanas.

A sra. Warren franze ainda mais a testa.

— Só pelas últimas semanas. Ora, ora. Como Millie deve estar se sentindo sortuda. Sente-se, srta. Collingdale. E enfie a camisa para dentro, por favor.

Pela primeira vez, Siobhan não discute. Cenas muito, muito chocantes.

— Não acredito que ela não quis sentar com a gente na hora do almoço! — diz Siobhan, no playground, após a chamada. — Depois de tudo que o sr. Drew disse sobre ela não se sentir bem-vinda à turma... Estou dando meu melhor, ok? Olha o tamanho daquele balão! Todo mundo vai notar a garota agora. O que mais ela pode querer?!

— Foi muito generoso — assegura Kenna, mas Zanna pigarreia.

— Siobhan — diz ela, ajeitando os óculos. — Não me leve a mal. Mas talvez a Millie só não goste muito de você, sabe? Na narrativa dela, você é provavelmente a vilã principal. Apesar de que, na verdade, na minha narrativa você também não é exatamente uma heroína...

Siobhan arregala os olhos, virando para Zanna como se fosse usar o couro cabeludo dela como toalhinha de chá, então me coloco entre as duas depressa.

— Hm, o que a Zanna quer dizer, Siobhan, é que talvez a Millie não goste de *atenção*. Talvez ela só prefira, sabe, ser deixada em paz...

Siobhan franze a testa para Millie, que está se arrastando para a aula de matemática com seu enorme balão oscilando às costas como um OVNI.

Sinceramente, estou com medo de ela sair voando. Talvez ela até prefira, porque parece muito envergonhada. Até tenta esconder o balão embaixo do blazer. Mas está perdendo tempo: acho que dá para ver aquele balão até de Marte.

— Acho que você tem razão — diz Siobhan, depois de um tempo.

Zanna dá um sorrisinho pretensioso para mim, e respondo com dois joinhas solidários. Então Jasmine Escandalosa McGregor aparece, berrando que Siobhan fez um gol contra numa partida de netball do ano passado, e as duas começam a atirar apostilas uma na outra como se fossem frisbees.

Eu e Zanna conseguimos escapar para a aula de francês antes de sermos atingidas e irmos parar em Tombuctu.

Assunto: Cavalo à solta
De: Dra. Woodhouse woodhouse@queens.kent.sch.uk
Para: Todos os alunos e funcionários

Boa tarde,

Chegou à minha atenção que há um balão na propriedade da escola. Devido a relatos extraordinários de que um cavalo fugitivo está "causando tumulto, sem poupar ninguém", fiz um alerta à direção e os atualizarei conforme a situação se desenvolver. Se alguém estiver com dificuldade de lidar com a empolgação e/ou histeria, pode buscar aconselhamento psicológico com a Equipe de Saúde e Bem-Estar Estudantil. Por favor, mantenham a calma.

Atenciosamente,

Dra. Woodhouse, MBE, PhD
Diretora, Queen's School Kent

De lá e de cá, é erro pra lascar!

O balão da Millie é o assunto do momento. Principalmente depois que ela quase saiu voando na hora do almoço. Por sorte, os braços de polvo de Elizabeth Rica finalmente serviram para alguma coisa, e Millie "saiu da grama apenas por alguns segundos", de acordo com testemunhas. Depois todo mundo ficou de pé e cantou "Parabéns para você" para ela na cantina.

Na hora dos anúncios, a Situação com o Balão chega ao ápice. Millie deixa a fita escapar sem querer, e o zelador da escola, Eric Empoeirado precisa de uma escada dobrável para recuperar o balão, que voou para a frente do projetor, deixando o cômodo todo dourado cintilante.

— Não sei por que tá todo mundo fazendo esse auê — reclama Siobhan, enquanto andamos para os portões da escola depois do nosso dia hélio-homérico. — Ninguém estava ouvindo o discurso do sr. Drew mesmo! "Ônibus Cheios de Oportunidades"?! O que isso significa, cara? Além disso, foi desrespeitoso com a Cat, levando em conta o trauma dela com ônibus.

Arregalo os olhos.

— Ah, hm… Eu nem percebi.

— Viu? — diz Siobhan para Alison. — Ela continua em total negação sobre o que aconteceu. Vai saber como isso pode se manifestar futuramente! Ela poderia começar a fazer cosplay.

— Ah, Siobhan, deixa ela em paz! — Alison ri, enlaçando o braço no meu. — Não se preocupa, amore — sussurra ela. — Só lembra que...

Ela se interrompe, e eu me inclino para perto.

— Alison? Só lembra o quê?

— Olha! É o Casper!

Alison corre até os portões, onde há um carro vermelho estacionado, bloqueando a rua toda. Os motoristas de ônibus buzinam sem parar, mas o cara recostado no capô tem uma expressão impassível por baixo dos grandes óculos escuros. Alison dispara na direção dele, com os braços estendidos, e o abraça, guinchando como um golfinho.

— Mas que passas podres! Alison conhece ele?! — pergunta Siobhan.

— Olha aquele carro! Ele tem um conversível, Siobhan! — comenta Kenna.

— Cristinho ciclista de bicicleta, Kenna, quantas vezes eu já disse? Um teto solar não conta como conversível — retruca Siobhan, irritada.

Kenna pega o celular para verificar a informação, e Alison volta saltando, com *Casper* praticamente colado a ela. Está risonha e ridícula como uma nuvem de bolhas de sabão.

— Ai, cara — murmura Zanna, ao meu lado.

— Gente, esse é o Casper! — Alison nos inunda em sorrisos. — Lembra, Cat? Eu te contei tudo sobre ele em Londres! — Ela suspira, olhando de mim para ele. — Nossa, *Cat* e *Cass*. Preciso tomar cuidado pra não confundir vocês dois!

Solto um "HAHAHA", pensando que isso é bem improvável, a não ser que eu pareça mais com Thor, Deus do Trovão, do que pensava. Nesse meio-tempo, Casper cumprimenta Siobhan, Kenna e Zanna, todo másculo e estilo Thor, com seu cabelo loiro-claro e chapéu pretensioso.

Ele se vira para mim.

252

— E aí, loirinha — diz Casper. — Pode me chamar de "Cass".

Ele abre um sorriso deslumbrante e passa um braço sobre os ombros da Alison. Nossa, eu odeio esse cara. Ele é tão *gato*. É, eu sei disso, afinal sou lésbica, não cega.

Siobhan está com um bico muito bicudo. Encara o carro de Pode me Chamar de Cass, umedecendo os lábios como uma leoa com cílios postiços.

— O carro é *seu*? Você tem idade pra, tipo, dirigir? — pergunta ela, em um tom exigente.

Pode me Chamar de Cass assente.

— Tirei a carteira quando fiz dezessete anos, no mês passado... Só duas multas até agora. *As duas* por ultrapassar o limite de velocidade — adiciona ele, e as meninas (menos eu e Zanna) ficam todas bobas. Pode me Chamar de Cass fala igual ao Thor também, todo retumbante. — Pensei em levar essa mocinha especial pra dar uma volta. — Ele sacode os ombros da Alison, que dá tantas risadinhas e sorrisos que fico genuinamente preocupada que ela possa explodir numa gosma cor-de-chiclete. — Podemos ouvir meu álbum no caminho.

— Seu *álbum*?!— Kenna praticamente engasga, então faz sinais secretamente para Siobhan.

— Ela tá dizendo que isso é incrível, talvez você seja rico — traduz Siobhan, em voz alta, enquanto Kenna tenta calá-la depressa. — Acho que ela não tá *totalmente* errada...

— O álbum dele tá no iTunes! — exclama Alison, empolgada. — Né, amore?

— *Cova Rasa* — diz Pode Me Chamar de Cass. — É sobre talentos musicais que morreram antes da hora. Dá uma pesquisada. — Então, com uma piscadela que me dá vontade de me jogar numa fornalha, ele leva Alison, praticamente em coma, para o carro. — Vejo vocês mais tarde, ok, meninas?

Eles arrancam em alta velocidade, finalmente desbloqueando a rua, enquanto Siobhan encara, embasbacada. Ela se vira para mim, com o rosto tomado de fúria.

— Você sabia?! Por que não me mandou mensagem?!

Eu a encaro, incrédula.

— Você estava de castigo! Sem celular!

— E daí?! — esbraveja Siobhan, e acho que ela está prestes a estourar uma veia, mas por sorte Lizzie Brilho Labial e suas amigas brilhosas aparecem. — Lizzie, Elizabeth, Eliza! Vocês não vão ACREDITAR em quem a Alison tá pegando!

Enquanto Siobhan e Lizzie Brilho Labial provocam aneurismas cerebrais umas nas outras, fico parada e silenciosa, encarando a rua de onde Alison tinha acabado de sair. Zanna aparece ao meu lado. Como uma espécie de gênia eslava.

— Achei ele muito estranho — diz ela.

Faço que sim devagar.

— Zanna... posso contar uma coisa?

— Precisa mesmo?

— Acho que superei Alison Bridgewater. Acabei de perceber que não gosto mais dela desse jeito. Ela é meio superficial e autocentrada às vezes.

— Se identificou, né? — diz Zanna, assentindo.

— E eu fui muito idiota — falo por cima, porque sinceramente... não dá para ela me deixar ter meu momento uma vez na vida? — Estraguei tudo com a Morgan, e pra quê?

Acho que Zanna vai dizer que é óbvio que fui idiota, porque idiota é o que sou no geral, mas, depois de um momento de silêncio solidário, Zanna enlaça o braço no meu.

— Quer tomar chocolate quente antes de ir pra casa? — pergunta ela, e como a verdadeira aquariana loira e patética que sou, percebo que estou com um nó na garganta.

— Sério? — pergunto, e Zanna revira os olhos.

— Dã. A gente precisa comemorar de algum jeito.

Deixamos Siobhan e Lizzie Brilho Labial grasnando feito gansas e vamos para a Lambley Common Green. É a coisa mais estranha do mundo, mas agora que falei, percebo que superei Alison Bridgewater total, pura e completamente. O globo de neve dela não existe mais. Enfim entendo o que Morgan quis dizer sobre estar vivendo uma ilusão.

Mas agora tenho um novo problema. Estou definitiva, total e miseravelmente nas mãos de Morgan Delaney. E, para minha tragédia, não é no bom sentido.

Horóscopo para mim mesma

De acordo com a *Bíblia das estrelas,* a temporada de Capricórnio é quando aquarianos como eu deveriam estar fazendo uma limpeza na vida e se desfazendo de bagagens...

Mas que bagagens?! Eu literalmente incinerei todas as minhas posses! Estaria vivendo ao máximo a fantasia xintoísta inspirada na Marie Kondo de Luna se me desfizesse do que sobrou. Mesmo assim... jogo fora todos os lenços de papel usados e um elástico de cabelo arrebentado, só para garantir. Ah, e uns sapatos velhos nojentos que minha mãe às vezes usa em casa. Não faço ideia de por que meu pai se deu ao trabalho de trazê-los para cá! Talvez tenha inalado algumas toxinas. Enfim, tenho certeza de que ela não vai sentir falta.

Mas nem isso traz Morgan Delaney até a porta da minha casa! A vida é muito injusta. Parece que, independentemente da temporada, vou ser obrigada a sofrer a dor enormemente-enorme de ser apaixonada por alguém que não me ama.

— Alguém viu minhas pantufas? — começa a gritar minha mãe.

Argh! Como vou conseguir criar o horóscopo perfeito com tanto barulho?!

Um poema romântico anestésico

Mas qual é o sentido de estar dolorosamente apaixonada por alguém que não quer nem falar com você? Dois trágicos dias depois, continuo sem fazer ideia de como reconquistar o coração geminiano de Morgan Delaney, e meu horóscopo me diz para "me distanciar da toxicidade"...

Acho que significa que tenho que evitar todos os meus problemas até que se resolvam por conta própria, então pulo para dentro de um arbusto para escapar de Morgan no caminho da escola para casa. O que não teria sido tão ruim se não tivesse uma pomba fazendo ninho ali. Bicada quase até a morte, marcho pela entrada para carros com Luna na minha cola. Enquanto tiro um graveto do cabelo, ela pigarreia.

— Você não pode continuar evitando Morgan pra sempre, Cat. Vai ter que resolver essa situação. Deveria tentar *ARADI*. É uma técnica de pensamento positivo: *Autoaperfeiçoamento, Resolução de problemas, Aspirar a coisas melhores, Desacelerar* e *Investir seu tempo de forma eficiente*. Minha amiga on-line Willow que inventou, e...

— Luna — interrompo.

— Oi?

— Cala a boca.

Tiro os sapatos aos chutes na entrada. Talvez minha irmã seja mais descontrolada do que três chimpanzés com nariz de palhaço. Vou para a cozinha em busca de nutrição e quase viro do avesso de choque. A MÃE de Morgan está sentada à nossa mesa.

— Oi, meu amor — cantarola minha mãe, sorrindo radiante, com uma caneca de chá fumegante. — Como foi na escola? Esta é Caroline, da casa da frente. A gente se esbarrou hoje à tarde e não conseguiu parar de papear! — Ela solta uma risada, então dá um tapinha no braço de Caroline como se já fossem velhas amigas, BFFs. Mate-me, Safo. — E adivinha só? Caroline sabe costurar!

Caroline tem uma ousadia estilo Morgan. Está de regata, e noto uma âncora tatuada no seu ombro.

— Sua mãe foi muito gentil ao me convidar para o grupo de costura dela no sábado! — diz ela, sorrindo para mamãe. — Vai ser bom tirar minhas agulhas do fundo do armário de novo!

Muito bom. Assim posso usá-las para me apunhalar até a morte. Olho de mamãe para Caroline, em um horror silencioso, até que meu pai entra a passos largos, vestido como uma espécie de encanador trágico, de calça jeans e camiseta branca. Carrega uma caixa de ferramentas. É uma visão bastante perturbadora. Atrás de mim, Luna leva um susto.

— Em nome de Zendaya, o que você tá fazendo, pai? — pergunta ela.

— Eu estava instalando umas prateleiras para Caroline — explica ele, estufando o peito, todo orgulhoso. — Ela precisava de uns músculos para o trabalho pesado, então peguei minha calça jeans de trabalhos manuais.

— Alguém desinfeta meus olhos — murmura Luna, e concordo totalmente.

Agora estou encrencada. Por que meus pais precisam ser *tão* amigáveis?! De verdade, são os virginianos mais bobos da cidade. Só espero, mais do que tudo, que Caroline não decida trazer Morgan no sábado, como um tipo de bonde das boas-vindas em *The Sims 3*. Por que, se rolar, talvez eu tenha que me mudar para o duplamente sem litoral Uzbequistão.

Sábado, às 12h07, vejo Caroline saindo de casa. Sozinha, graças a Afrodite. Seria terrivelmente constrangedor se Morgan viesse, principalmente porque continuo sem fazer ideia de como conquistar seu perdão. Tentei até fazer um bolo, mas meio que estraguei tudo. Pelo jeito, preciso *quebrar* os ovos antes de misturá-los à massa. Tudo muito complexo.

Minha mãe, Fran e Caroline papeiam sem parar no andar de baixo no seu encontro de café — desculpa, "de costura". Estou pensando se deveria tricotar uma manta com tema de astrologia, quando minha porta se abre e minha mãe aparece.

— Cat, querida? Você tem visita!

O QUÊ?! Eu me pergunto se meus binóculos deixaram alguma coisa passar e Morgan está aqui. Fecho a tampa do laptop com força. Quer dizer, do laptop reserva do meu pai. O meu derreteu no incêndio. A fofo depressa o cabelo. Não estou nem de rímel... pareço um rato-toupeira-
-pelado!

— Hm, quem é? É só que eu tô meio ocupada... — digo, mas então Jamie Owusu entra no quarto, usando um colete diferente, mas igualmente trágico, e uma calça de lona horrorosa roxa.

Arregalo os olhos como um peixe telescópio.

Literalmente não vi Jamie nenhuma vez desde que terminamos. Na escola, ele chegou a entrar para a Sociedade Feminista para me evitar; o único clube da Queen's que o aceitou. Mas agora está aqui, no meu quarto caixa de sapato. E segura um violão.

Jamie me cumprimenta com um aceno de cabeça. Está com um brilho esperançoso nas bochechas. Tento gritar silenciosamente para minha mãe usando apenas os olhos: POR FAVOR, *NÃO* ME DEIXA SOZINHA COM ELE!

— Me avisem se quiserem lanchinhos — diz ela, e sai, dando risadinhas.

Inútil pra groselhas.

— Cat, tudo bem se eu entrar? — pergunta Jamie.

— Hm, você já entrou — comento, olhando nervosa para a janela e calculando minhas chances de sobrevivência caso tente dar um salto mortal para a liberdade.

— Ah, é — responde Jamie, tirando o violão do ombro. Rezo para todas as entidades existentes para ele não ter mais versos de "Cathleen".

— Cat, eu sei que o que a gente tinha ficou no passado. Mas, por favor, me escuta. Vim pedir desculpa.

Sou pega de surpresa. Tenho total direito de mandar Jamie fazer um solo de violão para fora do quarto. Ele não precisava ter aceitado os comentários de Gata Selvagem. Mas é o Jamie, que conheço há anos. A mãe dele é melhor amiga da minha. Então... eu apenas solto um suspiro.

— Vai em frente, então.

Ele se senta na cama, girando os polegares, nervoso.

— Tá. Hm, naquela noite na casa da Siobhan... O Kieran quis saber até que nível de pegação a gente tinha chegado, e eu, hm... Ah, eu não sabia quais eram os níveis, então só disse "todos". Aí os caras começaram a comemorar e... a história saiu do controle. Sinto muito. Nunca deveria ter desrespeitado você desse jeito. Depois que a gente terminou, virei feminista e agora entendo que agi errado.

— Ah — digo, um pouco atônita. — Tá, tudo bem. Bem está o que bem...

Até que noto que Jamie está segurando um biscoito de chocolate, que ele morde com um entusiasmo perturbador. De onde ele tirou isso? Será que evoluiu e passou a transformar partículas em biscoitos agora?

— Tudo bem se eu comer? Preciso aquecer minhas cordas vocais — pergunta ele.

Eu poderia comentar que ele já comeu o negócio inteiro, mas estou mais preocupada com a última parte.

— Desculpa. Você acabou de dizer "cordas vocais"?

Ele engole.

— Aham. Compus uma música para você. Pra pedir desculpas.

Começo a suar de nervoso.

— Jamie, você não precisa...

— Por favor — diz Jamie, com os olhos lacrimosos.

Mais uma vez minha generosidade santa me domina. Conformada, assinto, e Jamie abre o zíper do estojo do violão. Tem até uma palheta, o que passaria uma impressão maneira e profissional, mas a dele tem estampa do Bob Esponja. Jamie toca as cordas. Quando acho que ele ainda está afinando o negócio, ele começa a cantar.

Como se assassinar Dolly Parton não fosse o suficiente, ele agora roubou a melodia de "Don't You Want Me", do Human League. Estou muito feliz pela Morgan não estar ouvindo isso.

Você me conquistou ao me chamar de ok,
Até que é verdade.
Mas espalhar que eu peguei você
Foi muito tosco.
Desculpa por roubar suas meias pra cheirar
Sem avisar.
Mas se ficarmos amigos seria legal,
Mas não como... seus adoráveis olhos azuis...

Quando ele termina, fechando os olhos dramaticamente, aplaudo devagar. Talvez tenha sido até pior do que "Cathleen".

— Isso foi... — Reviro meu cérebro. — Muito fofo.

— Valeu. — Ele dá tapinhas no peito. — Só canto o que tá na minha alma, sabe?

Faço que sim vigorosamente, e, para meu alívio, Jamie guarda o violão de volta no estojo e se levanta. Ele estende uma das mãos, que encaro por três segundos inteiros.

— Obrigado pela experiência, Cat — diz ele, com a voz trêmula, como se estivesse tentando soar másculo e sábio. — Espero que nossos caminhos voltem a se cruzar.

Aperto a mão dele, apática.

— A gente vai se ver na escola segunda-feira, Jamie.

— É, foi... o que eu quis dizer. — Jamie assente. — É melhor eu ir. Tenho aula de skate. Mas obrigado por me ouvir, Cat. E obrigado por não contar pra minha mãe o que eu fiz. Ela teria me matado.

— Tranquilo — digo, e ele se vira para sair. — Hm, Jamie?

Ele se vira, esperançoso.

— Oi?

— Não é totalmente culpa sua que a gente não tenha dado certo. Eu não tenho como gostar de você porque, na verdade, eu sou lésbica. Por favor, não conta pra ninguém! Mas, hm... não se sinta tão mal, tá?

Eu me encolho, esperando a reação dele.

Jamie me encara, então abre um *sorriso*! Jamie dá um soco animado no ar.

— ISSO! Eu sabia! Sabia que eu não era feio.

Eu o encaro. ESSA é a resposta?! Solto uma risada pelo nariz.

— Não, você é ok.

Ele abre um sorrisinho, então dá uns tapinhas no violão.

— Acho que é melhor eu encontrar outra garota pra ser minha musa.

Assinto o mais solenemente possível.

— Vai ser uma garota muito sortuda.

Ele sorri.

— Valeu. E lembre-se: "Contar nossas histórias, primeiro para nós mesmos e depois um para o outro e para o mundo é um ato revolucionário." Janet Mock, *Redefining Realness*. — Jamie dá tapinhas ávidos no peito, então me oferece uma saudação. — Adeus, Cat.

E vai embora.

Só depois que eu ouço a porta da frente se fechar que noto que ele esqueceu sua palheta do Bob Esponja em cima do edredom. Eu a pego, me perguntando se deveria correr para devolver, mas no fim das contas sorrio e a coloco no meu parapeito. Um souvenir, decido, do mês em que dei uma chance para os garotos.

Mais tarde, ligo para Zanna e conto o que aconteceu com Jamie. Nós damos boas gargalhadas, bobas como duas patinhas.

— E se você tiver cometido um erro terrível? — pergunta ela no meio de uma risada esganiçada. — Jamie compõe músicas horríveis, e você escreve poesias horríveis. Talvez tenham sido feitos um para o outro.

Sei que ela está tentando perturbar minha paciência, e quase mordo a isca. Mas então tenho uma ideia! Na verdade, pior do que uma ideia... um conceito.

— Zanna. Você é uma gênia!

— Sou. — Há uma pausa. — Mas por quê?

— Poesia! — exclamo, me levantando num salto. — Que ideia brilhante! Eu deveria escrever um poema pra Morgan! Isso vai reconquistar o coração dela. Quem conseguiria resistir a um poema romântico anestésico?

— Acho que você quis dizer autêntico. Mas, calma, não foi isso que eu disse. Não lembra o que aconteceu da última vez que você escreveu um poema? Foi atropelada por um ônibus. Parece que vive esquecendo... De verdade, é uma ideia horrível, Cat.

— Não, Zanna — respondo. — É uma ideia brilhante.

— Você sabe mesmo o que *brilhante* significa? — pergunta Zanna. — Cat, eu acho mesmo que não é...

Mas desligo o telefone na cara da minha alma gêmea sagitariana e pulo na cama, com caneta de pena e pergaminho já em mãos. Com isso, quero dizer uma esferográfica e um lenço de papel. Não sou milionária! Mas poetas não precisam de dinheiro; TALENTO é tudo o que um verdadeiro poeta precisa...

DIÁRIO INEXISTENTE
DOS MOVIMENTOS DA MORGAN

15h45

Morgan chega em casa da escola.

15h51

Morgan fecha as cortinas. Talvez esteja trocando de roupa?

16h20

Cortinas ainda fechadas. O que ela está fazendo lá dentro???

17h11

Acabei de pensar que Morgan pode ser uma vampira. Quarto escuro, amigos góticos, pálida, usa muito preto... Eu já a vi ao ar livre durante o dia?!

18h06

É óbvio que já. Que idiota. Devo ter puxado à minha mãe.

19h35

SE a Morgan for uma vampira... os chupões dela devem ser INCRÍVEIS!!!

Presente do fundo do meu coração

Sou uma artista de enormes proporções! Calma… será que isso significa o que acho que significa?! Corro até o quarto da Luna para confirmar, e ela diz:

— Olha, 1,60 metro é a altura média pra sua idade, Cat.

Então acho que não.

Mas é uma boa oportunidade para chamar Luna de rainha dos nerds por saber isso.

Enfim, sou definitivamente uma artista bem grande, artisticamente falando. Passo a noite toda acordada, sacrificando meu sono em prol da minha paixão. De manhã, pareço um lêmure que se meteu em uma briga de bar com um coala, de tanto que meus olhos estão inchados e com olheiras. Também estou com uma mancha de tinta na bochecha que não quer sair por nada. Esfrego o rosto até não poder mais, mas acaba ficando pior ainda. Sério, que bom que o amor vai além das aparências.

Eu me pergunto se conseguiria derrubar os óculos da Morgan antes de entregar meu poema…

Transcrevo o poema em lenços de papel antes de escrever no papel que vou usar de verdade. Basicamente porque só tenho mais uma folha

A3, graças à coisa toda do incêndio. Mas o resultado final é fascinante, todos os cantos preenchidos com desenhos detalhados de princesas valsando e piratas aventureiras. Ao redor da caligrafia, que copiei dolorosamente letra por letra de Bíblias Medievais, adicionei luas e estrelas, que brilham em prateado com papel-alumínio que cortei, alisei e colei.

É uma verdadeira obra-prima, um presente do fundo do meu coração! Com certeza, absoluta, sem dúvida, depois que Morgan vir todo o trabalho que tive, vai considerar me perdoar. Nunca fiz algo assim para ninguém! Nem mesmo para Alison Bridgewater.

Coloco minha obra-prima num envelope e guardo um dos lenços de papel de rascunho no bolso para mostrar a Zanna sem ter que abrir o envelope na frente de todo mundo, depois vou para a escola de cabeça erguida: na verdade, até dou de cara com uma árvore no jardim.

Estou numa missão! Hoje vou reconquistar Morgan Delaney.

— Cruz credo! — exclama Zanna, quando chego na sala de chamada. — Você tá doente?

— É, eu tô — anuncio. — Doente de amor, Zanna, e vou seguir seu conselho e tomar uma atitude. Mesmo que a gente nem esteja na temporada de Libra!

— Qual foi meu conselho? — pergunta Zanna, me espiando por trás dos óculos. — Tem certeza de que você não entendeu errado o que eu disse de novo? Tipo naquela vez que eu falei pra você se animar, e você pintou seu cabelo daquele tom horroroso de laranja.

Faço uma cara feia.

— Isso foi no sétimo ano, Zanna! — Brando o envelope enorme para ela. — E você tá vendo o que tem dentro desse envelope?

— Hm, não. Afinal não sou uma máquina de raio-X.

— É um poema escrito à mão — explico, orgulhosa. — Pra Morgan Delaney! Eu ilustrei, decorei... dormi em cima dele por um tempinho, mas nem dá pra notar... espero. Vou entregar no intervalo! Aí ela vai ter que me perdoar.

Zanna não parece convencida, mas Siobhan chega e quase desmaia. Pelo jeito, estou com tanta cara de doente que "reativei o refluxo dela". Eu devia mesmo ter tirado um cochilo. Morgan nunca vai querer sair comigo se eu parecer uma "banana passada" (a resposta de Lizzie Brilho Labial quando Siobhan manda uma foto minha para ela).

Por sorte, tenho aula de literatura a manhã toda; e a gente ainda está estudando MacBoa-Noite. Consigo tirar um cochilo satisfatório por quase duas horas inteiras, enquanto a srta. Jamison tagarela.

Finalmente, chegou o intervalo! O dia está claro e ensolarado. Mas, de acordo com Zanna, a real é que está bem nublado, então a privação de sono deve mesmo estar mexendo comigo. Mas é tarde demais para eu me preocupar com isso. São apenas vinte minutos de intervalo, e preciso encontrar Morgan.

Eu e Zanna reviramos a escola inteira à procura dela — cenas muito animadas e empolgantes —, mas depois de quinze minutos de busca desenfreada, não encontramos Morgan em lugar nenhum, tipo o senso moral de um escorpiano. Saímos para os campos de esporte, com o cabelo voando ao vento como Kate Bush em Kilimanjaro, e é aí que avisto Morgan, do outro lado do campo de futebol.

— Você vai ter que correr. Faltam literalmente cinco minutos — diz Zanna.

— É tudo o que eu preciso — murmuro, agarrando o envelope, então respiro fundo para me estabilizar e me viro para Zanna. — Como eu tô?

— Parecendo um queijo gorgonzola — responde Zanna. — Amarelada e com manchas azuladas na cara toda. Ei, Morgan sabe que você tem aquela micose?

Eu realmente não tenho tempo para as baboseiras da Zanna, então me viro e corro. Tá, dou uma *corridinha*. Ok, uma caminhada rápida. Estou rastejando-me arrastando em direção a Morgan Delaney. Ela está com o Quarteto M (com a participação de Millie Butcher) e parece naturalmente über-liciosa com suas meias três quartos e o cabelo escuro ao vento, bem selvagem, deslumbrante e irlandesa. Eles estão sentados na grama, de frente para o rio, então ninguém me vê chegando. Paro e prendo a respiração. Groselhas. Não consigo falar!

Estou prestes a dar meia-volta e fugir, mas Morgan dá uma olhada para trás e me vê. Como se tivesse algum tipo de sexto sentido geminiano (ou literalmente olhos na parte de trás da cabeça, já que ela é uma geminiana multifacetada...). Estou paralisada, boquiaberta e rezando para Afrodite que seja lá o que saia da minha boca não seja muito constrangedor e idiota.

— Hm, oi!

Legal. É um começo aceitável, acho.

Morgan parece inabalada. Sua cara fechada basta para transformar minhas pernas em enguias sem ossos.

— Você tá bem? — pergunta ela, de um jeito que insinua que, por dentro espera que eu não esteja.

— Eu queria dizer uma coisa — digo de uma vez, o que pelo menos é verdade. — Espero que não tenha problema. O que eu queria dizer é que sinto muito por ter perdido suas ligações no Natal e por ficar presa dentro do globo de neve da Alison.

— O que da Alison? — pergunta Morgan, com uma careta.

— Hm, deixa pra lá! — Ergo o envelope. — Na verdade, eu fiz isso pra pedir desculpas. Hm, espero que goste.

Morgan e Maja trocam olhares.

— O que é isso? — pergunta Morgan.

Engulo em seco.

— Ah! Hm, é melhor eu abrir? Acho que sim...

Abro o envelope depressa, enfio a mão lá dentro e pego minha criação, minha obra-prima, minha última esperança. Puxo o papel para fora.

Então uma rajada de vento o arranca da minha mão.

Como um leonino fora do centro das atenções, fico horrorizada. Morgan mal tem tempo de piscar antes que minha obra-prima tenha voado por cima da cabeça dela e caído no rio, onde é levada embora a uma velocidade inacreditável. Poderia até nunca ter existido.

Eu e Morgan nos encaramos.

— Hm... — falo, e Morgan revira os olhos. Estou perdendo minha Parada! Apressada, enfio a mão no bolso do blazer. — Tá, beleza, isso não saiu como eu esperava. Mas tem aqui também. Olha! Tá tudo aí, e é tão bom quanto o outro, na verdade...

— Isso é um lenço de papel? — pergunta Morgan.

Encaro o que acabei de colocar na mão dela.

— Ah... é. — Eu coro. — Mas não tá usado. E o que importa é mais o que tá escrito.

Mas antes que dê tempo para explicar, ouvimos um monte de gritos e berros, e o Quarteto M se levanta às pressas. O que foi agora?! Eu me viro e quase sou derrubada por Jasmine Vociferante McGregor. Atrás, Siobhan está brandindo um rolo de silver tape. Kenna, Alison, Habiba e Lizzie Brilho Labial estão com ela. Logo depois, Zanna aparece, parecendo horrorizada.

— É o fim, Jasmine! — grita Siobhan, puxando a fita. — Você achou mesmo que ia trancar a Kenna num armário e se safar?! Quem ri por último ri melhor... — Então me avista e franze a testa. — Cat?!

— Siobhan! Que coincidência!

Os olhos dela pousam direto em Morgan Delaney e suas narinas se inflam na hora.

— O que VOCÊ tá fazendo aqui? — pergunta ela, exigente, os olhos disparando de mim para Morgan. — Quem você acha que é, incomodando minhas amigas? Dá o fora agora mesmo!

— Dá o fora você! — retruca Morgan, com rispidez e as mãos nos quadris, e talvez eu tenha engolido a língua, porque não consigo dizer uma palavra. — Quem disse que não é sua amiga que tá me incomodando?

Siobhan passa a fita para Kenna e estala os dedos, estufando o peito para Morgan Delaney que nem uma vaqueira do Texas.

— Por que Cat falaria com uma aberração que nem você?! Pode pegar sua crush lésbica e VAZAR. Cat não quer falar com você.

— Minha o quê?! — retruca Morgan.

Então eu digo, em voz alta:

— Siobhan, para! Sou eu que tenho a crush lésbica!

Ah, groselhas graúdas. Eu queria mesmo dizer isso?!

Habiba arregala os olhos. Lizzie Brilho Labial até para de passar brilho labial, e Kenna sinaliza "AIMEUDEUS". Jasmine McGregor também parece embasbacada, e percebo que estou olhando para o rosto perfeito de Alison Bridgewater, que me encara com olhos de Plutão.

— Hm, eu sou gay — digo. Minhas bochechas sofrem uma mudança climática. — Foi mal por não ter contado antes. Mas, hm, espero que esteja tudo bem? Obrigada por, hã…. pela atenção.

Morgan está atônita. Acho que talvez eu tenha saído do armário para minhas amigas no pior momento possível de toda a história dos piores momentos possíveis. Mas está feito, e não posso voltar atrás.

Então, de forma bizarra, é Lizzie Brilho Labial que rompe o silêncio esmagador.

— A gente te ama, Cat — diz ela, e se aproxima para me abraçar. Todo mundo sai do transe, assentindo com vigor. — Você é fabulosa e, tipo, eu mal posso esperar pra anunciar isso no Instagram.

— A gente te ama demais — diz Alison, com um sorrisinho. — Você é uma querida.

— Isso é fitinspirador! — Habiba se aproxima em marcha atlética e me ataca com um abraço de ferro que só uma capitã de netball seria capaz de dar. — Você é tão corajosa! — exclama ela, por mais que eu não ache que sou. Como Habiba sabe, tenho medo até de pular corda, mas aprecio a intenção.

— Tô tão feliz por você — diz Kenna, e Zanna faz dois joinhas.

Eu poderia chorar como uma pisciana. Zanna está nessa montanha-russa lésbica desde o primeiro dia comigo.

Devagar, todo mundo se vira para Siobhan, que está tão imóvel e quieta que poderia ser confundida com um manequim fora de uso.

— Desculpa — diz ela, jogando o cabelo para trás com cuidado. — Por todas aquelas piadas lésbicas que eu fiz. É óbvio que, se eu soubesse que você era lésbica, nunca teria falado nada. Mas você tá mesmo me dizendo que quer sair com ELA?

Olho para Morgan, que estreita os olhos, então me viro para ficar de frente para Siobhan.

— É, estou — informo, estufando o peito. — E se isso for um problema, Siobhan, então obrigada pela sua amizade, mas acabou. E aquelas piadas não foram engraçadas. Tá, aquela dos macacões foi boa, mas... você precisa pensar no que diz! Porque eu sei que você pensa que é Maria Antonieta, mas até ela, hm...

— Foi decapitada? — sugere Zanna, e faço que sim.

— É. Obrigada, Zanna. Então, isso é, hã... tudo.

Siobhan me encara, chaleira-chocada. Mas, para minha surpresa, não entra em combustão instantânea diante dos meus olhos. O sinal toca, e Siobhan agarra a mão trêmula de Kenna, depois sai marchando, arrastando a amiga apavorada. Sério que ela não tem nada a dizer? Abro a boca para chamá-la, mas alguém pigarreia ao meu lado.

Eu me viro para Morgan Delaney e sou lembrada de todos os seus detalhes deslumbrantes: as sardas, os olhos azul-lagoa, as mechas loiras no cabelo escuro. Morgan inclina a cabeça cacatua-curiosamente, mas, como sempre, seu rosto não transparece nada.

— Você é uma caixinha de surpresas, sério. Preciso admitir. Eu não estava esperando.

— Ah. Hm, obrigada? — Bato o calcanhar no chão. — Então a gente tá, hm... a gente tá bem?

Morgan analisa o lenço de papel por um tempo, então suspira.

— Não sei, Cat. Só deixa o celular ligado. Eu mando uma mensagem ou algo assim. Até mais tarde, tá?

Ela me lança um sorrisinho e acena com a cabeça para o Quarteto M, depois volta para a escola. Abro um sorriso vertiginoso. Ela não disse "não"! Aceitou o poema! Estou tão entusiasmada quanto mil elefantes exultantes, muito figueira-feliz mesmo.

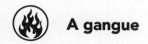

A gangue

Habiba
Cat, chuchu, vc prefere "lésbica", "gay" ou "queer"?

Me responde até as 18 pf!!!   **16:58**

Cat
Hummm, o que vai acontecer às 18??   **17:01**

Habiba
Minha live de perguntas e respostas no TikTok!!! bjs   **17:01**

Cat
GENTE, EU REALMENTE PREFIRO NÃO TRANSFORMAR ISSO NUM GRANDE ACONTECIMENTO   **17:02**

Kenna
minha irmã disse que o amigue não-binárie da escola pra surdos mandou parabéns, cat <3   **17:03**

Lizzie
Uau, então dá pra ser surda *e* lgbt?

Na verdade, deixa pra lá, vou esperar a live da Bibi!!!   **17:03**

Cat
Aimeudeus   **17:05**

O suéter horroroso da Mulher-Gato

Eu e Zanna discutimos o que "eu mando uma mensagem ou algo assim" significa por três horas inteiras no telefone. O que irrita bastante meu pai, aquele idoso. Desde que instalou as prateleiras de Caroline, ele não conseguiu mais parar. Agora está martelando e estrepitando pela casa toda. Já construiu três mesas das quais não precisamos e, aparentemente, meu "falatório interminável" é uma distração.

Sugiro que talvez a gente devesse ter alugado uma casa maior ou, nesse ritmo, uma loja de móveis inteira, e bato a porta do quarto.

— O que você acha que vai fazer quando ela mandar mensagem? — pergunta Zanna.

— Ah, sei lá. Vamos conversar, imagino.

— Hmmm — murmura Zanna — Tem certeza de que é uma boa ideia?

— O que mais eu deveria fazer?

— O problema é que depois que você começa a falar, qualquer coisa pode acontecer. Você só tagarela e tagarela até rolar algum desastre.

Que nem daquela vez que você terminou como embaixadora da juventude do Islamic Relief pra escapar de uma doação de uma libra na estação de trem.

Fecho a cara.

— Aquilo foi completamente diferente. Eu dei um poema pra Morgan, lembra?

— Bom argumento. — Zanna faz uma pausa. — Você tá definitivamente ferrada, então.

Falo que ela é uma amiga horrível e desligo o telefone. Mas vou ter que pedir desculpas mais tarde porque não lembro qual é o dever de casa de inglês. Alguma dissertação sem sentido, imagino. Como eu sobreviveria sem minha amiga eslava sagitariana?

Continuo deitada na cama, refletindo sobre a mensagem que Morgan poderia mandar, quando minha mãe entra toda capenga com uma cesta de vime embaixo do braço. Aponto para minha legging embolada na cadeira.

— Minha roupa suja tá ali. Obrigada, mãe.

Ela fecha a cara.

— Eu não sou sua empregada, caramba! E isso não é um cesto de roupa suja. Alguém deixou isso pra você há cinco minutos. Eu te chamei lá embaixo.

— Achei que você só estivesse chamando pra jantar — reclamo.

Minha mãe começa a resmungar e brigar, dizendo que não tenho noção do meu privilégio, que eu poderia estar ordenhando uma vaca, ou alguma baboseira do tipo. Ela larga a cesta na mesa e sai batendo pé de novo.

Será que ela já pensou em fazer ioga?

Enfim, arrasto meus ossos cansados para fora da cama e analiso a cesta, que é de vime de verdade! Tudo muito impressionante. Morgan nunca mencionou uma cesta, mas talvez tenha algum significado estranho na linguagem do amor lésbico? Tem um bilhete num Post-It na alça. Calma... essa é a letra de Siobhan?! Rasgo o papel e meu queixo cai. Tem Post-Its colados em tudo; *para evitar confusão*, de acordo com o bilhete.

A cesta contém um prendedor de cabelo de arco-íris, um exemplar de *Minha história*, de Michelle Obama (*palavras poderosas de mulheres poderosas são especialmente importantes para lésbicas*), brincos de gato (*pesquisas indicam que lésbicas AMAM gatos; o que é uma ÓTIMA notícia, GATINHA!*), agulhas de tricô (*para fazer cachecóis gays*), e uma câmera Polaroid de verdade. Meus olhos quase saem da órbita! Está tudo embrulhado numa camisa xadrez (*caso você um dia precise de um look bem caminhoneira*).

Groselhas graúdas. Siobhan é estranha para caramba. E rica. Tipo... uma câmera Polaroid? Até que vejo um envelope rosa-choque. Chocada-chacoalhante, eu abro. Pelo jeito, não estou sonhando: Siobhan Deidre Collingdale, que acha que cartões-postais são para "tias solitárias sem família", escreveu uma carta para mim.

Querida Cat,
Eu realmente sinto muito por fazer piadas sobre lésbicas. Garotos são inúteis e feios, então, de verdade, eu admiro muito as lésbicas. Você é minha melhor amiga. Quer dizer, minha terceira melhor amiga, pelo menos. Sempre vou apoiar você, mesmo que escolha usar veludo cotelê. Vou até tentar ser mais amigável com Morgan Delaney. Ela tem mesmo um nariz bem bonito, então não deve ser impossível. Não consigo imaginar minha vida sem sua energia caótica capotando nela 24 horas por dia. Espero que ainda sejamos amigas.
   Siobhan

P.S.: Se você algum dia precisar que eu LIDE com qualquer um, especialmente se for Jasmine McGregor, me avisa. Sou muito boa em lidar com pessoas, sem citar nomes.

Não é um pedido de desculpas ideal, mas, para Siobhan — que, não podemos esquecer, é escorpiana —, é quase um milagre! Ela está ficando muito boa nesse negócio de pedir desculpas. Apesar de não ter sido a única pessoa que fez piada com lésbicas, foi a única que pediu desculpas. Mando uma mensagem para ela dizendo que eu nunca usaria veludo cotelê, mas que agradeço o carinho. Ela me liga na hora, e a gente tem uma conversa emocionante e esplêndida.

Mesmo que eu tenha que dissuadi-la de organizar uma Festa de Saída do Armário no meu nome.

A gangue continua gangueando, mas dois dias se passaram e ainda não recebi nenhuma mensagem de Morgan Delaney. Deixo o celular ligado e espero. Sou pega de surpresa quando meu sutiã começa a vibrar na aula de matemática na terça-feira. Na verdade, acordo de uma soneca num susto!

Abro os olhos e puxo o celular para debaixo da mesa. Finalmente, uma mensagem! Eu deveria ter imaginado que ela mandaria uma mensagem no horário de aula. Vibes lésbicas muito audaciosas e rebeldes. Mas antes que eu tenha tempo de ler a mensagem, o sr. Tucker pigarreia alto.

— O que a senhorita está olhando, srta. Phillips? — pergunta ele, e enfio o celular dolorosamente) embaixo da saia.

Kenna se encolhe.

— Nada, senhor — respondo.

— Levante-se, srta. Phillips.

Fecho as coxas com força e me levanto. Deve parecer que estou tentando não fazer xixi nas calças, porque risadinhas percorrem a sala. Meu celular vibra de novo. Desliza e cai no chão como um ovo.

— Espere do lado de fora, Cathleen.

O sr. Tucker se vira de volta para o quadro. Pego meu celular e corro para fora. Kieran e seus Amigos Parças riem como vermes.

Pelo menos no corredor posso olhar o celular. Desbloqueio a tela, prendendo a respiração. É bom que a mensagem valha uma detenção. Se não for da Morgan, vou querer gritar!

Oiê. Me encontra no parque lá pras 19h? Eu li seu poema. bjs [14:50]

ISSO! Tenho vontade de jogar meu celular para o alto de tanta alegria! Mas isso seria tremendamente idiota, então me controlo e o coloco no bolso do blazer. Todas as rezas para Afrodite estão finalmente dando resultado! Mal consigo conter minha empolgação. Dou um soco no ar.

E também no sr. Tucker, que sai da sala neste exato momento. Meu punho acerta o nariz dele, e ele grita de dor, caindo de joelhos na porta.

Ah, groselhas graúdas. Isso não é nada bom.

Na sala, os alunos arregalam os olhos. O sr. Tucker sibila uma palavra que acho que nenhum professor deveria dizer. Fico boquiaberta. Se há um xingamento pior do que "groselhas", esta é a hora de falar.

— Hm... couve-flor cremosa?

Mas acho que não faz muito sentido. O sr. Tucker só geme mais alto.

O que teria me rendido uma detenção de hora do almoço por "uso de celular em sala de aula" se torna uma detenção de manhã de sábado por "uso de celular em sala" e "agressão a um funcionário". O sr. Tucker parece entender que não o soquei de propósito. De acordo com ele, eu estava "saltitando pelo corredor como uma palhaça". Mas não há nenhum tipo de detenção específica no sistema para isso.

— VOCÊ FEZ O QUÊ?! — berra minha mãe.

— Acho que ela disse que socou um professor — repete meu pai.

— Eu ouvi o que ela disse, David! Pelo amor de Deus! Por que você não pode ser mais querida como sua prima Lilac?!

Minha mãe anda pelo meu quarto caixa de sapato, furiosa, dando um sermão sobre responsabilidade e reputação. Não estou lá muito preocupada com nenhuma dessas coisas, principalmente considerando que vou encontrar Morgan hoje à noite. Nada pode me abalar!

— Você vai ficar aqui no seu quarto, pensando no que fez, a noite toda — sentencia minha mãe.

Meus olhos se arregalam de horror.

— Mãe, eu não posso! Preciso ir ao parque!

— Você pode esquecer totalmente a merda do parque! — grita ela, depois desce a escada pisando duro.

Meu pai dá de ombros como se pedisse desculpas, então a segue, fechando a porta com cuidado. Depois de uns minutos, ouço um barulho de furadeira.

Cara, isso foi um balde de chá frio.

Durante a hora seguinte, ando de um lado para o outro, pensando no que fazer. O que Safo, a Grande Poeta Lésbica, faria em uma situação trágica como esta? Chorar muito e se arrastar por aí em trapos de seda, provavelmente, então não sei bem se ela pode ajudar no momento.

Não há a menor chance de eu cancelar com Morgan. Ela literalmente nunca mais falaria comigo! Mas minha mãe não parece estar com um humor muito negociador. Deslizo as costas pela parede e me sento no chão, desesperada.

Até que ouço uma batida levinha na porta.

— Cat?

Abro uma frestinha e espio. Luna está no corredor com meu casaco preto de inverno, um suéter felpudo e botas de caminhada grossas. Em nome do Ganso Sagrado de Afrodite, o que ela está fazendo? Abro mais a porta, e ela entra.

— Luna? O que é isso tudo?

— Vou ajudar você a fugir! — sussurra ela, olhando ao redor. — Mas tá muito, muito frio lá fora, então eu trouxe um suéter. Você pode sair pela janela e encontrar a Morgan!

Tinha esquecido que contei isso para Luna. Groselhas graúdas! As táticas de guerrilha ativistas da minha irmã estão finalmente servindo para alguma coisa. Observo o suéter que ela está segurando. É absoluta e nauseantemente horrível, com desenhos em estilo grafitti de gatinhos me encarando com olhos azuis arregalados.

— Luna! — reclamo. — Esse suéter não é meu! É um troço horrível da mamãe!

Minha irmã baixa o olhar para o suéter.

— Ah. Olha, eu estava com pressa, tá?! Não sou a Mulher-Gato... aliás, ainda bem, porque é um exemplo perfeito de como as mulheres são hipersexualizadas na indústria das histórias em quadrinhos. Ninguém precisa de roupas tão apertadas. Mas, pensando bem, ela poderia ser Hera Venenosa, que, na minha opinião...

— Luna, dá pra calar a boca? Eu não tenho tempo pra bobagens! — Visto o suéter pela cabeça. Quando termino, minha irmã está me olhando feio. Suspiro, então a cutuco com o dedão. — Foi mal. Obrigada, tá bem? Vamos ver o que você quiser na TV amanhã. Como agradecimento.

O rosto de Luna se ilumina.

— Até aquele documentário sobre representação trans em Hollywood? Fecho os olhos. Salve-me, Safo.

— Sim, Luna. Até isso.

Calço as botas e depois o casaco, que pelo menos cobre o suéter horroroso da minha mãe. Luna já está abrindo a janela do quarto e espiando a escuridão.

— Tá. Eu posicionei a lixeira de reciclagem embaixo da sua janela pra amortecer a queda. Vou dizer pra mamãe e pro papai que você foi dormir cedo.

Eu a encaro, chocada. Ela realmente pensou em tudo. Mesmo assim...

— Pular da janela? Tem certeza? Luna, acho que dá pra só usar a escada...

— Você é a Mulher-Gato ou não? — retruca ela, e faço uma careta.

— Não, né? Óbvio.

Então ouço minha mãe dando gritos estridentes com meu pai lá embaixo. Luna tem razão. Vou ter que sair pela janela. Por sorte, não estamos na Caixa de iPhone, ou não teria nenhum lugar para me segurar. Mesmo assim, solto um gritinho ao baixar as pernas até que estejam penduradas no ar, sem apoio nenhum. Solto o parapeito e caio numa caixa de jornais.

Talvez Luna não seja totalmente inútil, afinal.

COISAS QUE LUNA JÁ DISSE QUE ME FIZERAM JOGAR ORGULHO E PRECONCEITO NELA MAS TALVEZ EU DEVA ESCUTAR DA PRÓXIMA VEZ

"Você não deveria comer tanta carne processada, Cat. Tá basicamente digerindo plástico. Se virasse vegana que nem eu, estaria com uma saúde perfeita. Ao contrário do que vai acontecer com o planeta se não mudarmos nossos..." PLÁ!

"Você já pensou que essas representações clássicas da Afrodite pelas quais você é tão obcecada talvez perpetuem estereótipos danosos de que as mulheres são inerentemente sexuais quando na verdade..." PLÁ!

"Você sabia que só uma centena de empresas é responsável por 71% das emissões globais? Isso é muita emissão, Cat. Mais do que sua quantidade de neurônios, de acordo com o papai..." PLÁ!

"Eu vi que você curtiu um post no Instagram dizendo que é ótimo ver mais mulheres não brancas nas passarelas de moda, mas o quanto isso é progressivo de verdade quando as marcas de fast-fashion que usam essas modelos estão pagando 29 centavos por hora às costureiras no Paquistão? Sinceramente, Cat, sua ignorância é..." PLÁ!

"Que nojo! Eu acabei de encontrar um dos seus cabelos cacheados no meu..." PLÁÁÁÁÁ!

Um final bastante românico e poético

Se alguém quisesse me assassinar, esta seria a hora perfeita. O Lambley Common Park está escuro e agourento. Com uma clima que lembra muito um cemitério. O céu está nublado, e não consigo ver nenhuma estrela, o que não é ideal, já que este deveria ser meu final feliz romântico e poético.

Mando uma mensagem para Morgan dizendo que cheguei. Fico esperando nos portões do parque, que nem uma salsicha solitária. Passam-se dez minutos. E se ela não vier? E se ela for gemin-atroz e o Quarteto M for a equipe de assassinato dela, espreitando nas sombras para me atacar?! E se...

— Oi, Cat — ouço alguém dizer, e me viro num pulo com as mãos em alguma posição de karatê.

Mas é só Morgan. Nenhum assassino à vista. Ela veste um casaco preto acolchoado e uma boina preta, que ficou incrível. O delineador está perfeito. Ela está com os óculos de armação verde de sempre.

— Morgan! — Abaixo as mãos de karatê depressa. — Hm, oi. Você tá muito bonita.

— Valeu. Você também tá muito bonita. — Ela indica o parque com a cabeça. — Não pensei nisso direito. Tá meio deprimente lá dentro. Quer ir pro gramado?

Assinto depressa e andamos em direção à Lambley Common Green. Passamos alguns minutos como salamandras silenciosas, até que falo:

— Hm, não quero forçar a barra, mas meu poema estava muito ruim? Porque a Zanna anda me chamando de Carol Ann Lixosa, o que é meio cruel, na minha opinião...

— Cat — interrompe Morgan —, relaxa. Eu gostei do poema.

Olho para ela.

— Gostou?

Morgan assente, depois volta a sorrir. Ela passou um batom vermelho--escuro-geleia-de-amora maravilhoso, que transforma minha barriga num balde cheio de enguias.

— Eu amei o poema. Foi fofo. Ninguém nunca tinha escrito um poema pra mim... Por mais que eu preferisse que você não tivesse me entregado num lenço de papel.

— Ah. É... — Hesito. — Foi, hm, lamentável, perder o oficial. Mas tirei uma foto com o celular! Que eu apaguei por engano, mas Zanna tá confiante de que consegue recuperar.

Morgan tenta não rir. Mas dá para ver que está sorrindo.

— Sobre o Natal. — Paramos embaixo de um poste perto da Lambley Common Green. — Desculpa por ter ficado brava. Mas eu passei semanas presa naquela fazenda, e aí quando eu liguei, você nem atendeu, sabe?

— Desculpa — respondo, toda coitada-culpada. — Eu me deixei levar por outras coisas em Londres e, hm, esqueci. Tipo, o quanto eu realmente me importo. Que é muito, Morgan. Eu gosto muito de você.

— Eu também gosto muito de você — diz ela, e de repente o inverno não parece tão frio... Ok, parece, sim. Mas mesmo assim é muito inebriante-licioso. — Mas e a Alison Bridgewater?

Respiro fundo.

— Ah, a Alison é minha amiga. E eu a amo como amiga... Mas não gosto mais dela *daquele* jeito. Ela é maravilhosa, mas não acho que me entenda de um jeito tão intergaláctico quanto eu pensei. E, mesmo que ela pudesse gostar de mim também, na verdade eu fico muito mais feliz com, hm, com você... Mas é que a Alison estava por perto e foi como se tivesse caído neve nos meus olhos! Mas, enfim... acho que eu estava tentando comer o quiche errado.

No quesito discursos passionais, acho que o meu não foi *tão* horroroso assim. Mas não sei se funcionou, porque Morgan está com uma careta. Ou está sorrindo? Como sempre, ela é impassível a la temporada de Capricórnio.

— Você estava tentando *o quê*? — Morgan dá uma risada. — Você quis dizer *pegar o peixe errado*, né? Porque do jeito que você falou pareceu superinapropriado. — Antes que eu consiga dizer que é óbvio que eu conheço a expressão e estava só brincando (*cof-cof*), Morgan para de rir e diz: — Olha, eu gostei de você quase na mesma hora que cheguei na Queen's e vi você nas mesas de piquenique, mas Maja e Marcus me disseram que você fazia parte da Brigada das Barbies e que nunca iria rolar. Quase não acreditei quando... sabe? Começou a rolar.

Isso é tão fofo que quase desfaleço, mas...

— Calma aí. *Brigada das Barbies?*

Morgan arregala os olhos.

— Hm... pois é. É o apelido que eles deram pra vocês. Não... — Ela para de falar, e percebo que está se esforçando muito para não rir de novo. — Tá, você não pode contar pra ninguém que eu falei. Mas é possível que alguns alunos da Queen's chamem vocês de Berrona, Baixinha, Cacheada, Avoada, Brilhosa, Esportiva e Sardinhas. Não me pergunte quem é quem. Eu literalmente jurei silêncio.

Tento manter a compostura, por mais que precise admitir que são apelidos esplêndidos.

— Tá, Rainha McAberração, talvez eu não seja tão superficial e boba quanto você pensava. E talvez seus amigos estejam errados e na verdade você tenha uma chance relativamente grande comigo.

— Bom, na verdade, tenho bastante certeza de que você é *mais* boba — diz Morgan, com um sorrisinho presunçoso. — Apesar de que se assumir pra Siobhan daquele jeito e me defender... foi ousado. E romântico.

Ah, a tensão. Eu poderia desfalecer! Acho que estamos prestes a nos beijar de novo, mas Morgan estreita os olhos. Ela ergue um dedo e pega algo pequeno e brilhante dos meus cachos loiros.

— Olha só. Tá nevando? — murmura ela.

Ergo o olhar e percebo que sim. Neve cai, e é o momento romântico mais estereotipado da minha vida. O que significa que é perfeito. Ergo a mão e pego um dos flocos. Morgan segura minha mão, e corremos para o meio da Lambley Common Green. A neve cai cada vez mais rápido, até que começa a acumular nos arbustos, deixando o mundo todo branquinho e fresco. Olho ao redor, maravilhada.

Morgan dá outra risada.

— Você é tão engraçada. Sorrindo pra neve que nem criança.

Fico vermelha.

— Pois saiba que eu amo neve. Em grande parte por causa de *Frozen*. Sabe? Com a Elsa?

Morgan franze a testa.

— *Frozen*? Tá falando sério?

— É uma obra de arte cinematográfica!

— É um filme pra criança — diz ela.

Cruzo os braços.

— Você já assistiu?

— Não, porque é feito pra crianças de sete anos.

— Então talvez você tenha que assistir quando formos namoradas.

— Calma... O QUÊ?! Eu a encaro, em pânico. — Quer dizer... se você quiser ser minha namorada. Não tô obrigando você a...

Morgan põe um dedo sobre minha boca.

— Cat, posso te dar um conselho?
— Uhum — murmuro, porque não consigo abrir a boca.
— Aprende a calar a boca.
Então ela afasta o dedo, se aproxima e me beija.

Acho que nunca fui beijada de um jeito tão lindo e maravilhoso em toda a minha Vida Aquariana. Quem diria que uma geminiana saberia beijar tão bem? Nós nos beijamos até ficarmos com os lábios dormentes. Morgan me diz que deve ser só o frio. Mas acho tudo poético e perfeito demais para ser "só" qualquer coisa. É o momento em que finalmente sigo meu coração e não preciso de um horóscopo para me guiar.

Voltamos para a Marylebone Close de mãos dadas. É como um sonho, ou até um globo de neve... mas real.

Úmidas de suor e felicidade, chegamos à minha porta. Luna pôs uma chave no bolso do meu casaco, então felizmente não preciso dormir do lado de fora, por mais que talvez não fosse tão ruim se Morgan estivesse comigo. Pairamos na soleira da porta como libélulas nervosas.
— Hm, maneiro. Então, acho que eu deveria... ir pra casa? — diz Morgan.

Não quero que esta noite perfeita acabe. Não solto sua mão, mesmo quando ela tenta sair andando. Morgan ergue uma sobrancelha. São quase onze da noite. Mas quem se importa?! Não é como se fôssemos vovós de cinquenta anos! A noite é uma criança.
— Você podia entrar. A gente pode subir escondidas até meu quarto. Tipo, se você quiser — sugiro, falando depressa.

Morgan olha de relance para a porta azul da casa dela.
— Não sei... acho que eu não deveria.

Dois minutos depois, estamos nos esgueirando escada acima. Ouço meu pai roncando. Se bem que talvez ele ainda esteja construindo alguma coisa e isso seja, na verdade, o barulho da furadeira. Quando chegamos ao meu quarto, abro o zíper do casaco, aliviada, depois me viro para Morgan:

um momento intenso e dramático com certeza. Estamos praticamente nos despindo! Ela dá uma olhada rápida para o meu corpo. Será que está cheia de desejo? Baixo o olhar e lembro que estou com o suéter de gatos da minha mãe. Ah.

— Meu Deus — murmura Morgan.

— Não é meu — explico, apressada

— Essa só pode ser a roupa mais feia que eu já vi. — Morgan ergue uma sobrancelha. — Talvez você deva tirar?

Meu coração faz *tum-tum-tum*, como uma bola de boliche caindo pela escada. Mas Morgan tirou o casaco e o suéter, e agora está só com uma blusa preta lisa aberta no pescoço, deixando as clavículas à mostra. As enguias na minha barriga se contorcem.

Arranco o suéter ofensivo da minha mãe. Infelizmente, não é tão fácil quanto parece: a gola é pequena demais e fica presa no meu cabelo gigante. Depois de alguns puxões de Morgan, consigo libertar a cabeça, e nós nos jogamos na cama. Então voltamos a nos beijar, só beijar, beijar e beijar. Ela coloca as mãos na minha cintura e as desliza para muito perto nível--AIMEUDEUS da minha bunda.

Acho que estou bêbada de tanto beijar! É über-liciosamente *gostoso*.

Beijo o pescoço dela. As clavículas. Solto até um gemido alegre quando Morgan beija minhas bochechas. Minha lâmpada de lava está acesa, e o quarto está banhado em rosa, uma bolha de aconchego e amor. Depois de um tempo, quando já estamos quase inconscientes de tanto beijar, Morgan desaba do meu lado e passa um braço sonolento por cima do meu peito. Consigo sentir a respiração dela no meu pescoço. É perfeito.

— Morgan? — sussurro, me sentindo com muito sono. — Você é o Ganso mais Sagrado de Afrodite.

Morgan inspira. Espero que eu esteja cheirosa. Ela tem um cheiro delicioso. Quando responde, sua voz sai murmurada, cheia de sono e açucarada.

— Mô, você é linda, mas eu não faço nenhuma ideia do que você tá falando.

Linda. Morgan me acha linda! É suficiente para fazer qualquer palhaça loira patética entrar em coma. Na minha cabeça, faço uma última oração para Afrodite. Penso no mundo fresquinho e repleto de neve lá fora. É como um novo começo à espera.

PARA UMA GEMINIANA
POR CAT PHILLIPS

Me disseram que viemos de poeira estelar,
Mas quem certeza tem?
Só sei que você gosta de mim,
E eu gosto de você também.

Vênus é um planeta maravilhoso,
Mas eu não vejo tanto apelo.
Só quero ficar na Terra,
Brincando com seu cabelo.

O sol não vai viver para sempre;
Pelas ondas a lua almeja.
Mas eu sei qual é a verdade,
por mais retrógrado que meu coração esteja.

Me disseram que está escrito nas estrelas,
Tecidas no céu, soberanas.
Mas eu só sei o que diz meu coração,
Que ama uma geminiana.

Uma manhã muito Catiana

Abro os olhos devagar. Por um momento, acho que estou ouvindo uma rajada de vento ou água corrente, mas deve ser o finalzinho de algum sonho. Mas eu não estava sonhando com Alison. Estou aqui com Morgan Delaney e tudo está maravilhoso! Por mais que, na verdade, meu braço esteja dormente. Morgan está deitada em cima dele. Mordo o lábio, puxo o braço e — vitória! — acho que finalmente me libertei. Mas aí ela rola e cai no chão com um baque.

Eu me sento na cama. *Ops*. Morgan acorda no chão, parecendo assustada. E acho que deve estar mesmo. Ela olha ao redor, até que me vê e arregala os olhos como um lêmure.

— Cat? O que aconteceu? — murmura ela.

— Hm... — Saio da cama apressada e a ajudo a levantar. — Não tenho certeza. Você deve ter caído da cama! Eu estava dormindo, então não vi, hm...

— Que horas são? — pergunta Morgan.

Meu celular está em cima da escrivaninha. Pelo jeito, são 7h30. Do lado de fora, o mundo está branco reluzente, uma mágica manhã de neve em janeiro.

— Não acredito que dormimos — diz Morgan, olhando para a casa dela pela janela. — Espero que minha mãe não tenha percebido que eu não voltei pra casa. Ela vai ligar pra polícia.

Talvez seja verdade, mas o cabelo de Morgan está todo bagunçado e maravilhoso, caindo em cascatas sobre um lado do rosto. O delineador está borrado, o que é tão inacreditavelmente deslumbrante que fico com medo de me causar um sono profundo de Bela Adormecida por pelo menos três séculos!

Pulo para a cama de novo, sorrindo.

— Valeu a pena?

Morgan sorri.

— Definitivamente.

Nós nos beijamos de novo, desabando sobre os lençóis e dando risadinhas como arco-íris felizes, até que Morgan se afasta. Está franzindo a testa. Será que fiz alguma coisa errada?

— Cat, que dia é hoje? — pergunta ela, devagar.

Franzo a testa.

— Não sei. Sábado?

— Não. — Morgan me encara. — Cat, hoje é sexta.

A tranquilidade ao redor é suspensa e explode como uma geleira desabando. Luna choraria se visse. Groselhas graúdas. É literalmente dia de aula! Finalmente percebo o que me acordou. Aquela água correndo não era um sonho. ERA A CHALEIRA LÁ EMBAIXO!

Arregalo os olhos, ainda equilibrada numa posição pré-beijo por cima de Morgan Delaney e seus maravilhosos olhos azuis. Neste exato momento, a porta se abre e minha mãe aparece com uma caneca fumegante de chá e um sorriso radiante de "Bom dia, flor do dia!".

Nós a encaramos como pinguins assustados. Minha mãe congela no vão da porta.

Olho para ela, depois para Morgan. Ok, vai dar tudo certo.

Pelo menos a gente não está pelada, o que acho que seria um-pouquinho-de-nada pior. E se eu der a desculpa de que fizemos uma festa do pijama?! Ou que Morgan não teve como voltar para casa no meio de uma nevasca?! Mas nossas calças jeans e meias estão espalhadas por todo canto, e Morgan mora a uns três metros de distância, então realmente não sei se vou conseguir sair dessa na base do papinho.

Vou ter que fazer isso de novo mesmo. Sério. Essa história de "sair do armário" nunca acaba?!

Saio de cima da Morgan e pigarreio. Minha mãe está nos encarando, embasbacada, com uma camisola rosa felpuda e pantufas de coelho. Está parecendo bastante trágica, mas agora não é a hora de rir.

— Bom dia, mãe! — começo, torcendo para talvez amolecer aquele coração de pedra com um humor dourado e solar. Abro um sorriso encorajador, mas seus olhos estão cada vez mais arregalados. — Então, tem uma coisa que eu meio que ando querendo contar pra você...

Este livro foi composto na tipografia Arno Pro,
em corpo 12/16, e impresso em
papel off-white no Sistema Cameron da
Divisão Gráfica da Distribuidora Record.